A FUGITIVA

NÀNA PÁUVOLI

essência

Copyright © Nàna Páuvoli, 2023
Copyright © Editora Planeta do Brasil, 2023
Todos os direitos reservados.

Preparação: Ligia Alves
Revisão: Fernanda Guerriero Antunes e Bárbara Parente
Projeto gráfico e diagramação: Márcia Matos
Ilustração e lettering de capa: Andressa Meissner
Composição de capa: Renata Spolidoro
Imagens de miolo: Freepik

Dados Internacionais de Catalogação na Publicação (CIP)
Angélica Ilacqua CRB-8/7057

Páuvoli, Nàna
  A fugitiva / Nàna Páuvoli. - São Paulo: Planeta do Brasil, 2023.
  224 p.

  ISBN 978-85-422-2156-5

  1. Ficção brasileira I. Título

  23-1597   CDD B869.3

Índice para catálogo sistemático:
1. Ficção brasileira

Ao escolher este livro, você está apoiando o manejo responsável das florestas do mundo

2023
Todos os direitos desta edição reservados à
EDITORA PLANETA DO BRASIL LTDA.
Rua Bela Cintra, 986 – 4º andar
Consolação – 01415-002 – São Paulo-SP
www.planetadelivros.com.br
faleconosco@editoraplaneta.com.br

Editora Planeta Brasil | 20 ANOS

Acreditamos nos livros

Este livro foi composto em FreightText Pro e impresso pela Gráfica Santa Marta para a Editora Planeta do Brasil em julho de 2023.

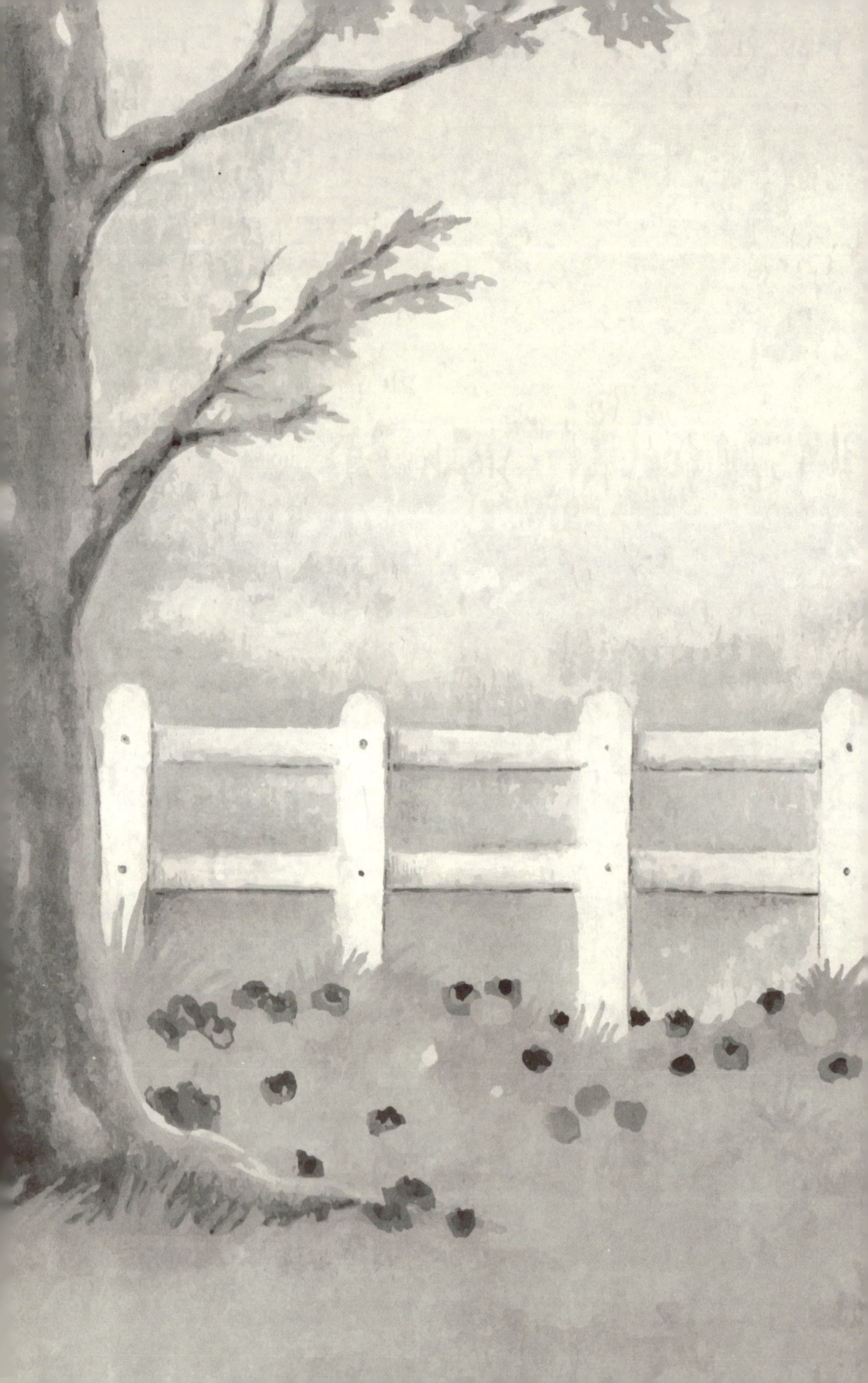

CAPÍTULO 1

Nicolly Silva de Lima e Castro

Naquele dia eu decidi que ia morrer.

A Nicolly que todos conheciam iria sumir do mapa, como fumaça. Não de verdade, é claro. Eu não tinha coragem de me matar, porque as alternativas eram assustadoras. Mesmo triste, sem aguentar mais aquela vida, com o rosto inchado por ter recebido uma pancada do meu marido, eu jamais conseguiria cortar os pulsos ou tomar veneno. Nem me jogar de uma ponte. Tinha pavor de sentir dor e medo de altura!

Eu morreria para o mundo conhecido, me transformaria em outra pessoa. Tão logo a ideia surgiu, eu soube que fora a coisa mais inteligente em que pensara em toda a minha vida.

Claro que a ideia não tinha sido exatamente minha. Eu havia visto em um filme, enquanto colocava gelo na face dolorida, humilhada e cansada de tudo, deitada na minha cama imensa e usando uma das minhas camisolas curtas de seda. Na televisão passava um filme antigo enquanto eu remoía a tragédia que era meu casamento, os abusos cada vez mais insuportáveis. Então, a Julia Roberts forjou o próprio afogamento e sumiu do mapa, deixando para trás um marido abusivo. Por que eu não podia fazer o mesmo?

Prestei mais atenção no filme, nos detalhes. Minha mãe e Roger diziam que eu era burra, que não prestava para nada. Todos me viam como a loira plastificada e gostosa que só servia para ficar de boca fechada, um bibelô para ser admirado e desejado. Eu até achava que eles tinham razão, já que ouvira isso a vida toda. Mas eu provaria o contrário! Tinha cérebro sim, e ele iria me livrar do inferno!

Comecei a fazer planos desde então, sabendo que não poderia contar com ninguém. Juntei dinheiro e separei joias minhas que não fariam falta. Já tinha visto em outros filmes que precisaria evitar os cartões de crédito e arranjar uma identidade nova. Comprei roupas bem diferentes dos vestidos colados e sensuais que eu usava. Jeans, moletons, tênis, coisas que sempre causaram horror na minha mãe. Enfiei tudo em uma mochila e escondi.

Dava vontade de chorar. Abandonar o luxo, me arriscar em uma loucura como aquela! E se Roger descobrisse e me pegasse? Antes ele me humilhava com palavras, controlava tudo na minha vida, desde o que eu comia até o que eu vestia, fazia exigências. Agora, quando reagi à filha mimada dele que me ofendeu, ele tinha me dado um soco na cara. Para piorar faltava pouco. Talvez ele até me matasse se soubesse dos meus planos.

Vitória, minha mãe, nunca iria me perdoar. Eu era sua galinha dos ovos de ouro, a filha de vinte e quatro anos que aos vinte conseguira fisgar um viúvo muito rico, garantindo para ela uma vida boa. Mas não tinha sido assim desde que eu me entendia por gente? Ela me colocando ainda criança em concursos de beleza, me preparando para ser chamativa e sexualizada? Eu estava cansada de obedecer.

Quando a procurei, chorando por ter apanhado de Roger e por ter sido obrigada a pedir desculpas a Laura, que ainda havia rido da minha cara, ela pouco ligou. Presenciou meu desespero, que crescia com o tempo, e escutou meus desabafos olhando para mim com a mesma atenção que dedicava às suas unhas recém-pintadas.

— Para de falar besteira! Vai lavar esse rosto e retocar a maquiagem. Foi só um imprevisto bobo! Esqueça!

Fim da história. Eu era uma idiota chorona por me sentir uma boneca montada, controlada e por fim espancada. Devia sorrir e agradecer pelas roupas de grife, pela mansão onde morava, pelo marido que tinha. Infelicidade e abuso não eram nada diante de uma vida rica! Melhor engolir o choro com a cara inchada e diamantes no pescoço do que rir em um barraco qualquer.

Então, eu só podia contar comigo mesma. Se a Julia Roberts conseguiu, eu também iria conseguir! Em um lugar onde ninguém pensaria em me procurar caso desconfiasse do suicídio. Uma área totalmente diferente. Eu faria minhas próprias escolhas.

Estava decidido!

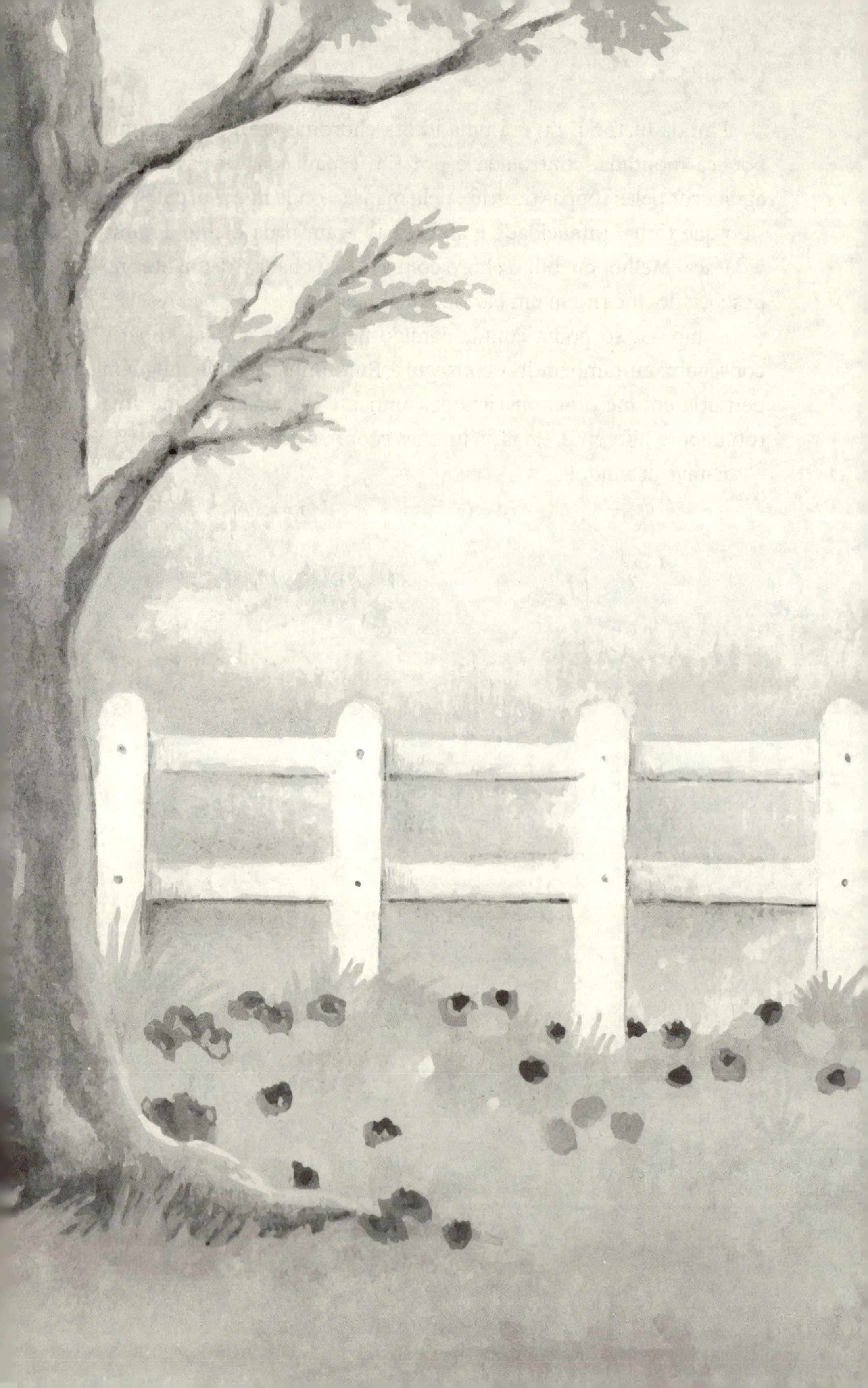

CAPÍTULO 2

Nicolly

— Já foi para a academia hoje, bebê?

Parei antes que o garfo chegasse à minha boca, levando uma porção generosa de frutas. Ainda sorri, tensa, o tempo todo tentando disfarçar o nervosismo.

— Vou à tarde. Tenho salão agora de manhã.

— Você não devia comer tanto assim. Está linda, mas ganhando peso.

Roger me olhava com ar paternal, até mesmo carinhoso. O tom que sempre usava comigo era o de alguém que sabe muito mais e tem paciência para ensinar.

— Claro. — Voltei o garfo para o prato.

Minha expressão era submissa, mas eu borbulhava de raiva. Enquanto a mesa era farta e ele se servia livremente com a filha, eu era obrigada a manter a dieta. Já estava abaixo do peso ideal, mas meu marido sempre achava que era possível melhorar.

Laura sorriu, cortando um pedaço de queijo, altiva. O tempo todo mirava meu olho ainda meio arroxeado, cheio de maquiagem para disfarçar. Havia orgulho naquilo, sabendo que tinha sido por sua causa que o pai me batera. Para defender sua menininha mimada.

Tive vontade de gritar, levantar, arrancar a toalha da mesa, jogar tudo para o alto. Sair dali de cabeça erguida, decidida. Recomeçar do nada.

Mas eu não tinha coragem. Roger não permitiria que eu escapasse sem fazer da minha vida um inferno. Estava acostumado demais a mandar em mim, a controlar tudo, da alimentação até o corte de cabelo. E minha mãe com certeza se juntaria a ele. Seria melhor morrer de verdade. No fundo, eu não era páreo para nenhum dos dois e os obedeceria, sob pressão. Como sempre tinha sido.

— Vou para o escritório. — Laura se ergueu, jogando o guardanapo de linho sobre a mesa e pegando sua bolsa de grife. Com quase quarenta anos, dois casamentos falidos e nenhum filho para comprometer sua forma física, continuava sob as asas do pai, querendo atenção exclusiva dele. — Tenho reuniões importantes hoje.

— Eu acompanho você. — Roger se inclinou, segurou meu queixo e me fez encará-lo. — Boa menina. Leve a dieta a sério e não deixe de ir ao salão nem à academia. Quero você bem linda hoje, quando eu chegar.

Fiz que sim com a cabeça, sem condições de falar. O coração batia como louco no peito, o medo me deixava gelada. Quase estremeci só de imaginar o que ele faria se lesse os planos nos meus olhos ou descobrisse a mochila enfiada embaixo do banco do meu carro.

À noite eu não estaria mais ali. Não seria mais obrigada a suportar aquele nojento me dando ordens nem passando as mãos frias em mim. Eu seria livre.

Ele sorriu e se levantou, elegante em seu terno caro, sem perceber nada. Saiu conversando com Laura e eu nem me movi, paralisada, fria. Eu só podia estar louca se achava que tudo iria dar certo. Eu era burra! Levaria uma surra quando ele me pegasse!

Desista!, uma voz gritou dentro de mim, apavorada. Lembrei-me da garotinha que tinha sido um dia, correndo, rindo, sem imaginar o futuro que me aguardava. Eu podia voltar a ser a menina livre e dona dos próprios sonhos. Podia fazer o que eu quisesse!

Respirei fundo e agarrei um croissant, como a demonstrar minha força, minha determinação. Dei uma grande mordida nele e o sabor foi uma explosão de sentidos. Fazia anos que eu não sabia o que era provar açúcar e farinha branca. Até havia comido escondido algumas vezes, mas o medo de inchar, de ganhar gramas e de Roger notar me fazia enfiar o dedo na goela e vomitar tudo. Com o tempo, acabei nem tentando mais.

Devorei o croissant, deliciada, para mostrar minha resistência. Dali por diante nada nem ninguém me diria o que fazer. Eu podia ser pobre, gorda, ganhar uma miséria, mas as coisas seriam do meu jeito! O croissant me deu forças para levantar, engolindo o último pedaço, decidida a descobrir de uma vez quem era Nicolly! Ou melhor, quem era a mulher dentro de mim ansiosa para sair e fazer seu mundo!

Limpei a boca. Num acesso final de rebeldia, catei mais dois pães supercalóricos e os envolvi num guardanapo, que enfiei na bolsa. Só então puxei o ar, ergui o queixo e saí dali como se nada de anormal fosse acontecer, para o caso de algum empregado me ver. Era apenas eu, de salto alto, cabelo batendo na cintura e vestido grudado, seguindo para meu dia de beleza.

As mãos tremiam quando cheguei ao carro. Entrei respirando fundo, procurando a mochila. Foi um alívio constatar que ela continuava embaixo do banco do passageiro. Meu futuro todo estava ali.

Dirigi olhando em volta, como se notasse cada coisa pela primeira vez. A mansão ficando para trás, o gramado bem tratado, com o paisagismo perfeito, os portões se abrindo para o condomínio que era um dos mais caros do Brasil. O salão ficava perto, na Barra da Tijuca, entre lojas de grifes caríssimas e shopping centers exclusivos. Peguei o caminho oposto. Para o desconhecido e a liberdade, o medo presente, a esperança também.

Algumas coisas estavam traçadas, outras seriam surpresas. Talvez Roger descobrisse tudo antes que eu me afastasse demais. Do jeito que eu era burra, iria cometer algum erro. Mas estava decidida a tentar.

Dirigi com a mente cheia, sentimentos diversos me atacando, o futuro totalmente incerto. Qualquer pessoa me acharia maluca por abandonar aquela vida de princesa, tendo tudo do bom e do melhor e podendo ser uma das herdeiras de Roger, já com sessenta e quatro anos. Talvez eu fosse mesmo e, quando ficasse por minha conta, me arrependesse. Mas naquele momento eu simplesmente não aguentava mais!

Comi os dois pães, a boca cheia e salivando, o nervosismo abrindo meu apetite e se misturando com a sensação de liberdade que crescia.

A imagem dele invadiu minha mente, e o asco foi o maior incentivador que eu poderia querer. Ele era velho, de pele flácida, magro, calvo, com olho de peixe morto. A boca murcha na minha não excitava, e eu precisava fechar os olhos, fingir, pensar em outras coisas. O sexo era um tormento que ajudava a aumentar meu desespero. Para piorar, as ordens, sempre presentes. *Faça assim, coma isso, vista tal coisa, malhe mais, seja boazinha...*

Acelerei e peguei a estrada, orientada pelo GPS.

Tudo estava planejado.

Nicolly Silva de Lima e Castro iria morrer naquele dia. Em seu lugar nasceria outra mulher. Sem a lente de contato verde, sem o mega hair loiro até a cintura. Sem saltos, sem nada. Perdida em algum lugar no Sul do Brasil. Onde jamais pensariam em me buscar, afinal eu odiava frio! Isso se desconfiassem do meu suicídio.

Examinei meus olhos falsos no retrovisor, assim como os cílios postiços. A maquiagem impecável, a boca carnuda dos preenchimentos que Roger e minha mãe insistiam que eu fizesse. Em pouco tempo eu não teria dinheiro para nada disso. Eu iria me enxergar além do silicone nos peitos, das plásticas, daquilo que tinha me tornado.

Minha mãe ficaria horrorizada se visse o nome novo na carteira de identidade falsa que eu havia comprado pela internet. Maria de Deus. Ela vivia dizendo que nome feminino devia ter Y ou W, letras repetidas, para ficar sexy. Eu tinha pensado em optar por Scarlett, ou Natasha, até mesmo Stephanie. Sem Y. Mas lutei contra o costume e consegui que fosse Maria. O mais simples possível.

Quase chorei sem saber se iria me acostumar, como viveria dali para a frente. Os riscos tinham sido imensos, mas não me fizeram parar. Segui pela Avenida Brasil e dali para a Rio-Santos. Em trechos que havia pesquisado, que não eram monitorados por câmeras. Com precipícios. Perto da entrada de Mangaratiba.

Foi difícil dirigir, pensar, temer. E assim segui, até passar por uma curva acentuada e ver meu ponto perfeito. Os tremores voltaram e eu joguei o carro para o acostamento, ao lado da mureta de segurança. Era ali.

Apertei o volante, puxando o ar com força e tremendo mais que vara verde sob uma tempestade violenta. Eu precisava agir. E foi o que eu fiz.

Peguei a mochila e tirei de lá os tênis, a calça e o casaco largos de moletom. Tirei a roupa ali mesmo, ouvindo carros passarem, protegida pelos vidros escuros, pisca-alerta ligado. Meu vestido foi guardado na mochila. Deixei os sapatos de salto perto de mim. Com certa dificuldade, vesti a roupa grande e amarrotada. O cabelo ficou preso embaixo do capuz; óculos escuros cobriram quase a metade do meu rosto.

Então, segurei o envelope branco com a carta de suicídio dentro. Tive que ler de novo, só para conferir se estava tudo certo:

Roger, mãe...

Eu queria ser o que vocês esperavam de mim, mas não consegui.

Há meses enfrento calada uma depressão, e agora desisto de vez. Saio da vida de vocês, e não fico para a história. Se acharem meu corpo no mar, me deem um enterro digno.

Perdoem minha fraqueza. Prefiro morrer a envergonhar mais vocês.

Adeus,

Nicolly

Estava boa. Eu tinha lido em algum lugar sobre um cara que havia se matado deixando uma carta do tipo *saio da vida para entrar na história*. Achei bonito. Mas eu sabia que ninguém iria se importar muito, então mudei um pouco as coisas.

Guardei a folha no envelope e o deixei no banco do passageiro, ao lado da minha bolsa com chave, celular e outros itens pessoais que de nada me serviriam. O coração batia descompassado quando saí do carro e o tranquei. Olhei em volta e aproveitei que não passavam carros. Fui até a beira do precipício, vendo o mar explodir lá embaixo. Joguei meus sapatos vermelhos e eles logo foram tragados pelas ondas. Talvez os encontrassem.

Rapidamente me afastei pelo acostamento, andando rápido. Um carro passou voando ao meu lado e eu continuei de cabeça baixa, escondida sob o capuz. O sol ardia, esquentava. O tênis barato apertava meus pés. Mas nenhum desconforto me demoveu do meu objetivo.

Andei dezessete minutos até ver a placa de entrada para Mangaratiba. O ônibus para Ubatuba, no estado de São Paulo, sairia em uma hora. A passagem já estava comprada. Tempo suficiente para entrar no banheiro, cortar o cabelo bem curto, tirar toda a maquiagem. Eu queria passar despercebida.

De Ubatuba eu seguiria para a cidade de São Paulo em outro ônibus, e de lá para Santa Catarina. E então eu pararia no lugar mais distante e esquecido possível.

Maria de Deus finalmente iria nascer.

CAPÍTULO 3

Emanuel Hoffmann

— Bah! Mas não te mataram ainda, homi?

O velho sentado do lado de fora do único bar da cidade empurrou o chapéu para o alto da cabeça, para me espiar melhor.

Eu sabia que ninguém ali me deixaria passar despercebido. Mesmo tentando me encolher em meus quase dois metros de altura, todos me conheciam e não perdiam a oportunidade de me perturbar. A vontade era de dar meia-volta e sumir, voltar para meu sítio. Mas a necessidade se fazia presente e eu dei de ombros.

— Ainda tô vivo.

— E a tua avó?

— Também.

Hans assentiu, sorrindo, dois dentes faltando na frente, a pele encarquilhada parecendo papel amassado até o limite. Era só jeito de falar. Nada acontecia na cidade de menos de dois mil habitantes sem que ele e todos os outros soubessem. Uma morte seria motivo de muito falatório.

— Veio beber? A esta hora? — Ele continuou com o interrogatório, sentado em seu banco embaixo da marquise. Subi os dois degraus de madeira já sem brilho, gastos. Empurrei a porta quase do meu tamanho. Ele insistiu: — *Venha vindo*! Deixa a Margareth saber que o neto dela virou *mamador* de cachaça já de matina!

— Não vou tomar cachaça, Hans.

— Vai fazer o quê?

Toma conta da sua vida, quase respondi. Quase. Eu xingava, reclamava, me irritava, mas só em pensamento. No fim das contas, recorria ao silêncio e seguia a vida como o bom e trouxa Emanuel.

Entrei, deixando-o lá fora, a pensar sobre as possíveis causas da minha aparição no bar do José Rêgo logo de manhãzinha. Mas Hans não veio atrás de mim. Ele nunca passava da varanda. Desde que tinha jurado deixar de ser alcoólatra.

Era estranho, como a maioria das coisas que aconteciam em Barrinhas, cidade esquecida na região serrana de Santa Catarina. Hans acordava cedo, se sentava ali e olhava para o nada. O proprietário levava café preto para ele, às vezes um prato de comida. Por pena ou para pagar a segurança desnecessária que ele fazia. Afinal, nem ladrões tinha por ali. Até eles preferiam outros lugares.

Apertei os lábios, velhas amarguras voltando. Se pudesse, eu também teria ido embora. Desde os dezoito anos planejava sumir, ser feliz bem longe. Estava com vinte e sete e ainda vivia do mesmo jeito. Preso. Uma das almas solitárias que ainda vagavam sem opção. Engoli a mágoa e entrei no salão.

José passava um pano no balcão, como se muitos clientes estivessem ali sujando o ambiente. Somente um outro velho estava sentado no banco olhando para a televisão antiga, onde passava um jogo do campeonato estadual, a imagem tremida. Estêvão, que sempre aparecia por ali, segurando um copo escuro que podia ser de café, mas na certa estava misturado com conhaque. Infelizmente ele não tinha a mesma força de vontade de Hans para abandonar o vício.

Em uma mesa, o casal Gertrudes e David, aposentados, primos do dono do bar, marcavam presença também, jogando cartas. Logo mais chegaria a cozinheira e, no horário do almoço, alguns frequentadores do restaurante. Eu esperava não estar mais ali quando essa hora chegasse.

Todos me espiaram. Gertrudes sorriu e acenou, minha ex-professora da escola local, que mesmo naquela época esquecia meu nome. David me ignorou, observando suas cartas. Estêvão me encarou, depois voltou para sua bebida e seu jogo.

— Almôndega de frango! Você por aqui! — exclamou o dono do bar, abrindo um grande sorriso.

Merda. Eu me encolhi um pouco mais sob o casaco, diante de um dos apelidos que o infeliz sempre soltava ao me ver. Outro dos motivos para eu me isolar no sítio com minha avó.

Firmei o passo e me aproximei do balcão. Sentei num dos bancos.

— Novidades? Ou tá *desacorçoado* por aí? — Ele parecia achar que eu era o perdido, o lerdo de sempre.

— O garoto lá do sítio foi embora — murmurei. — Sabe de alguém precisando de trabalho?

— Aquele doidinho se mandou? Roubou vocês? Eu sempre soube que não ia dar certo! Apareceu aqui do nada! *Mazoquiera?*

— Não era nada. Ele só foi embora. Preciso de alguém pra me ajudar, antes do inverno chegar. — Tamborilei os dedos no balcão.

— Impossível! Não tem ninguém na cidade pra isso! — Ele encerrou o assunto e voltou a limpar o balcão seco, liso.

Suspirei, desanimado. Levei a mão até o queixo, onde a barba espessa e escura parecia um matagal confuso.

Eu sabia que seria besteira ir até ali. Mesmo assim olhei em volta, esperançoso. Talvez algum dos outros me indicasse uma pessoa. Todos continuaram seus afazeres, me ignorando. Eu me senti mais sozinho que o normal.

Talvez eu devesse ir para uma das cidades vizinhas, como Lauro Müller ou São Joaquim. Oferecer trabalho. Mas quem aceitaria, se o dinheiro não dava para pagar um valor decente? Trabalhar em troca de comida e um teto, alguns trocados, lá onde Judas perdeu as botas. Era o máximo que eu podia oferecer.

A porta se abriu. Nem me dei ao trabalho de virar. Devia ser a cozinheira, dona Hanna, chegando com seus pés inchados. Continuei mergulhado em meus problemas.

O sítio consumia todo o meu tempo. Minha avó até tentava ajudar, mas ela ficando dentro de casa já ajudava o suficiente. Cega havia anos e idosa, corria mais riscos saindo para o campo do que parada. Assim, eu dava conta de tudo desde o nascer do sol até ele se pôr, mas no inverno era difícil sozinho.

Depois que Juliano foi embora, eu precisava urgentemente de outra pessoa. Qualquer um, até mesmo um dos velhos que estavam ali no bar. Se eu oferecesse conhaque a Estêvão todo dia, quem sabe ele aceitasse?

Encarei o baixinho careca e mirrado, que olhava para a televisão com a cara feia de quem tem o time perdendo. Eu duvidava que ele pudesse se abaixar para pôr comida para os animais ou aguentasse mais peso que o levantar de copos. O desespero começou a bater.

— Esse jogo é repetido, Estêvão. Você sabe que o seu time perdeu — avisou José Rêgo. O tom dele mudou, mais alto, uma ponta de curiosidade. — Quem tá aí? Sai da sombra e entra!

Espiei para trás, sobre o ombro. Fiquei curioso ao deparar com um contorno diferente, dentro de roupas pesadas, várias camadas de casacos. A pessoa devia estar esperando um frio fora de época, não os dezenove graus que fazia naquela manhã.

O que mais me surpreendeu foi notar Hans na porta aberta, atrás do estranho. Como se estivesse prestes a segui-lo.

O silêncio, rompido apenas pelo narrador do jogo, ficou mais suspeito. Todos nós acompanhamos os primeiros passos da pessoa para dentro, seguida de perto por Hans. Então notei duas coisas: o velho entrava ali pela primeira vez em anos. E a pessoa usava um capuz grosso escondendo a cabeça.

Trazia uma mochila no ombro e parecia ser alta. Quando andou, ficou claro se tratar de uma mulher. Homem não rebola daquele jeito.

A cada passo dela, Hans dava outro, chapéu empurrado para trás, expressão de pura curiosidade. Olhos cravados na figura inesperada, como todos nós.

— Bom dia. Aqui é a cidade de Barrinhas, né?

A voz surpreendeu. Baixa, rouca, linda. Até que parou no meio do salão, e Hans estacou também. Todo mundo mudo.

Ela ergueu um pouco o rosto. Pele bronzeada, contorno bonito do queixo, uma boca que fez meu ventre dar uma volta. Carnuda e rosada. Nariz fininho. Óculos escuros escondiam todo o resto, mas dava para ver que era mulher e linda. Perdida no meio das roupas e na cidade fantasma.

Senti sua tensão, percebi que parecia dura ali, observando a todos com desconfiança. Tal qual fazíamos com ela.

Lembrei-me de um filme de faroeste. O bar velho e empoeirado, o desconhecido chegando do nada e invadindo o ambiente, todos os outros prontos para sacar suas armas. Um tiroteio se anunciando. Só que ali era a curiosidade que fazia a tensão aumentar.

— Dia! — José Rêgo se recuperou primeiro. — Barrinhas, tu acertou! Como tu chegou aqui?

— Carona. Um casal estava indo pra São Joaquim.

— E tu queria ir pra onde? — Gertrudes largou as cartas na mesa.

— Pra cá mesmo. Tem um hotel pra me indicar?

A senhora riu alto. David acompanhou a esposa. Estêvão deixou o jogo repetido de lado e se virou no banco, ansioso por saber mais da desconhecida. Achando graça.

— *Minhazarma!* — Hans exclamou, divertido.

— Como? — Ela se virou para ele.

— Ela não é da área! — Gertrudes explicou. — Ele quis dizer "Meu Deus!". Hotel em Barrinhas? Tem não, moça!

— Uma pousada?

A outra riu. José se debruçou no balcão, cada vez mais curioso. Ela desanimou visivelmente, os ombros caindo um pouco. Talvez cansada da viagem.

Tive pena, preocupação. No entanto, tímido como era, nem me mexi, acompanhando o evento inusitado.

— *Piriga* achar pousada lá pros lados de Bom Jardim da Serra — o dono do estabelecimento continuou. — Ou quer ficar mesmo em Barrinhas? Conhece alguém aqui?

— Não. Vim de longe.

— Donde?

— Buscando emprego. — Ela não respondeu à pergunta. — Mas obrigada. Vou tentar uma carona para este lugar que o senhor falou.

— Carona? Aqui? — Novo motivo de risinhos de Gertrudes.

— De quem é aquela caminhonete lá fora?

Gelei quando Hans apontou para mim.

— Aquela que um dia foi vermelha e hoje parece só ferrugem? É do *peixe grande*.

— Quem?

— O Emanuel ali! O grandão!

Senti o rosto pegar fogo quando ela me olhou. Não vi seus olhos atrás das lentes escuras e enormes, mas os senti. E mal me mexi, nervoso, paralisado com a atenção. E por ela conhecer um dos meus apelidos odiosos.

Eu queria ser menor, diminuir, sumir até escorrer por uma das frestas do piso de madeira. A garganta travou, até respirar ficou difícil. Um dos meus olhos tremeu sem parar e eu lutei contra o tique nervoso.

— Emanuel, você pode me dar uma carona? Quanto você cobra? Ou tem um ponto de ônibus pra ir até essa cidade?

— Só amanhã agora. Um ônibus sai de manhã cedinho. — José fez um gesto com a mão. — Tu se achegue aqui! Emanuel, responde a moça! Aliás, tu não tava precisando de um *piá* pra te ajudar no sítio? A moça quer trabalho! Num serve?

— Jura? — Rapidamente ela se aproximou de mim. Chocado, não consegui fazer nada mais do que a encarar até ela se sentar no banco ao meu lado e deixar a mochila escorregar para o chão. — Eu aceito!

— Mas ele nem disse o que é! Quanto paga! Do jeito que é duro, moça, vai ser prejuízo ir pras bandas que ele mora com a vó Margareth! — opinou Gertrudes. — Na escola, eu sabia que ia dar nisso! Esse menino não dava um pio! Todos os outros foram pra cidades grandes, e ele ficou por aí! Não é, Emanuel? Tu pode pagar a moça ou não? Diz logo!

Engoli em seco, o olhar dela queimando, perto demais. Pouco se via do seu corpo ou rosto sob tanto pano, mas a boca puxava minha atenção, me desconcertava. Assim como a pele lisa e a voz rouca.

— Menino! — José bateu com o pano de limpar balcão no meu braço. — Responde!

— Eu... eu... eu...

— Você tem alguma vaga pra mim? — ela indagou baixinho, algo como esperança no tom que usou.

— Eu...

— Não precisa ser carteira assinada, podemos fazer um teste, ver se funciona.

— Eu...

— Seria pra trabalhar em quê? Serviços domésticos?

— Eu... eu...

— Que *piá* de bosta! — murmurou Estêvão, irritado comigo. — Parece que deu *cos corpo nos arame*! Fala logo!

Ele deu um tapa nas minhas costas, que mal senti. Mordi o lábio, juntando bigode e barba, olhos abertos na direção da moça. Ela me observou melhor e sussurrou:

— Isso é um sim? Tem uma vaga?

Assenti, mudo, nervoso. Ela sorriu. Dentes muito brancos, duas covinhas nas bochechas. Ficou mais difícil pensar. Fazia anos que eu não via moça por ali, muito menos bonita como ela.

— Obrigada, Emanuel. Você não vai se arrepender!

Eu já nem sabia mais o que tinha acontecido.

O arrependimento por ter vindo ao bar do José Rêgo passou perante a novidade incrível diante de mim. Tinha chegado sozinho, arrasado. Ia sair acompanhado. E com uma ajudante para o sítio.

Não perguntei mais nada. Apenas sorri.

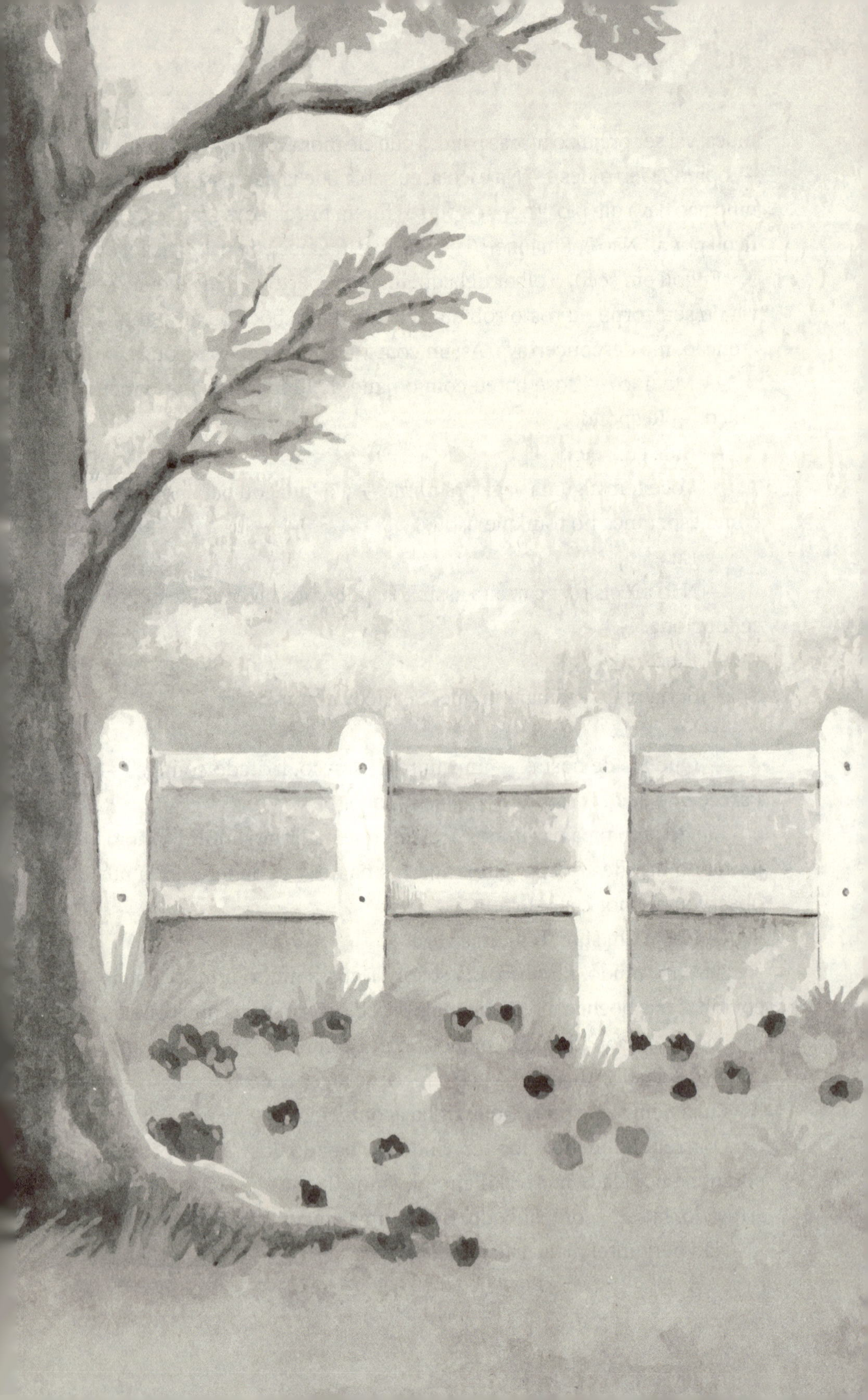

CAPÍTULO 4

Maria de Deus

A CAMINHONETE VELHA SACOLEJAVA COMO SE EU ESTIVESSE dentro de uma máquina de lavar. Eu me segurei na lateral da porta, a outra mão apertando a mochila no colo, o olhar desconfiado sondando o homem calado ao meu lado.

Ele se mantinha mudo, atento à direção, como se eu não estivesse ali. Com exceção do *Eu... eu... eu...* que havia murmurado no bar, era como se um gato tivesse comido sua língua. Comecei a temer que fosse algum psicopata ou que tivesse algum problema mental, prestes a parar o carro em algum lugar e me enforcar grunhindo aqueles monossílabos.

Eu devia ter seguido na carona até a cidade vizinha. Disseram que também era pequena, mas uma das mais frias de Santa Catarina, por isso recebia turistas. Seria mais fácil achar trabalho. Como também ser encontrada, caso alguém me procurasse. Quando me falaram de Barrinhas, com menos de dois mil habitantes, perdida no meio do nada, achei bem mais seguro. Dei sorte por Emanuel estar lá e precisar de ajudante. Ou será que havia caído em uma armadilha terrível?

— O sítio fica bem afastado do centro, não é? — perguntei, meio preocupada, imaginando se aquela porta velha abriria, caso eu precisasse pular fora dali.

Olhei para ele através dos óculos escuros, o capuz do casaco escondendo o restante. Estava usando praticamente todas as roupas que trouxera, já com frio. E o povo tinha dito que estava calor. Eu nem queria pensar como seria o inverno ali.

Lembrei-me da piscina enorme da mansão, das férias no mar do Caribe e da Grécia, dos passeios de iate. Coisas que eu deixara para trás, que nunca mais teria. Eu amava o sol, o calor na pele, a amplidão das águas. A saudade cedeu quando a imagem de Roger me veio à mente, fazendo tudo desmoronar. Os termos que ele usava para se referir a mim, como uma imbecil. O soco na cara. Na mesma hora a mágoa e o alívio surgiram mais fortes.

Eu me concentrei no homem ao meu lado. Era imenso. Devia ter dois metros de altura e estava acima do peso. Os ombros largos quase me espremiam num canto, tomando todo o ambiente. Usava roupas pesadas, botas velhas, camisa xadrez puída. Parecia um urso peludo, cabelo escuro meio comprido e com ondas confusas, barba enorme, bigode escondendo os lábios. Sobrancelhas negras e grossas.

Aspirei o ar, tentando notar algum odor esquisito. Talvez nem tomasse banho. Mas me surpreendi, pois o cheiro era bom. Algo rústico, como pinheiro, café, lenha. Não consegui definir, mas parecia cheiro de montanha.

Emanuel não me respondeu de imediato, o olhar fixo na estrada. Era mais novo do que achei no bar, ali sob a luz do dia. Talvez pouco mais velho do que eu. Com certeza menos de trinta. Eu me lembrei da mulher lá dizendo que ele tinha sido o único da idade a ficar na cidade, que todos os alunos da sua época se mandaram. Por quê? Um recluso com problemas para socializar? Isso explicaria sua mudez.

Observei os traços que dava para ver dali. O nariz era perfeito, reto, fino. Os olhos, lindos. Escuros, cílios cheios, uma sensação de doçura que a gente só percebe em olhar de criança. Talvez fosse só um bobão com mente infantil. Por isso estava ali e quase não falava nada.

Imaginei-o sem a barba, cabelo cortado, um pouco mais magro. Dava para notar a beleza ali, escondida.

— Emanuel? — O olho tremeu, numa espécie de tique nervoso. A pele à vista ficou vermelha como tomate. Ele apertou os lábios, que sumiram diante de tanto pelo. Eu me mexi, com medo dele. E com um pouco de pena da sua timidez. Onde diabos eu tinha me metido? — O sítio fica muito longe?

— Um... um pouco.

Finalmente palavras! A voz era baixa, mas grossa. Bonita. Soltei o ar.

— E o que eu vou fazer lá? Trabalho doméstico?

Eu não imaginava como seria trabalhar em um sítio. Na verdade eu não sabia fazer absolutamente nada além de posar para fotos e desfilar, coisas para as quais minha mãe havia me incentivado e praticamente forçado desde criança.

Olhei desconfiada para minha mão, as unhas pintadas enormes, sempre muito bem tratadas. Ainda mostravam a realidade que eu vivera até resolver fugir, quase vinte e quatro horas antes. Estremeci ao me lembrar de cada segundo, imaginando se já haviam encontrado o carro, se tinham acreditado que eu pulara no penhasco e que meu corpo sumira no mar, se haviam lido a carta de despedida. Ou não. Eu estava acompanhando a internet, sem notícias por enquanto. Mas Roger podia estar abafando tudo.

Fechei os dedos e escondi a mão. Eu sabia que precisaria cortar as unhas. Ainda eram uma prova da minha vida passada.

Meus olhos se encheram de lágrimas quando pensei nas minhas madeixas dentro do vaso, loiras, longas e sedosas. Eu tinha chorado demais no banheiro da rodoviária, cortando o mega hair e com ele meu cabelo natural, que passava dos ombros. Foram tantas horas sentada nos melhores salões até ele ficar maravilhoso e brilhante! E não servia para mais nada.

Eu havia deixado o cabelo curtinho. Lá na rodoviária mesmo joguei a tintura preta no cabelo e esperei, sentada na tampa do vaso, chorando até o nariz entupir e os olhos incharem. Lavei o cabelo na pia. Sequei com meu vestido, aquele que eu usava quando saí da mansão e fugi para sempre. Depois o piquei com a tesoura, distribuí em vários sacos e espalhei no fundo das lixeiras do banheiro. Assim como fiz com as lentes de contato que deixavam meus olhos verdes. Abandonei a Nicolly de vez.

Faltavam as unhas.

De volta ao presente, olhei entre esperançosa e temerosa para o grandalhão ao meu lado. Um sítio no fim do mundo seria o esconderijo perfeito. Pelo menos por um tempo.

— Emanuel, você pode me dizer o que eu vou fazer no sítio? Como vai ser o nosso contrato de trabalho?

Ele fez que sim com a cabeça. O tique no olho voltou, assim como a vermelhidão da pele. Ele grunhiu, a voz finalmente saindo naquele timbre grosso que surpreendia:

— Cui... cuidar dos animais. Da... da... plantação.

Ele era gago? Ou apenas tímido demais?

Eu assenti e ele levou seu tempo, mas continuou, sem me encarar uma vez sequer:

— Casa, comida e... algum... algum dinheiro. Não muito.

— Hum...

— Sem assinar carteira. Eu... tipo informal. Eu... eu não posso pagar muito... agora... quero dizer...

— Entendi. Tudo bem.

Servia, até eu poder pensar com clareza nos planos futuros, sair da toca. Era uma sorte ter conseguido.

— Sua avó mora lá? — Lembrei-me do pessoal no bar citando a mulher em algum momento.

Ele fez que sim com a cabeça. E o assunto morreu.

Olhei para fora, a estrada ladeada por árvores longas, araucárias, pinheiros. O cheiro bom de ar fresco. Nenhum comércio ou moradia no caminho.

Eu tinha passado horas mudando de ônibus até chegar a Florianópolis. De lá segui até a região serrana de Santa Catarina e conheci um casal simpático na padaria em que parei para lanchar. Fiquei na minha, mas eles puxaram assunto e, no final, peguei carona. Deus tinha me ajudado até ali. E não me abandonaria. Um dia eu iria respirar aliviada e recomeçar de verdade a minha vida.

Subimos o que parecia um morro sem fim, serpenteando entre a vegetação. Apreciei a beleza, um pouco incomodada com o vento frio, temerosa por estar tão longe na companhia de um desconhecido. Mas aos poucos, pela primeira vez desde o início da minha fuga, eu relaxei. Era como renascer em outra pele, em outro lugar. Com possibilidades infinitas.

Lembrei-me da minha mãe, sempre me dizendo que para ser feliz uma pessoa devia ser realizada. Ter sucesso, fama, dinheiro, o melhor que a vida pudesse oferecer. Ela havia incentivado minha beleza e ganância desde cedo. Desfilei, posei para fotos, frequentei os melhores ambientes. Saí com caras famosos e ricos. Circulei pela nata da sociedade. Até conhecer Roger e me tornar a bonequinha dele.

Meu casamento tinha sido um evento único, com uma lista de convidados rica e ilustre, minha mãe tão feliz que quase explodia. Sua garotinha esperta de vinte anos havia fisgado um ricaço. Tudo estava bem. Por isso, ela pouco se importou quando reclamei da primeira vez, quando ele me humilhou pela segunda vez ou me rebaixou pela terceira. Ela achava normal ele ditar tudo na minha vida e eu obedecer. Era o preço.

Vitória iria me odiar para sempre. Mesmo acreditando que eu tinha me matado, ela iria xingar sobre o meu túmulo por causa da minha covardia, por ter tirado os luxos dela. Eu tinha certeza de que Roger pouco ligaria para minha mãe.

A culpa espezinhou, mas eu a empurrei para longe. Estava na hora de parar de fazer o que mandavam, o que exigiam de mim. Era tempo de escolher.

O escapamento da caminhonete fez um barulho alto e eu me assustei, arrancada dos pensamentos, até me dar conta de que estávamos parando diante de uma casa de madeira grande, pintada lindamente de azul. Eu havia esperado por algo caindo aos pedaços, igual à caminhonete ou à figura desleixada de Emanuel. Não aquele ambiente, que era uma festa para os olhos.

Encantada, senti como se entrasse em um conto de fadas. Campos a perder de vista, morros verdes atrás com picos envoltos em neblina, árvores e muitas flores coloridas em volta. Tudo era limpo, a varanda com plantas e cadeiras estofadas, um balanço pendurado na árvore em frente.

A casa tinha telhado vermelho e ficava um pouco acima do chão, construída sobre um tablado enorme. Portas e janelas brancas, essas com flores no parapeito. Havia um galpão mais adiante e outras construções, que não dava para distinguir bem dali. Talvez os lugares onde os animais e ferramentas ficavam.

Eu me virei para Emanuel e o peguei me observando, os olhos escuros como chocolate fixos em mim. Na mesma hora ele disfarçou, nervoso, abrindo a porta da caminhonete com força. Tentei fazer o mesmo com a minha, mas parecia emperrada. Ele deu a volta, escancarou-a para mim e me deu espaço para descer, sem me fitar.

— Obrigada. Nossa... é lindo!

Ele se moveu, inquieto, apenas acenando com a cabeça. Sorri. Apesar dos meus medos e preocupações, de todas as novidades, riscos e possibilidades, era como mergulhar em uma história nova, escrita e pintada para mim. Ignorei o frio e todo o resto, me agarrando à beleza, à vontade de explorar aquele lugar incrível.

— Menino, até que enfim! *Quedelhe?* — A porta da frente da casa foi escancarada e uma figura miúda, com voz potente, apareceu gritando. — Demorou pras bandas da cidade! *Quedelhe?* Mais lerdo que lesma de patins! Bah!

— Tô aqui, vó.

Eu a espiei, curiosa. A mulher se aproximou da beirada da varanda, batendo uma bengala no chão. Então parou ali e apertou o cenho, como se farejasse o ar.

Era muito pequena, magra. Se não fosse tão enrugada, passaria por uma criança de oito anos, mas certamente tinha mais de oitenta.

Cabelo preso num coque grosso e bem grisalho, rosto fino, queixo pontudo. E olhos de um azul tão claro que eram quase brancos. Parados. Então percebi que era cega.

Senti pena, mas achei engraçado o modo como ela falava e o lance da lesma de patins. O que seria *Quedelhe*?

— Quem taí? — Ela ficou imobilizada, novamente atenta ao ar. — Cheiro de mulher. Menino, agora tá trazendo *aleijada* pra cá?

— Vó... — O rosto de Emanuel pegou fogo. Mal teve tempo de falar.

— Até que enfim! Achei que tava pegando as cabritas no pasto, de tanta necessidade! Quem é? Moça, vem cá!

— Vó... — Ele estava morto de vergonha, sem coragem de me olhar. — A moça veio trabalhar no sítio, no lugar do Juliano. Ela é a...

Ele se calou, surpreso, só então se dando conta de que não sabia nem o meu nome. Na verdade, não havia perguntado nada para mim. Tinha simplesmente me deixado entrar na caminhonete e me trazido.

Sorri quando seus olhos escuros e lindos finalmente pararam nos meus. Pela primeira vez usei meu nome novo, e soou estranho. A voz saiu até rouca:

— Maria de Deus.

Os dois ficaram quietos. A senhora fez um gesto com a mão.

— Vem aqui. Sou Margareth Hoffmann da Silveira Lima. De onde você surgiu, menina? Da cidade é que não é! Só sobrou velho por aqui. E o meu Emanuel.

— Vim de São Paulo. — Pisei no chão de terra batida, subi os dois degraus até a varanda e parei bem diante dela. Mal chegava ao meu ombro. — Prazer em conhecer a senhora.

— Voz de jovem. Por que veio pra cá? Fugiu?

Um arrepio percorreu minha coluna. Fiquei imobilizada, como se ela tivesse descoberto meus segredos. Mas me recuperei rapidamente, dando uma risada nervosa.

— Mudando de ares. Sem destino certo.

Margareth estendeu a mão magra, cheia de manchas e veias. Mesmo cega, os olhos fixavam os meus com precisão, como se ela soubesse onde eu estava, a que altura. Talvez guiada pela minha voz.

— Bem-vinda, se tu não for alguma doida. Já vou avisando que não temos riqueza aqui pra você roubar. Se for fazer maldade com a gente no sono, o meu neto te mata! Ele pode parecer um *piá*, um bobo, mas tem mãos de gigante e quebra teu pescoço como de galinha choca! E meus ouvidos nunca descansam! Dê um passo em falso aqui e pá! — Passou o indicador pela garganta, como se a cortasse. Depois me estendeu a mão de novo. — Bem-vinda.

— Obrigada. E não se preocupe, só vim trabalhar mesmo. Até resolver pra onde ir.

Apertei sua mão, surpresa pelo toque firme e forte, já gostando do jeito estranho, direto, que deixava Emanuel cada vez mais envergonhado. Ele mantinha a cabeça baixa.

— Vamos entrando! Menino, traz a bagagem da moça! Vou te mostrar o teu quarto. Tamo precisando de ajuda mesmo nas terras! Aqui trabalho nunca falta! Vem logo!

Ela se virou e foi entrando.

Suspirei, dando alguns passos, sem saber ao certo onde tinha me metido, como seria dali para a frente. Nervosa sobre o passado e o futuro.

E entrei na minha nova morada.

CAPÍTULO 5

Emanuel

Ela foi para o quarto no fim do corredor com a minha avó. Tudo que carregava consigo eram as camadas de roupa e a mochila nas costas. Quieto, sabendo que não olhava para mim, eu a espiei até sumir de vista. Estava curioso, nervoso.

Tive vontade de me socar. Por não conseguir abrir a boca perto dela, por parecer um pamonha. E eu era! Lerdo, esquisito, tímido. Ela devia estar pensando até coisas piores ao meu respeito. Afinal, quem, com vinte e sete anos, fica vermelho e mudo perto de uma mulher? E ainda a leva para trabalhar e morar na sua casa sem nem sequer saber seu nome?

Eu me odiava.

Desde pequeno, sentia vergonha de mim mesmo, por ser grande demais, atrapalhado, tímido. Quando as pessoas riam, debochavam e me colocavam apelidos, eu achava que tinham razão. Eu merecia, era até pior do que diziam. Feio, burro, gordo. Com uma avó cega, um pai grosseiro e uma mãe que causara o maior escândalo da cidade.

Tentei muitas vezes me sentir melhor, fazer diferente. E então me atrapalhava. Até compreender que não tinha jeito. O melhor era me esconder no sítio e deixar a vida passar ao longe.

Fui até a cozinha quente, onde o fogão a lenha estava aceso e o feijão cozinhava, cheio de carne dessalgada de porco, o cheiro fazendo meu estômago roncar. Eu ia esperar Maria para mostrar o trabalho a ela e passar o dia ralando na plantação. Ficava tenso só de me imaginar na sua companhia, tendo que explicar tudo, sendo mais uma vez um idiota completo!

Peguei uma concha, despejei feijão fervendo em uma caneca e me encostei a um canto da mesa pesada, tomando colheradas com cuidado. Foi quando minha avó voltou, sua bengala mal sendo usada ali dentro. Ela conhecia cada cômodo e móvel de memória. Se movimentava muito bem por ali.

— Agora me diz, menino! Donde surgiu essa moça?

Mastiguei os grãos quentes, que derretiam na boca. Engoli e contei a verdade:

— Ela chegou de carona, na hora que eu estava no bar do José Rêgo. Disse que estava de passagem, procurando trabalho temporário. Não tive muita escolha. Era a única disponível.

— *Piriga* acontecer uma tragédia aqui? — Minha avó apertou as sobrancelhas brancas enquanto se dirigia à pia e tateava o facão, cortando os pedaços de frango que estavam de molho na bacia. — Ela pode ter intenção ruim?

Fiz um esgar com a boca, de deboche. Não consegui me segurar:

— Bah! E fazer o que com a gente? Roubar nossa riqueza?

Margareth deu uma risadinha e foi espalhando os pedaços na tábua. No início eu tinha medo de que ela se cortasse. Depois entendi que seus instintos eram afiados. Nunca a tinha visto se machucar na cozinha.

— Mas é esquisito, isso é! Menina nova se meter por aqui. Fica de olho nela, Emanuel. Vou ficar com os ouvidos abertos!

— Tá, vó.

— Ela é bonita? — Não respondi de imediato. Eu a achara linda, mesmo com as roupas deixando suas formas escondidas, o capuz, os óculos escuros. Estranha mesmo, como se estivesse se escondendo.

Ou talvez fosse um pouco tímida. — Ouviu, menino? Já vi que é! Tu mal abriu a boca perto dela! Tem que se mostrar mais, conversar! Você é um rapaz muito bom, carinhoso! Comigo tu conversa, se abre, ri! Por que não faz assim com os outros?

A vergonha me envolveu, lembranças antigas da escola, dos colegas rindo e pondo apelidos, eu todo atrapalhado, a vida seguindo naquele ritmo até ali. Meu pai sempre brigando e me chamando de burro e imprestável. Não sabia o que acontecia. Só relaxava no meu espaço, com a minha avó.

Ouvimos passos e nos calamos. O tique no olho voltou, pois eu sabia que era Maria chegando, que eu teria que interagir com ela. Nervoso, senti as mãos comicharem, o coração bater mais rápido. Dei uma grande colherada no feijão e quase soltei um palavrão quando queimou minha boca, descendo fervendo pela garganta. Comecei a tossir.

— *Piá do céu!* — Agitada, minha avó bateu nas minhas costas com a mão cheirando a galinha. — Respira!

Deixei a caneca na mesa, puxando o ar, olhos lacrimejando, lábios e língua pegando fogo. Foi assim que Maria me viu, e ela parou e me olhou nos olhos. Eu quis sumir de novo. Mas nem tive tempo de me entregar à vergonha. Não diante dela, sem os óculos escuros e o capuz.

As roupas continuavam grosseiras, mas dava para notar que era alta e esguia. O rosto fino, com traços bem marcados. Maçãs do rosto altas, lábios carnudos e sem batom, olhos grandes e castanhos embaixo de sobrancelhas perfeitamente arqueadas. Cabelo curto, como de menino. Preto. Que ficava bem nela, pois deixava à mostra toda a sua beleza.

— Quer água, Emanuel? — Ela chegou perto, preocupada.

Pisquei, fiz que não. Virei para a pia, querendo controlar a tosse, o ardor, a admiração. Nunca na minha vida havia imaginado ter uma mulher daquelas morando ali. Ia ser um suplício agir como idiota a cada vez que a visse.

Enchi as mãos de água e lavei o rosto que queimava, até me acalmar um pouco. Minha avó sorriu:

— Ele está bem! Vão trabalhar, então! Quando voltarem, vai ter uma comida de lamber *os beiço* aqui! Vai, menino. Mostra o trabalho à Maria!

Eu me apressei para fora, desengonçado, sem coragem de olhar para os lados. Ouvi os passos dela me seguindo, até chegarmos à varanda. Por um momento fiquei perdido, sem saber o rumo, atento demais a ela. Então desci os degraus e apontei para o caminho de terra em frente, que seguia entre algumas árvores.

Maria se apressou até meu lado, olhando em volta.

— É tudo lindo! Mas... o que exatamente eu vou fazer?

Havia certa preocupação em sua voz, e eu olhei para ela de esguelha, notando que mordia o lábio, se mostrava indecisa pela primeira vez. Imaginei que nunca tivesse trabalhado no campo.

Treinei a garganta, lutando contra a timidez. Ela devia ser tão louca quanto eu por estar ali no meio de estranhos, sem saber ao certo quanto ganharia ou o que faria.

— Bem... Eu, hã... Nós estamos perto da colheita de maçã. Enquanto isso... tem a horta, os animais, temos que preparar as galinhas e...

Comecei, rápido, sem me dignar a encará-la, ou não pararia de balbuciar como um palhaço. Vontade não faltava, atraído por aquele rosto lindo. Eu estava curioso sobre aquela mulher.

Ela confessou:

— Nunca trabalhei num sítio, mas aprendo rápido.

— Era para ter... mais empregados, principalmente nesta época. — Descemos uma pequena inclinação. Mais à frente ficava o estábulo, depois o chiqueiro e o grande galinheiro. Ouvimos os sons dos animais. Minha voz foi ganhando mais firmeza, embora a vergonha continuasse tentando me travar. — Mas por aqui não tem muita gente.

— Ouvi dizer que esta é uma das menores cidades de Santa Catarina, e a maior parte da população é de idosos. Como você faz?

— Eu contrato pessoas que estão de passagem, ou então de cidades vizinhas. O último foi um rapaz de Urubici, mas ele precisou voltar pra casa. Justo na época em que vou mais necessitar dele. — Apontei para a plantação que já se avistava dali, as árvores cheias de maçãs. — De fevereiro a abril começam as colheitas. A minha vai ser agora em março.

— Colher tudo isso? Precisa de mais gente.

— Não tenho. — Eu me mexi, tenso, passando a mão na barba espessa. — O trabalho é duro. Você acha que consegue ajudar?

— Consigo! Pode contar comigo, Emanuel. — Olhei para o outro lado, nervoso, afoito. Fazia anos que não contava com ninguém além de mim e da minha avó. Todos que contratava sumiam sem mais nem menos, me deixavam na mão. — Por que tem um manto branco em cima das árvores?

Me senti mais seguro para falar do que eu entendia:

— Para proteger das intempéries. São telas antigranizo.

— Aqui chove granizo? — Ela se apressou para acompanhar meus passos e eu reduzi um pouco a marcha. — E neva?

— Sim. Principalmente em junho, julho e agosto. O lago até congela.

— Meu Deus...

Curioso, virei o rosto, dando de novo com sua beleza morena, delicada. Contive a admiração, notando a ruga de preocupação entre suas sobrancelhas.

— Não gosta do frio?

— Nem sei, pra dizer a verdade! Primeira vez aqui no Sul! — Reparei na roupa volumosa e ela sorriu para mim, meio incerta. As covinhas de novo lá, os dentes perfeitos. — Já estou tremendo toda! Imagine no inverno!

— Você acaba se acostumando.

— Tomara! Mas, então, a plantação é imensa! Ainda estou chocada por você fazer tanta coisa sozinho! Já tem destino certo ou você ainda precisa arranjar compradores?

— Destino certo. Muitos vêm buscar aqui. A cidade vizinha, São Joaquim, é a capital da maçã. Não sei se você sabe, Santa Catarina é o estado que mais produz maçã no Brasil. A produção vem crescendo bastante, mas ainda não consegui ampliar a nossa.

Não comentei sobre os empréstimos que havia feito, como produtor, para comprar as telas, para dar conta do cultivo e de toda a dinâmica no sítio. Felizmente, mesmo com a falta de mão de obra constante, a colheita daquele ano tinha tudo para ser uma das melhores e nos deixar uma boa reserva. Assim como a venda das galinhas e dos ovos; a procura tinha aumentado bastante.

Eu me soltei um pouco mais, enquanto Maria fazia perguntas e nós íamos andando para o meio das macieiras. Pude observá-la melhor enquanto se concentrava no entorno, a expressão entre encantada e tensa, como se muita coisa passasse pela sua cabeça. Eu queria muito saber mais sobre ela, entender o que a fizera parar ali. Enquanto todos fugiam de Barrinhas, ela chegava sem mais nem menos.

Paramos entre as fileiras de árvores e ela sorriu, acariciando suavemente alguns dos frutos vermelhos e lisos, quase no ponto. Notei a mão fina e delicada, as unhas curtas, sem qualquer tipo de anel. Não parecia acostumada ao trabalho pesado.

As folhas verdes balançavam suavemente sob a tela, raízes das macieiras bem enterradas, vivas. Elas se perdiam de vista, e, enquanto seguíamos pisando na terra batida, passei a descrever o serviço. Depois seguimos para a horta, o cultivo de subsistência, as plantações menores para comércios vizinhos, que eu entregava ocasionalmente na caminhonete. Então, fomos ver os animais.

Não eram muitos. Algumas vacas e um boi, pastando preguiçosamente. O chiqueiro com porcos chafurdando na lama. Maria levou a mão ao nariz, surpresa.

— Que cheiro forte! É sempre assim?

— É, mas você se acostuma.

— Ah, tá... — Ela sorriu, mais uma vez incerta. Apontou para os filhotes rosados das matrizes, deitados sobre o piso. — Olha que bonitinhos! E imaginar que depois vão ficar enormes como os outros! Emanuel, o que exatamente eu preciso fazer com eles?

— Vou te ajudar, mas às vezes, quando eu estiver ocupado na plantação ou fazendo entregas, você vai precisar trabalhar aqui sozinha. Tu dá a ração, duas vezes ao dia. Para evitar briga, tem que espalhar bem naqueles comedouros, até encher. Assim todos os animais se alimentam ao mesmo tempo. Os comedouros precisam ficar sempre limpos, pra não se contaminarem. E o local tem que ser lavado todo dia.

— Mas eles não mordem? E se eles correrem atrás de mim?

— Eles não fazem isso. Olha só.

Abri a portinhola e os porcos ficaram curiosos, erguendo as cabeças, alguns se levantando. Caminhei pelo piso onde não tinha lama e que eu já havia limpado bem cedo, tão logo o sol raiara. Enquanto pegava a ração estocada e despejava nos recipientes longos, vários dos animais se aproximaram correndo, soltando sons de alegria e de disputa. Foram se ajeitando ao longo do comedouro, sem dar trabalho.

Eu me virei para Maria, que me observava do outro lado da cerca, olhos arregalados, esperando alguma coisa drástica acontecer. Quando saí de lá, ela respirou aliviada.

— Não parece tão difícil.

Eu a levei por outras divisões das construções. Estava me sentindo mais tranquilo para falar sobre as necessidades, explicar cada coisa. Quando passamos pela área a céu aberto, as cabras, em seu grande cercado, pararam para nos espiar. Uma delas veio correndo para perto assim que me viu. Fiquei com um pouco de vergonha quando ela começou a gritar *BÉÉÉÉÉÉ*, querendo minha atenção. Era a Josefa, que se acostumara a receber carinho toda vez que eu passava.

— Que lindinha! Ela morde? — Maria se aproximou da cerca.

— Não.

Meio inibida e desconfiada, ela estendeu a mão. Josefa voltou os grandes olhos castanhos para ela e, como se concordasse, chegou mais perto ainda. Depois me olhou com seu jeito pidão e berregou de novo, bem alto.

A moça a acariciou e a cabra gostou, mas não tirou os olhos de mim.

— Acho que ela quer o seu carinho, Emanuel.

Meu rosto esquentou. O que ela acharia se me ouvisse chamando a cabra de Josefa, falando com ela como se fosse uma pessoa? Mais esquisito ainda. Não me mexi, culpado. Não devia me achegar aos animais, principalmente os que serviam para abate e subsistência. Quando eu era criança e meu pai me levava para cuidar deles, eu chorava muito e implorava para ele não os matar. Depois entendi a necessidade, mas nunca gostei muito disso. Josefa tinha sido uma exceção, pois eu sabia que ela estava ali para dar leite, não para servir de carne.

— Muito fofinha! Como eu cuido deles?

Expliquei. Antes de sairmos dali, assim que Maria deu as costas, fiz um carinho na cabra e sorri para ela, aliviando minha culpa. Fomos ao galinheiro e ela se surpreendeu com a quantidade de galinhas voando baixo, ciscando, correndo atrás dos pintinhos.

— Ai, que medo! Tenho que entrar aí?

— Sim, todo dia. Dar água e comida. Pegar os ovos e...

Nova onda de informações. Ela ouviu, meio pálida, encarando as galinhas como possíveis inimigas. Chegou a ser engraçado, e eu contive o sorriso. Fui fazer a demonstração de como se entrava e pegava a comida para espalhar, como pegar os ovos com cuidado. O alvoroço lá dentro começou e Maria deu uns passos para trás, mesmo do lado de fora. Sacudiu a cabeça:

— Elas vão morder você!

— Bah! Elas não mordem.

— Então vão te bicar! Cuidado! — Ela apontou para o galo, que batia asas e brigava, querendo ser o primeiro a se alimentar.

Eu me diverti quando ela gritou, levando a mão à boca, apavorada ao me ver andar no meio do grupo afoito e barulhento. Quando as galinhas se distraíram comendo, cheguei perto dela e abri a porta cercada de arame. Seus olhos encontraram os meus e ela fez que não, pálida.

— Pode vir. Elas não vão bicar você.

— Mas eu... Elas correm atrás.

— Entre com firmeza. Vem.

Ela respirou fundo e deu uns passos para a frente. Tive vontade de estender a mão, segurar a dela. Mas não tive coragem. Até desviei o olhar, pois sua beleza me inibia.

Ela pôs um pé lá dentro, calçado no tênis branco que já se encontrava sujo de barro. Nervosa, parou ali mesmo. Quando as galinhas cacarejaram e brigaram pela comida, Maria gritou e pulou para o lado de fora, correndo vários metros para longe. Seu grito foi de pânico, como se mil demônios a perseguissem.

Fui pego de surpresa e comecei a rir, mas me controlei a tempo. Ela se virou desesperada, mãos no peito, buscando seus perseguidores, que mal se davam conta de sua presença.

— Fecha a porta! — suplicou. Quando o fiz, ela suspirou, pálida. — Me desculpe! Eu morro de medo! São muitas e... e...

Vendo que ela estava muito alterada, não insisti naquele momento. Em vez disso, peguei um pintinho no colo e saí com ele. Estendi-o para ela.

Ela olhou para mim, bem mais alto, me forçando a não desviar o olhar. Então mirou o bichinho e se abrandou, sorrindo. Com delicadeza, abraçou-o carinhosamente contra o peito e o rosto.

— Tão lindinho! Poxa, me desculpe! Que papelão estou fazendo! Juro que vou conseguir cuidar do galinheiro. Só preciso de um tempo pra me acostumar.

Imaginei o que o pinto devia estar sentindo, tão afortunado em meio a suas carícias. Ela sorriu para mim e meu coração deu um salto. Engoli em seco e acenei com a cabeça.

— Bah! Amanhã nós tentamos de novo. Vamos continuar. O que não vai faltar é trabalho aqui. Quer ver?

— Quero.

Peguei o pintinho de volta, tomando cuidado para não tocar nela e ficar de novo vermelho como um tomate. Devolvi-o ao galinheiro e expliquei todo o resto.

Todo dia acordávamos cedo, cuidávamos dos animais, tirávamos leite, limpávamos tudo. Depois vinham as plantações. E logo a colheita.

Andamos mais e eu a ensinei a limpar as baias, escovar os cavalos, varrer o chão sujo, tirar os excrementos. Consegui ficar mais à vontade, sem me atrapalhar tanto com as palavras e a timidez. Sua presença ainda me continha, só que em menor grau. Eu estava gostando de tê-la ali comigo, como uma novidade única, maravilhosa.

No entanto, percebi que tudo era novo demais para Maria e que ela se atrapalhava nas mínimas coisas, por exemplo, segurar vassoura e pá ao mesmo tempo. Parecia que nunca tinha feito aquilo na vida, era desengonçada. Diante do esterco, virou para o lado, quase tendo ânsia de vômito. Mas depois sorria, respirava fundo e tentava de novo.

Trabalhamos duro pela manhã. Estávamos saindo do estábulo quando ela confessou:

— Desculpe. Você deve estar pensando que eu sou uma idiota. Prometo que vou aprender, só peço um pouco de paciência.

Seu tom era de determinação e incerteza ao mesmo tempo. Eu podia jurar que estava ansiosa, cansada, até um pouco abatida.

— Não é idiotice, só um trabalho desconhecido. Tu te acostuma logo.

— Obrigada, Emanuel. E agora? Estou com o estômago roncando de fome! Isso queima mais caloria do que horas numa academia!

— Vamos almoçar. À tarde seguiremos para a horta.

— Tá.

Enquanto voltávamos pelo caminho de terra, ela baixou o tom:

— Desculpe perguntar, Emanuel. Mas não entendi algumas coisas que vocês disseram. Principalmente a sua avó. O que quer dizer *Quedelhe*?

— É o jeito da gente falar por aqui. — Quase sorri. — Como se ela estivesse perguntando o que aconteceu.

— E *piá*?

— Menino, garoto. Se você não entender alguma coisa, pode falar.

— *Piriga* eu acho que peguei. Tipo um perigo de acontecer algo.

— Isso.

— Ah, tá! — Ela riu. Tinha também um sotaque diferente, chiando, como nas novelas que passavam no Rio de Janeiro. Mas tinha dito que era de São Paulo. E tinha dado uma espécie de ronco com a risada, que achei engraçado. Mas se conteve logo e não comentei aquilo.

— Acho que vou me acostumar com tudo. Obrigada por me ajudar.

Seus olhos castanhos se fixaram nos meus. Lindos, brilhantes, cheios de coisas que eu não entendia. Eles tocaram bem fundo em alguma coisa que me sacudiu, esquentou. Nervoso, não percebi por onde andava e tropecei em uma pedra.

Aprumei a coluna de imediato, virando para a frente, rosto ardido, xingando a mim mesmo. Fingi que nada tinha acontecido. E continuei sendo o idiota de sempre.

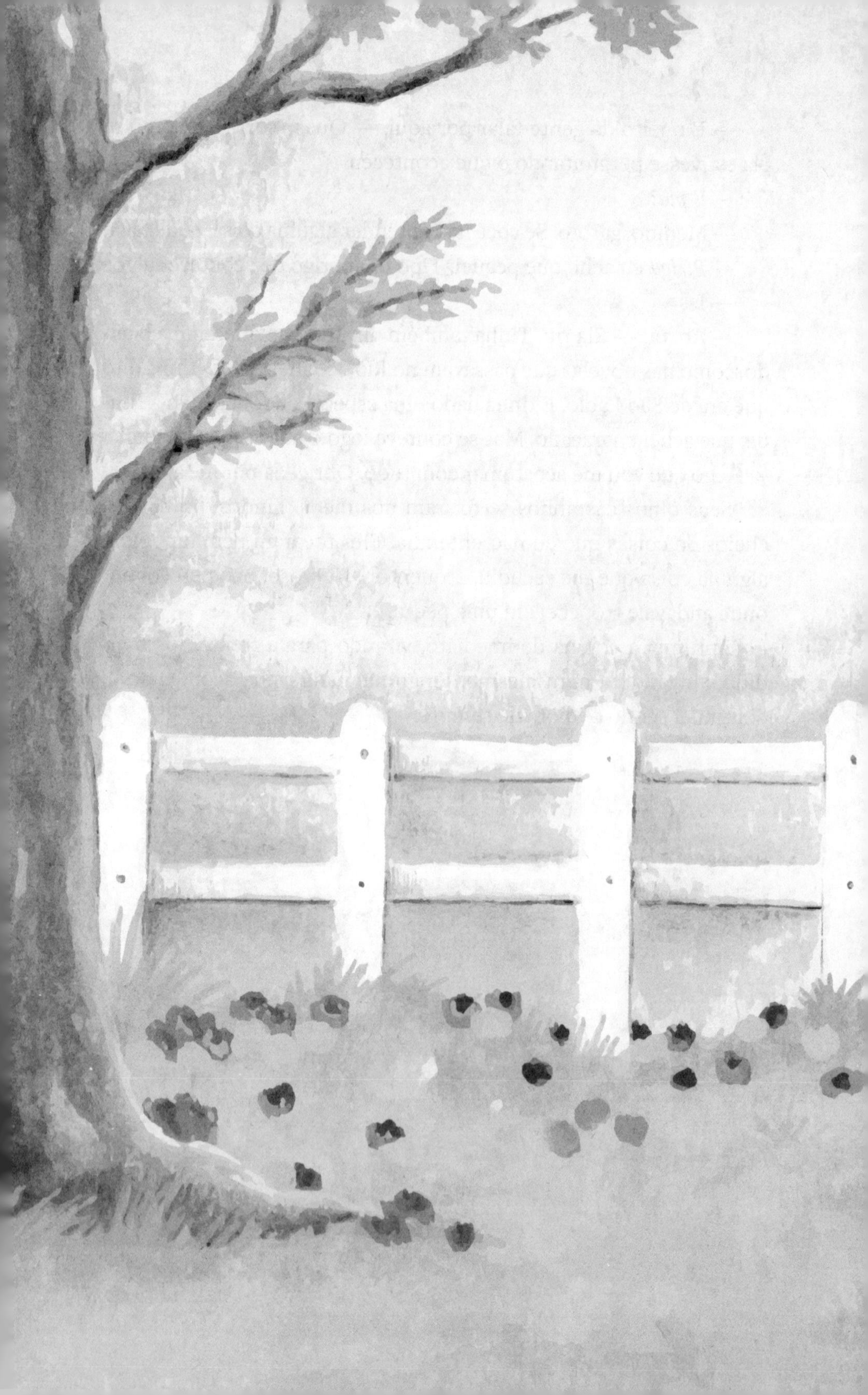

CAPÍTULO 6

Maria

Felizmente eu tinha cortado as unhas assim que Margareth me mostrou o meu quarto, quando cheguei. Ou estariam todas quebradas naquele momento, depois de horas limpando recipientes de água e comida, varrendo, mexendo com selas, lama, aprendendo a desinfetar o ambiente dos animais e a evitar a proliferação de bactérias.

Achei nojento no início, principalmente com o cheiro forte de esterco e porco por todo lado. Eu era totalmente desacostumada àquela realidade. Mesmo depois de me lavar, o cheiro forte continuava entranhado, assim como a vontade de deitar e dormir. Tinha sido uma noite difícil trocando de ônibus, preocupada, sem conseguir pregar o olho. E eu não estava acostumada com aquela movimentação toda, com as mudanças físicas e os abalos emocionais.

Nem acreditava que estava ali! Eu, que não lavava louça e mal sabia fritar um bife, metendo o pé no barro, sujando as cutículas, suando no trabalho pesado. Parecia um sonho louco! Todos que me conheciam diriam que aquela mulher não podia ser eu. Cheguei a pensar em desistir, buscar lugar numa cidade mais urbana, talvez um emprego de garçonete. Mas o fato era que eu me sentia segura ali. Dificilmente seria encontrada, se por acaso desconfiassem do meu suicídio.

Sem contar que Margareth e Emanuel me receberam bem; claramente eram pessoas boas. E eles precisavam de ajuda. Eu só precisaria de tempo para me acostumar com aquela realidade chocante, diferente demais da minha. Um dia de cada vez.

Meu estômago doía de fome, e, quando voltei à cozinha, o cheiro bom foi uma tortura bem recebida. Minha nutricionista dizia que eu devia tomar meus suplementos sempre, comer verduras e castanhas nos intervalos, muita salada para me manter saciada e não engordar. Eu seguia um protocolo rigoroso de alimentação e exercícios, monitorada de perto por ela, por médicos e pelo meu personal trainer.

No entanto, a partir do momento em que eu atacara o croissant na manhã da minha fuga, tinha parado de seguir tudo aquilo. Comera sanduíche, pão, tomara café com leite e açúcar. Naquele momento, só pensava no cheiro do feijão da Margareth. A culpa espezinhava pelo costume, mas eu a empurrei para longe. Estava livre! Iria comer o que quisesse!

O coração batia acelerado diante das novidades e dos temores sobre o futuro; a ansiedade era grande. Escondi tudo quando vi a senhora sentada em volta da enorme mesa de madeira rústica, o cabelo bem preso num coque, os olhos parados no nada. E seu neto na cabeceira, enorme, os ombros tomando quase todo o espaço.

Emanuel me olhou sério, e novamente achei seus olhos lindos, profundos, doces. Misteriosos. Ele se continha, guardava coisas demais. Seu jeito de lenhador gigantesco não combinava com a ingenuidade que o marcava e que o tornava diferente, encantador. Na mesma hora ele desviou o olhar, tímido, corando. Não sei por que tive vontade de me achegar mais, saber sobre ele, garantir que eu era inofensiva.

— Pode se sentar e se servir, Maria. Encha o bucho! Só assim pra aguentar o trabalho pesado do sítio! — ofereceu Margareth, e meus olhos dançaram na fartura da mesa. Panelas de barro com feijão fumegante, arroz soltinho, galinhada, salada, legumes cozidos. Uma jarra de suco. Doce em compota, um pedaço de queijo branco. E uma travessa com alguns tipos de roscas. A boca se encheu de água. — Você vai gastar muita energia!

— Obrigada. — E eu me acomodei.

Emanuel indicou que eu me servisse, cavalheiro. Só quando peguei o prato ele e a avó se serviram também.

Eu esperava que o rapaz comesse muito, dado o seu tamanho. Mas foi uma surpresa ver Margareth colocando generosas porções para si, minúscula como era.

Arroz e feijão é coisa de pobre, de gordo! Quer ficar gorda também? Toda feia e flácida? A voz da minha mãe surgiu do nada em minha consciência e eu parei com a concha na mão, quase desistindo. A seguir Roger pareceu se unir a ela, a voz falsamente tranquila, a ordem implícita: *Não acha que está comendo demais, bebê? Reduza as calorias. Quero você sempre linda*

Vão se foder!, respondi mentalmente e enchi meu prato com feijão, os pedaços de bacon e costela caindo junto. Salivei, revoltada, rebelde. Em segundos o arroz estava sobre ele, com uma coxa de frango e legumes. Cansada de só ver salada pela frente, eu a ignorei e literalmente ataquei a comida.

Eu, que conhecia todos os talheres, cortava devagar, parecia uma lady à mesa, me deliciei com a comida calórica, quente, extraordinária. Fechei os olhos, os cheiros e gostos caindo no sistema, trazendo um prazer que eu havia esquecido como era. Os alertas continuaram: eu realmente temia engordar, mas isso não me parou.

— Que delícia! — falei entre uma garfada e outra, encantada. — A senhora tem mãos de anjo!

— Senhora está no céu! Me chame de você. Bom, né? Tudo aqui do sítio. O queijo eu faço com o leite das vacas! Assim como essa rosca de coalhada, já provou? Feita da coalhada que a gente amassa antes de fazer o queijo. Os doces são das maçãs que caíram do pé antes do tempo.

E Margareth desatou a falar, me pondo a par do que eles produziam, do que era vendido e consumido, assim como do seu carinho ao cozinhar. Ela fazia geleias, bolos, broas. Pelo jeito a cegueira era bem antiga, pois se mostrava acostumada com ela.

Emanuel comia quieto, mas eu sentia seu olhar em mim toda vez que achava que eu estava distraída. Quando o encarava ou sorria para ele, desviava rapidamente. Era tímido demais! Eu achava graça e me enternecia, ainda mais ao lembrar como o pessoal no bar se desfizera dele. Não merecia.

Eu sabia o que era aquilo. Ser o tempo todo tratada como burra, ouvir ofensas de pessoas que deviam me respeitar. Imaginei se algum dia ele tinha desejado fugir também, sumir para um lugar onde ninguém mais o perturbasse. Com certeza a avó o segurava ali.

Falei pouco também, preocupada com meu passado, o que podia estar acontecendo no Rio de Janeiro e todas as mudanças violentas de meio e convivência. Também maravilhada pela comida, que me fazia querer gemer de felicidade!

Fiquei com vergonha por só deixar osso no prato. A senhora me mandou servir de doce, queijo e rosca. Emanuel se levantou e foi coar um café, que trouxe quentinho num bule de ágata. Meu estômago estava pesado, a satisfação me deixava mole. Mas novamente me dei conta de que não havia olhares recriminadores em minha direção e de que as escolhas eram minhas. Aceitei a caneca de café, o pedaço de queijo com maçãs doces por cima, uma rosca que derretia na boca.

Eu ia literalmente explodir. A culpa me invadiu quando imaginei o valor calórico de tudo aquilo. Novamente pensei no olhar horrorizado da minha mãe, nos anos de educação para comer como passarinho e me manter sempre linda. Com certeza Roger iria me surrar de novo se soubesse da minha gula.

— Vamos trabalhar agora? — sondei Emanuel, mal conseguindo levantar da mesa. Parecia pesar uns trezentos quilos a mais.

— Depois do descanso — ele informou, para minha alegria.

— Vem pra sala, menina. E nos conte mais sobre você. — Margareth passou por mim. Nervosa, eu a segui, repensando as desculpas programadas. — Liga a televisão, filho. Vamos saber das notícias. Só desgraça, com certeza!

Ela se sentou na ponta do sofá largo, com uma manta florida e felpuda. Eu me acomodei em outra. Emanuel ligou a tevê e se esparramou na poltrona.

As pernas dele, longas, com pés enormes, ficaram esticadas à frente. Nuca apoiada no encosto. Um ar relaxado que o fazia parecer um gato satisfeito.

Na minha casa nunca ficávamos assim, à vontade, do jeito que queríamos. Roger sempre elegante e pomposo, com seus charutos e o drinque após o almoço. Eu esticada, pernas cruzadas, postura de manequim. Margareth deu um grande arroto e me assustou. Riu consigo mesma e prestou atenção no que era dito durante o jornal.

Olhei para eles, estranhando o ambiente, a sala aconchegante e pequena, estar ali tão de repente. Eu havia planejado minha fuga, partido com destino a alguma cidade perdida do Sul, mas, depois que a coisa tinha virado realidade, era como se ainda estivesse sonhando e fosse acordar a qualquer momento.

E então aquela realidade explodiu diante de mim quando finalmente veio a primeira notícia. Mesmo esperando ouvi-la a qualquer momento, paralisei, gelada, olhos fixos na tela. A repórter estava em uma estrada, perto de um penhasco. Dizia, em tom grave:

— Tudo indica que a socialite Nicolly de Lima e Castro, esposa do empresário Roger de Lima e Castro, cometeu suicídio. Ela está desaparecida desde ontem, quando disse que ia ao salão que sempre frequentava, mas não voltou para casa. Informações novas dão conta de que o carro foi achado neste local, e a perícia foi chamada somente hoje. Muito jovem, com apenas vinte e quatro anos, ela era considerada uma das mulheres mais bonitas do Brasil e foi modelo desde a infância. Nicolly deixou uma carta se despedindo da mãe e do marido, dando a entender que vinha sofrendo de depressão. Até agora o corpo não foi encontrado, mas as buscas continuam.

Mostraram meu carro, o penhasco no trecho da Rio-Santos, policiais, bombeiros, gente da imprensa, curiosos em volta. Meu coração batia alucinadamente.

— Tão novinha e com depressão! O que está acontecendo com esses jovens de hoje? *Creeeein!* — Margareth se benzeu. — Deus acolha essa alma infeliz! Rica, devia ser linda, né? Modelo. Mas, bah! *Piá do céu!*

Prendi o ar e apertei as mãos ao lado do corpo. O medo me congelava, enquanto o terror se alastrava por todo o meu ser. Era verdade. Eu tinha feito! Tinha fugido, enganado. Minha mãe talvez estivesse chorando, mais de desespero por sua situação do que por mim. E Roger... ele com certeza estava furioso por não ter a palavra final, por perder seu troféu, seu bichinho de estimação assustado.

Olhei para as viaturas da polícia, os peritos. E se descobrissem que era tudo uma farsa, e se chegassem até mim? E se alguém me reconhecesse ali e me denunciasse?

Hiperventilei, em pânico. Piorou quando começaram a falar da minha vida, mostrando fotos minhas em eventos chiques, ao lado de Roger. Encarei a imagem da mulher de cabelo liso, platinado, até a cintura, alta, esguia, mas com curvas fabricadas. Silicone nos seios redondos, pele bronzeada artificialmente, bunda empinada por muito treino pesado e pelos melhores tratamentos estéticos.

A maquiagem impecável, os olhos muito verdes nas lentes que pareciam naturais, os cílios imensos. Eu os cortara no banheiro, quando tosei o cabelo. Tentei pensar em mim ali, morena, cara limpa, olhos escuros, cabelo de menino, roupas feias e largas. Alguém relacionaria as duas mulheres?

Passaram um vídeo no qual eu saía de um carro junto com Roger e sorria para as câmeras. Um close. Nesse exato momento, Emanuel se virou para mim e me encarou, com uma ruga entre as sobrancelhas. Parecia pensar algo sério, e seu olhar parou um segundo em minha boca.

O ar me faltou. Tive certeza de que ele relacionara alguma coisa em mim com a mulher da televisão. Quando pensei que seria desmascarada tão cedo, ele desviou o olhar e continuou a acompanhar a notícia.

Mordi o lábio. Seria isso a me entregar? Os lábios ainda carnudos com preenchimento? Ele notara a semelhança, mesmo eu estando sem o batom vermelho de antes? Ou tinha sido o sorriso? Pensei nas covinhas. Merda.

Mantive a atenção dividida entre a notícia, que logo foi substituída, e Emanuel. Ele não demonstrou nada, nem sequer desconfiança. Somente então comecei a relaxar.

— Triste demais! Jovens sem rumo, só pode ser! — Margareth sacudiu a cabeça. — Nunca tive tempo de pensar nessas coisas! Desde menina peguei pesado aqui no sítio, casei cedo, fiquei viúva cedo, criei filho sozinha e depois neto. Perdi meu Joseph, que Deus tenha a alma dele! Pai do Emanuel. E teve o problema com a mãe dele, o escândalo! Mas bah! Continuei firme que nem palanque de *panhado*! Me matar? Nunquinha! E você, Maria? Tem quantos anos? Tu já teve depressão?

— Eu... Tenho vinte e cinco — menti. — Não, eu... nunca tive.

— *Creeein!* — assentiu, satisfeita.

Emanuel me deu uma espiada e explicou:

— Minha vó quer dizer "Crê em Deus". Ou graças a Deus.

— Ela sabe bem!

— Não sabe, vó. Ela é de São Paulo, não é daqui da região serrana de Santa Catarina.

— E de que lugar de São Paulo tu veio, menina? E a tua família?

Eu ainda me sentia fria por dentro, apavorada. O medo rondava, as notícias giravam. Me concentrei no discurso preparado:

— Do centro. Fui criada em um orfanato. Depois disso, trabalhei em várias coisas. E me mudei bastante.

— Passarinho sem rumo. — Havia certo ar de pena em sua voz. — Gosta de avoar assim?

— É bom. — Não me estendi muito.

— Emanuel queria fazer igual tu. *Assassinhóra!* — Se benzeu. — Ele vivia dizendo que com dezoito sumia daqui e ninguém achava mais! Num é, menino? Contava os dias. Aí o pai caiu doente, não deu uma *pilichada*! Meu filho morreu quando esse *piá* tinha quinze anos.

Ela se calou, tristeza na voz, a expressão sofrida, presa ao passado. Olhei para Emanuel e ele não se mexeu, sério, fitando a tevê. A senhora explicou:

— Sabe o que é *pilichada*? Melhorada. Pois é. Mandei o menino seguir os sonhos dele, mas ele não quis me deixar aqui sozinha. É bom você estar aqui, Maria. Conta suas viagens pra ele. E, quando esta velha morrer, ele vai ter as próprias viagens pra fazer. Num é, Emanuel?

— Bah! Não fale isso — ele murmurou, e se levantou de repente. Não me encarou quando anunciou: — Às duas horas a gente volta ao trabalho.

Saiu em direção à varanda. O silêncio pesou na sala, e Margareth se calou.

Olhei para a porta fechada, com vontade de ir atrás dele. De repente o clima pesou, as emoções de todos ficaram à flor da pele.

Eu me dei conta de que estava ali fazia algumas horas e já parecia conhecê-los havia meses. Por algum motivo, quis saber mais e quis ficar.

CAPÍTULO 7

Maria

Naquela tarde segui Emanuel como uma sombra e fiquei exausta.

Andamos tanto, subindo e descendo o terreno em declive, pisando em barro e chão empoeirado, que suei sob a roupa quente e fiquei louca para arrancar cada peça, sentir o vento fresco na pele. Não o fiz, pois era como um escudo. Eu não esquecia o olhar dele em mim durante o noticiário, com medo de que tivesse notado alguma semelhança, mesmo que boba.

Passamos mais tempo na horta, recolhendo batatas, ajoelhados, arrancando verduras e leguminosas com luvas grossas. Achei que cairia morta a qualquer momento, desanimada com o trabalho pesado e ao mesmo tempo tentando aprender, me dedicar. Não foi fácil.

Emanuel me observava, mesmo quando não me olhava diretamente. Temi que ele achasse que eu não servia para aquilo e me dispensasse. Naquele momento o sítio era o lugar mais seguro para mim.

Ele era quieto. Falava o necessário para me orientar, depois mergulhava em seus próprios pensamentos. Eu ficava curiosa, imaginando se ele gostaria de fazer tudo aquilo dia após dia, se tinha sonhos de sair dali, como a avó comentara. Era fofo ele se preocupar com ela e deixar os desejos de lado por sua causa.

Quando voltamos para casa, caminhando lado a lado, a fome já me espezinhava de novo. Eu estava bambeando de cansaço e sono. Talvez isso tenha feito que eu repensasse meus atos, indagando se tinha sido certo fugir, abandonar a vida de madame. Muita gente mataria para ser rica, viver em uma mansão, viajar e gastar sem preocupação com o amanhã. Eu não precisaria estar ali exausta, dolorida, insegura.

Mordi o lábio, passando o olhar pela beleza exuberante e afastada daquele lugar, pensando no trabalho pesado que iria enfrentar nos dias seguintes, sob sol e intempéries, vivendo com pessoas que nunca tinha visto antes. Um futuro totalmente incerto. Deu vontade de chorar, correr de volta para o Rio, desmentir tudo. Então, as lembranças vieram.

Eu linda, sorrindo em um vestido exclusivo e sexy, ao lado de Roger. Seu troféu para exibir, mas calada. As pessoas olhavam para mim e viam o mesmo que ele: a loira burra, o objeto sexual com o qual brincava à vontade. O nojo subiu pelo meu peito, mais forte que a incerteza. As palavras dele me desmerecendo, o sorriso paternal de quem sabe tudo, o soco, as humilhações, cada coisa crescendo até se tornar insuportável. Eu tinha me transformado em um ser sem voz nem sorriso, sem vontades. Rebaixada às funções de servir e obedecer, de ser obrigada a abrir as pernas para quem me enojava.

Eu estava livre, apesar de cansada, nervosa, apavorada. Podia fazer minhas escolhas, construir um novo futuro. Era apenas o começo. Eu nunca tinha achado que seria fácil.

Observei Emanuel de canto de olho, sem saber se ele me acalmava ou não. Sua figura forte, maciça, doce, era um lembrete de que eu podia ter esperanças. Mas sua vontade de sair dali era uma prova de que Barrinhas não era o meu lugar. Serviria por um tempo, até Roger e minha mãe aceitarem meu suicídio, esquecerem de mim. Então eu poderia pensar em outro destino. Isso me acalmou um pouco.

Depois de um banho quente no pequeno banheiro da suíte, vesti um novo conjunto largo de moletom e ataquei, literalmente, a sopa com broa de milho que Margareth deixara pronta. Fui dormir pesada e caí na cama fofa, enrolada sob os cobertores cheirosos. Tudo era simples, mas muito aconchegante. Não tive tempo de me preocupar com minha mãe ou meu marido mais vezes ou pensar nas buscas, no futuro. Apaguei.

— Maria... Oh, Maria... Vamos!

A voz grossa parecia vir do fundo do subconsciente. Apertei os olhos e me encolhi mais sob as cobertas. Então ela veio de novo, falando esse nome estranho, parecendo ficar mais alta e insistente. Tirei a coberta de cima da cabeça, desorientada. Vi o contorno de móveis escuros, uma janela de madeira fechada, a penumbra do quarto.

— Maria... hora de trabalhar. Tu já levantou?

O jeito de falar meio cantado, usando *tu*. Meu Deus! Era Emanuel! Eu estava em Barrinhas e me chamava Maria!

Eu me sentei na cama, estabanada, o sono ainda presente, a confusão mental. Gemi baixinho pelos músculos doloridos, a garganta raspando:

— Eu... estou acordada. Nós vamos trabalhar agora? Mas... está de noite ainda!

Ele baixou o tom, abafado atrás da porta pesada:

— Vai dar cinco horas.

Vontade de reclamar, choramingar, me enfiar de novo embaixo da colcha quentinha.

— Já vou.

— Te espero na cozinha.

Passos se afastando e eu doida para dormir mais umas horas. A tensão da fuga, o desconforto nos ônibus, o trabalho no sítio, tudo cobrava seu preço. Foi um custo pôr as pernas para fora e sentir o frio na pele nua, só de calcinha e camiseta. Enfiei rapidamente a calça larga de moletom, acendendo a luz. Então busquei uma camisa, o casaco fechado e cinzento, os tênis. Bocejando a ponto de lacrimejar.

Fiz minha higiene matinal no banheiro e saí, cheia de frio ainda. Da cozinha já vinha um cheiro bom, e Margareth estava na ativa, falante, coando café preto. Ouviu meus passos e se virou para trás, sorrindo, os olhos azulados e parados parecendo me enxergar.

— Bom dia, Maria! Pronta pra ver o nosso nascer do sol? É muito lindo! Uma das coisas que sinto mais falta de não enxergar!

— Bom dia, Margareth. Ah, ansiosa pra ver! — Bocejei, sem qualquer animação, praticamente me arrastando até a mesa, onde Emanuel estava. Acenei para ele, que sorriu meio de lado e logo desviou o olhar. Ele usava uma camisa xadrez larga e jeans, sem parecer sentir frio. Como era possível? — Todo dia vocês começam cedo assim?

— Os animais precisam ser tratados. E tem muito trabalho — ele explicou e apontou para tudo na mesa. — Coma à vontade. Vai precisar de energia.

Eu me sentei, enquanto a senhora voltava e colocava o bule quente sobre uma tábua e se acomodava também. Pisquei, com fome, olhando maravilhada para o bolo, as broas, os legumes cozidos, as roscas, o queijo, os doces, o leite quente. E sem ninguém para dizer que eu estava exagerando, nem para contar as calorias que eu iria ingerir. Um pouco mais animada, enchi o prato com inhame cheio de manteiga derretida, café com leite e açúcar, tudo que deu vontade.

Margareth falou sobre a época de colheita se aproximando e disse que aquele era o dia de entregar os ovos para um comerciante da cidade vizinha. Emanuel concordou, explicando que faria tudo aquilo.

Eu imaginei o trabalho pesado que nos aguardava, enquanto me deliciava com o doce de leite e garantia a mim mesma que não faria mal comer mais que o costume. Afinal, eu gastaria boa parte no sobe e desce do sítio, me abaixando e me levantando, sem parar.

Saí com Emanuel sob o ar gelado da manhã, toda encolhida. Estômago forrado, a cabeça dividida entre aquele dia, que era uma novidade, e o que Roger e minha mãe deviam estar sentindo, pensando, fazendo. Bocejei mais, preocupada, ansiosa.

Quase não falamos. Ele era caladão e me dava espaço.

Rezei para que o trabalho fosse na horta, e fiquei desanimada ao ver que seguíamos para os animais. As galinhas me enchiam de pavor. O cheiro de pasto já se anunciava. Eu criava coragem para aprender e não passar vergonha.

— Já tirou leite de vaca? — Finalmente se dirigiu a mim, e eu fiz que não. — Vem ver.

Eu fui. Emanuel pegou um balde de alumínio e lavou as mãos. Seguimos para o lugar onde as vacas estavam, balançando o rabo, nos espiando com desconfiança. Ele entrou com segurança, já puxando um banquinho. Fiquei na porta, pronta para correr se alguma coisa desse errado.

— É fácil. Elas são dóceis. O segredo é manter a firmeza e seguir no mesmo ritmo, assim... — Ele mostrou e eu olhei para suas mãos enormes, que manejavam as tetas com segurança, mas com cuidado. O animal confiava, talvez acostumado. Tranquilo. — O ambiente deve sempre estar asseado, tudo limpo. A ordenha pode ser manual ou mecânica. Como não temos muitas vacas por aqui, nós usamos a manual, duas vezes por dia. Mas precisa de tempo. Quando estiver acostumada, eu faço outra coisa enquanto você tira o leite. Tudo bem?

Ele me encarou e eu assenti, chegando um pouco mais perto.

— Não dói?

— Bah! Não! — Sorriu.

— E quando eu sei que devo parar?

— O leite fica fraco. Aí você vai pra outra. O leite do balde vai depois pro filtro e o tanque de refrigeração. Vou mostrar.

Notando que ali não parecia ter riscos, fiquei por perto e até acariciei a vaca. Ela me olhou serenamente e eu sorri, gostando dela de imediato. Fiz mais carinho. Mesmo com o cheiro de estrume ali, consegui me manter mais segura, sem vontade de fugir.

— Agora tente você — Emanuel ofereceu e eu me atrapalhei um pouco, mas sentei no lugar dele. — Segure as tetas e esprema suavemente, puxando para baixo.

— Ai, meu Deus... — Apertei e não saiu nada. Ele me mandou fazer mais forte e eu temi machucar o bichinho. Ri quando o líquido esguichou para dentro do balde. — Consegui!

Os olhos escuros dele brilharam. Ele estava muito bonito ali, sob a luz suave, barba e cabelo combinando com sua estrutura grande. Me animei e segui em frente.

— Enquanto você ordenha, vou limpar por aqui. Sempre é necessário manter o ambiente asseado, de vez em quando lavar.

Fiz que sim, e Emanuel se afastou um pouco. Dividi minha atenção para observar como ele fazia, onde colocava o lixo, enquanto manuseava as tetas e me virava para a vaca, dizendo baixinho:

— Obrigada. A senhora é muito legal! Prometo que nunca vou te machucar. Sabia que o seu leite é uma delícia? Acho que foi o que tomei hoje de manhã. E a Margareth faz queijos deliciosos com ele!

A vaca balançou o rabo e me ignorou. Animada, continuei a murmurar, o sono passando, aquela experiência tão cedo sendo melhor do que imaginei.

— Eu sou a Maria. E você? Precisa de um nome, não dá pra chamar de Vaca 1, vaca 2, ou vaca branca, vaca malhada. Deixa eu pensar... Lolô. Você é a Lolô. Aquela mais pretinha ali vai ser a Lulu. E a malhada vai se chamar Lelê. Tudo bem?

Sorri mais ao imaginar os gritos horrorizados da minha mãe se me visse ali, conversando com os animais, usando moletom, de cara limpa e cabelo curtinho. Ao mesmo tempo, meu estômago se retorceu, nervosa sobre o que deveria estar acontecendo no Rio, sem saber se havia saudade misturada ou apenas alívio. Era tudo confuso demais.

Depois de um tempo, Emanuel voltou e disse que estava boa aquela quantidade. Me ensinou a filtrar o leite e deixar no refrigerador. O balde foi lavado e nós fomos para a outra vaca. Rapidamente peguei o macete da ordenha, toda animada por ter aprendido logo. Ele continuou a limpeza e eu passei a conversar com a Lulu, que era um pouco mais agitada, bufava, me olhava irritada. Fiz de tudo para ganhar sua confiança.

Saímos dali quando o sol começava a nascer. Maravilhada, assisti ao espetáculo cheio de cores por trás de um morro.

— A Margareth tinha razão... é lindo! — Andei ao lado de Emanuel e ele olhou para o horizonte. Curiosa, continuei: — Você sempre morou aqui, né? Ainda aprecia esse nascer do sol? A paisagem?

— Sempre.

— Jura? — Surpresa, eu o encarei mais atentamente ainda. — Não ficou comum? Ou cansativo?

— Não. É sempre diferente. Nesta época ele nasce ali. No inverno, lá. As cores mudam, os horários também. Basta observar. Olhar com atenção. Cada dia é um recomeço, cheio de possibilidades.

As palavras me tocaram, a sensibilidade dele também. Eu o admirei, querendo sentir aquilo, ver cada dia com olhos esperançosos, mesmo quando o sonho era conhecer novos lugares. Sorri, afinal tinha fugido do que me sufocava, caíra no desconhecido. E ainda não sabia de nada.

— Nunca tive o costume de reparar no sol ou na lua.

— Eles são meus companheiros por aqui.

Fiquei ainda mais tocada e quis chegar perto, dar um abraço nele. Ele me pareceu um pouco solitário, e também belo. Parte da natureza, do que nos cercava e que me encantava mais. Seguimos em silêncio, mas fiquei bem consciente de sua presença. Emanuel me fazia admirar tudo ainda mais.

Chegamos ao chiqueiro. O cheiro era terrível, meu estômago se revoltou um pouco, mas tentei ser carinhosa com os porcos como tinha sido com as vacas. Dessa vez tive que entrar com Emanuel, limpar o comedouro, lavar bem. Engoli várias vezes para não ter ânsia e vomitar todo o café da manhã.

Tinha muita lama em volta, e os bichos enormes, muito gordos, se agitavam querendo a ração deles. Fui orientada sobre cada coisa e imaginei como seria quando tivesse que fazer parte do trabalho sozinha. Literalmente pusemos a mão na massa e eu fiquei com o tênis enlameado, a calça respingada, o tempo todo querendo sair dali e respirar ar puro. Quando colocamos comida e água para eles e pisamos fora do chiqueiro, eu me sentia imunda, doida por um banho.

— Foi difícil?

Emanuel me espiava, com certeza tendo visto meu sufoco.

— Foi — confessei. — Mas vou me acostumar.

Não dissemos mais nada e com certeza eu tinha me superestimado, pois, quando caminhamos em direção ao galinheiro, o medo começou a aumentar. Enfrentar as galinhas ia ser o mais difícil. Apavorada, murmurei:

— Tenho mesmo que entrar aí? — Parei diante da tela, um galo cantando numa ponta, outro tentando cantar mais alto em outra, as galinhas agitadas correndo, pintinhos atrás, outras empoleiradas sobre seus ovos. Quando ele fez que sim, estremeci. — Tá. Eu consigo.

— Vamos juntos.

Emanuel abriu a porta e a segurou para mim. Meu coração disparou diante dos seres que habitavam aquele espaço, nervosos, cheios de unhas e bicos. Respirei fundo e praticamente me colei na lateral dele, pronta para pular em seu colo se fosse atacada.

Várias galinhas vieram correndo para perto e eu me arrepiei toda, dura e apavorada. Gritei quando uma passou por cima do meu pé.

— Ai, meu Deus! Me ajuda! — Apertei o braço de Emanuel, grudando nas costas dele, apalpando-o. Estremeci, aterrorizada. — Ela vai me pegar!

— Calma. — Seu braço era duro como uma tora de madeira, tão grande que meus braços mal o rodearam. Eu me desequilibrei, pulando, me esfregando e erguendo uma perna, como se quisesse escalar Emanuel. Ele ficou literalmente paralisado, surpreso. — Maria...

Um galo veio correndo. Outro se meteu no caminho e os dois se estranharam, pena e poeira voando para todo lado. Gritei de novo e escondi o rosto nas costas de Emanuel. Em volta o escândalo foi generalizado, todas indo de um lado para outro, berrando, vindo perto.

— Me tira daqui, por favor... — choraminguei, mal respirando contra sua camisa de flanela, à beira de um ataque de pânico.

— Eles não vão fazer nada. Fique aqui. Assim.

Ele estava todo rígido e não se mexeu de imediato. Puxei o ar e seu cheiro veio junto, sabonete, tecido com amaciante, pinho e ervas misturados. Minhas mãos se espalmavam sobre seu peito, e aos poucos me tornei consciente da intimidade. Nervosa, fiquei sem saber se era melhor passar vergonha ou morrer de medo.

Senti o coração dele batendo forte sob minha palma, o músculo duro e grande ali. Seria do trabalho braçal do sítio? Ou Emanuel se exercitava? Ele estava acima do peso, mas parecia todo duro e maciço. Como seria se eu descesse mais a mão?

Tensa, desgrudei das suas costas, sem graça. As galinhas continuaram tocando o terror no galinheiro e eu fechei os olhos, imobilizada. Ele se moveu, a tensão também em sua voz:

— Elas estão assim porque sabem que vão comer. Volto já.

Ouvi seus passos. Abri uma pálpebra devagar, vendo que os animais o seguiam até um local onde estavam baldes pendurados. Ficaram em sua volta, batendo asas, voando baixo. Soltei o ar aos poucos, sem saber se corria e me refugiava lá fora ou permanecia no lugar. Optei pela segunda alternativa.

Emanuel encheu o balde com ração e o que parecia canjiquinha. Quando espalhou o alimento nos comedouros, o ataque foi generalizado, todas lutando por um espaço. Então ele me encarou, o rosto corado.

— Vem encher o outro balde. Para se acostumar com eles.

— Eu não... eu... Tá. — Trêmula, fui em sua direção, os olhos buscando algum possível ataque.

Emanuel não me encarou ao explicar a quantidade de comida, quantas vezes ao dia. Parecia meio nervoso também, e calculei que era pelo fato de ter sido agarrado. Morri de vergonha. Estava me virando, pronta para ir até os comedouros, quando um par de asas bateu perto da minha cara e uma galinha voou, pousando bem no meu balde.

— Aiiiiiiiiiii!!!!!!!

Berrei ensandecida, largando-o. A ração se espalhou no chão, a bicha se jogou lá, esfomeada, e outras vieram em bando. Gritei de novo e tentei correr. Emanuel disse alguma coisa, se esticou para me pegar. Mas já era tarde.

Tropecei nas galinhas. Elas gritaram também. Tentei me equilibrar, bambeei na canjiquinha, pulei para não pisar nelas. Elas ciscaram, voaram, bateram em mim enquanto eu caía e levava várias comigo.

O pavor me dominou. Penas passaram pela minha cara e peito, unhas agarraram punhados do meu cabelo, enquanto eu batia no chão e me engalfinhava com elas, pois me esparramava justamente com a ração que queriam comer.

— Me ajuda! Ai! — Chorei alto, batendo pernas e braços, afastando as que vinham por cima, outras apavoradas também voando longe, um verdadeiro pandemônio. — Vou morrer! Socorro!

— Maria...

Mãos enormes agarraram meus pulsos e me puxaram. Esperneei sem controle, fora de mim, lágrimas pulando, o pranto rouco se misturando aos cacarejos e berros delas, ao cantar enfezado do galo.

Emanuel me jogou no ombro como se eu fosse um saco de batatas e correu comigo para fora, batendo a porta de tela. Quando me pôs no chão, eu pulei sem parar, batendo as mãos em mim como se estivesse ainda com galinhas por cima, apavorada. Ele ficou me olhando, chocado. Até que por fim me dei conta de que estava fora de risco. Eu o encarei, o rosto molhado de lágrimas, cabeça dolorida das unhadas.

— Você se machucou? — ele perguntou, baixinho.

— Não, mas elas... elas estavam por toda parte e... Ai, que vergonha! Meu Deus!

Tapei o rosto, sentindo-o pegar fogo.

— Calma, Maria. Tem certeza de que não se machucou?

— A culpa foi minha! Eu me assustei e... — Espiei-o entre os dedos. — Estou bem. Só... Que papelão!

Emanuel sorriu devagar. Tentou se controlar, mas era mais forte que ele. Os olhos brilhavam. Apontou para mim:

— Seu cabelo tá todo pra cima. E sua roupa tá cheia de ração e penas.

— Jesus!

Ele escondeu de novo o sorriso. Eu me senti ridícula. Estava ali para ajudar e tinha criado toda aquela confusão!

Eu me irritei ao ver que ele se divertia com minha tragédia. Abri a boca para brigar, mas olhei para as galinhas lá dentro comendo, sem nem ligar para mim. Comecei a rir também.

— Não acredito que fiz isso! Caí e derrubei as galinhas! Elas não devem ter entendido nada!

— Também não entendi.

Emanuel abriu um largo sorriso, expondo dentes certinhos, brancos. Eu o empurrei de brincadeira, caindo na gargalhada. Perdi o controle e ronquei, como sempre acontecia se eu risse muito. Tentei esconder a boca, mas ele achou mais graça ainda e novo ronco veio.

O sol terminava de nascer e nós ali fora, nos acabando de rir, como dois idiotas.

Desde que fugira de casa, esse foi o instante em que me senti mais livre e feliz.

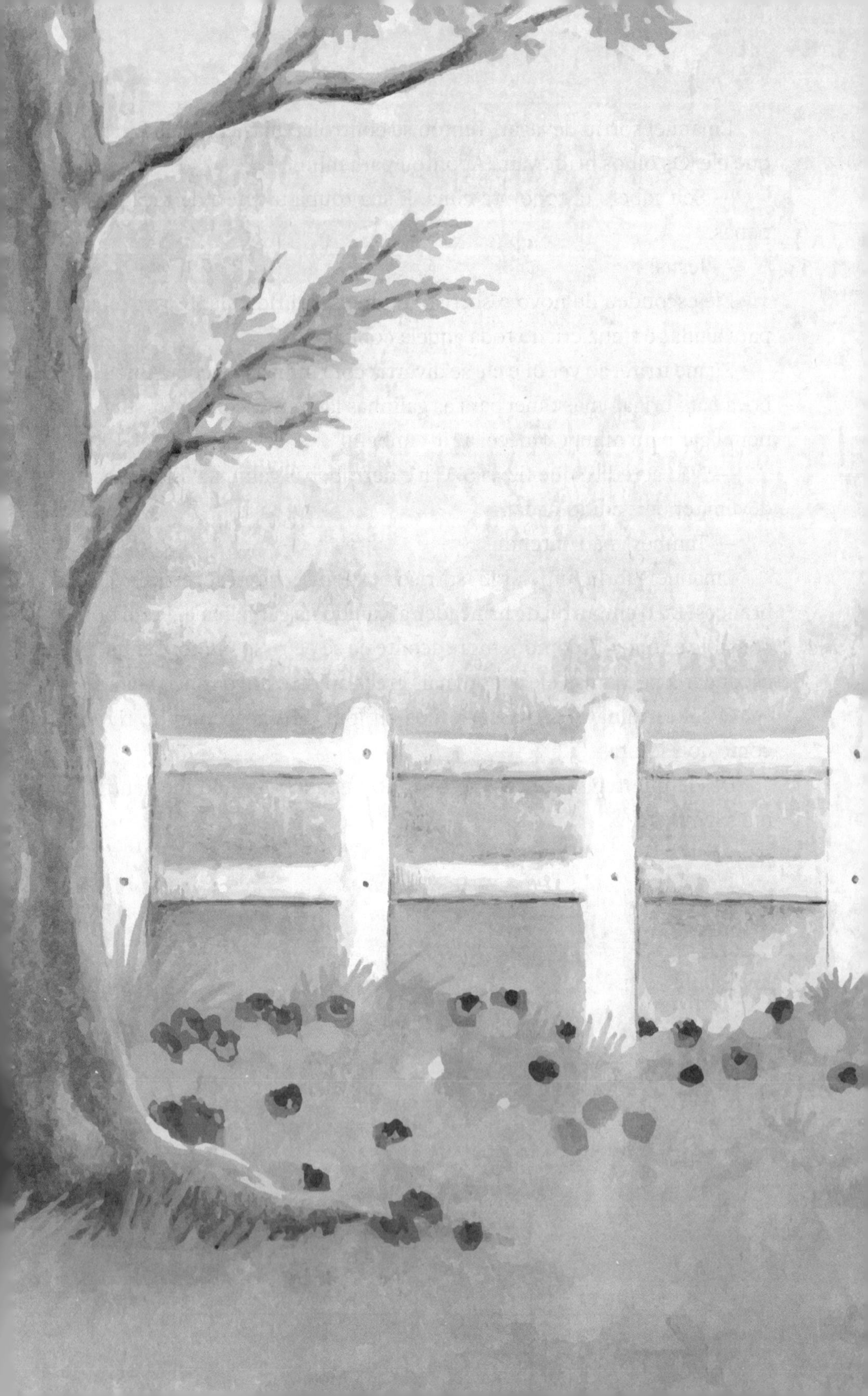

CAPÍTULO 8

Emanuel

— **Obrigada por ter me trazido com você, Emanuel.** Eu sei que tinha muita coisa pra fazer ainda no sítio.

A voz dela me tirou do pensamento nostálgico que me atacava diante da música tradicionalista que tocava dentro do carro. Tudo parecia mais vivo e intenso com Maria ali.

— Por nada.

— Gostei de ver como você visita seus clientes, a venda dos ovos, as conversas sobre os queijos que vai entregar semana que vem. É a Margareth que faz?

— Sim.

Naquela tarde, fui levar os ovos para os comerciantes na cidade vizinha e aproveitei para fazer umas negociações. Como Maria precisava de uma bota de borracha para não acabar com o tênis durante a lida no sítio, perguntei se ela queria ir junto e ver isso na volta, quando passássemos pelo centro de Barrinhas.

Estávamos mais à vontade um com o outro depois da confusão no galinheiro. Toda vez que olhava para ela, eu tinha vontade de cair na risada, mas me controlava. Minha avó tinha chorado de rir quando Maria contou o episódio durante o almoço, se divertindo com o que havia acontecido, outra onda de risadas nos varrendo.

E lá estávamos nós. Eu evitava ao máximo parar na minha cidade, ser alvo dos apelidos sem noção. Pior seria aturar a humilhação na frente de Maria, mas não tinha jeito. Na loja da dona Dora os preços das botas e casacos eram mais em conta. E pelo visto ela ia precisar de mais coisas. A mochila que trouxera não devia ter muitas peças, ainda mais sujando o tempo todo.

Estacionei na rua comprida que era o centro de Barrinhas, onde as pouquíssimas lojas ficavam, assim como o bar do José Rêgo. Hans estava lá na varanda, fazendo a segurança como sempre, espiando em volta e rezando para que alguma coisa acontecesse e ele pudesse fazer fofoca. Fechei a cara quando desci da caminhonete e o vi se levantar, de olho em mim.

Abri a porta para Maria. Foi só ela pisar no chão e o homem gritou, com sotaque carregado:

— Homi, não te mataram ainda? — A mesma piada sem graça de sempre. Maria me encarou, depois se virou para trás e acenou. Hans se animou mais: — Tá é vivinho! Olha ele! Até *trovando* ela!

— O que ele quer dizer?

— Besteira. Ignore. — O rosto ardeu e eu não quis contar o que o velho insinuava. Que eu a paquerava. — A loja é ali.

Caminhamos juntos em direção ao estabelecimento, sob o olhar atento de Hans. A rua estava praticamente vazia.

Empurrei a porta e um sino tocou. A loja tinha poucos objetos à venda, mas a variedade era grande. Roupas simples e básicas, botas, instrumentos para cuidar de plantação e de pesca, copos de vidro, cigarros, chapéus.

A senhora idosa que cochilava atrás do balcão, com um rádio ligado nas notícias, se levantou rapidamente e sorriu.

— Menino Emanuel! Quanto tempo! Como está minha amiga Margareth?

— Boa tarde, dona Dora. Minha avó está bem.

— E quem é a moça bonita? Sua namorada? Ouvi dizer que ela chegou aqui estes dias e já mora com tu lá no sítio! Bah! *Jack veio?*

Ela olhou Maria de cima a baixo, curiosa. A moça não entendeu a pergunta dirigida a ela. Sorriu, mas me espiou. Tentei explicar:

— Jack veio é... de onde você veio.

— Ah! De São Paulo.

— Mas por que aqui? *Quedelhe?*

— Estava de passagem. Para conhecer, buscar um lugar para morar um tempo. Por sorte o Emanuel estava precisando de ajuda no sítio e me contratou.

Dora assentiu, cheia de vontade de perguntar mais.

— A senhora tem botas de borracha?

— Qual tamanho?

— Trinta e oito. — Maria circulou por ali e mexeu nas coisas. — Calça também.

— Vamos ver. Uma pena a cidade não ter jovens da idade de vocês! A maioria foi tentar a vida em lugar maior. O nosso Emanuel aqui ficou. Acho que o filho dos Vieira também tá lá nas bandas do norte. Sabe onde é? — Ela sacudiu a cabeça e voltou com três pares de botas. — *Assassinhora*, é triste ver essa cidade assim tão morta! Nem criança corre mais por aqui! Só os velhos, dentro de casa! Bah!

Tentei não prestar atenção no discurso de sempre. Maria pegou uma bota preta. Duas calças folgadas, baratas, para bater no dia a dia. E foi então que tomei um susto com as palavras seguintes de Dora:

— Se bem que tem horas que eles voltam! Ontem a filha do dentista chegou, e dizem que é pra ficar.

— Vou levar estes. Tem casaco corta vento? — indagou Maria, e eu mal ouvi. Antes que Dora respondesse, murmurei:

— A Gisele?

A senhora me encarou e sorriu.

— Isso! Lembra dela? Vocês devem ter estudado juntos! Ela tá na casa do dr. Muller, com a filhinha de seis anos. — Veio mais perto de mim, doida por uma fofoca. — Contou que está de férias, mas quem vem passar férias em Barrinhas? Aquela lá, desde que casou e mudou, nunca apareceu por aqui! O pai que ia de vez em quando visitar! Dona Fernanda e o José Rêgo contaram que o casamento acabou e ela vai ficar uns tempos por essas bandas!

Não acreditei, nervoso. Fui arremessado ao passado, quando tudo que eu mais sonhava na vida era Gisele Muller. Ela passando por mim com sua mochila rosa e o rabo de cavalo liso e loiro balançando. Linda. Aluna da mesma sala que eu, nunca me dando uma olhada sequer.

Passei anos sofrendo com esse amor platônico, vendo-a namorar o cara mais metido e insuportável da escola, engravidar dele. Casar. Depois disso, eles se mudaram. Mas nunca a esqueci.

Engoli em seco, emoções antigas sendo revividas. Queria perguntar mais, só que não tive coragem. Dora se virou para Maria e a atendeu.

Mergulhei em pensamentos. Muita coisa veio, eu andando pelos cantos, apaixonado. Solitário. A vergonha quando gritavam apelidos ou riam de mim perto dela. Atrapalhado. Os poucos sorrisos que ela me deu quando vez ou outra cruzei seu caminho. Nada mais.

— Vou ficar com estes. Emanuel, vai comprar alguma coisa?

Pisquei e me virei para Maria. Ela me observava. Fiz que não com a cabeça.

— Deixa que eu pago as botas — ofereci.

— Não precisa.

— Eu insisto. É para o seu trabalho no sítio. Ponha tudo no cartão, dona Dora, por favor.

A senhora foi fazer isso e a moça chegou perto de mim, sorrindo.

— Obrigada, Emanuel.

— Sem problemas.

— Tudo bem com você? Parece nervoso.

— Bah! Nada disso!

Saímos de lá, eu com o embrulho dela sob o braço. Ela explicou:

— Eu não trouxe muita roupa. Agora vou separar algumas mudas só para o serviço. Senão vou andar pelada no maior frio!

Chegamos à calçada e meu rosto ardeu só de imaginá-la nua. De esguelha, notei seu porte esguio e esticado, o rosto lindo demais. Ela sorriu, pronta para dizer mais alguma coisa. Foi quando meu olhar bateu na pessoa que vinha na nossa direção e eu parei de imediato, paralisado, o coração chegando à boca. Era Gisele.

Ela me encarou, os olhos azul-claros como nos tempos de escola, só que mais sérios, atentos. Mais duros também. Cabelo loiro-acinzentado longo, rosto fino, usando jeans e um casaco azul. Tão linda quanto antes.

O reconhecimento e a dúvida cruzaram sua expressão. Enquanto eu me sentia a ponto de ter um ataque cardíaco, todo afetado, Gisele parou. Olhou bem para mim, depois para Maria, ao meu lado. Então sorriu devagar.

— Manuel? É você?

Achei que ela não soubesse meu nome. Eu era o gordinho grandalhão que os colegas chamavam de almôndega, bola, gigante, balão e outras coisas. Na verdade ela quase acertou. Eu quis falar algo, mas a garganta travou, todo pensamento racional sumiu.

— Emanuel. — Foi Maria quem corrigiu.

— Verdade! Nós estudamos juntos, lembra? E você é a esposa?

— Não. Trabalho no sítio dele. Maria — ela se apresentou e estendeu a mão.

— Gisele. — Ela demorou um pouco a apertar, comedida. Me encarou de novo. Com mais interesse. — Nem lembrava que você morava em um sítio. Pensei que todo mundo tivesse ido embora daqui.

Movi os lábios. O rosto ardeu. Não saiu nenhum som. Gisele franziu o cenho e depois seu sorriso ficou mais estendido, como se recordasse mais coisas. Talvez de mim rondando, olhando para ela, sempre apaixonado. A vergonha aumentou, e eu me senti o idiota de sempre.

— Só encontrei pessoas idosas até agora. Vai ser legal ter com quem conversar. Talvez a gente se veja na Festa da Maçã, que vai ter na cidade. Bem, foi bom te ver, Manuel.

— Emanuel — Maria frisou mais uma vez.

Gisele sorriu para nós dois e se foi. Continuei travado. Mudo. Coração acelerado no peito.

— Ela é surda ou o quê? Vamos?

Fitei Maria, que me espiava com o cenho franzido. Só consegui fazer que sim e abrir a porta do carro.

Espiei Gisele sumindo pelo retrovisor, por alguns minutos de descrença, saudade, recordações. Sonhos antigos voltando à tona, lembrando a minha vida que nunca mudava, de que eu continuava sozinho, isolado, esquisito e feio. Enquanto ela... mais linda do que nunca! E de volta!

Não dava para acreditar que ela havia falado comigo, que até insinuara novos encontros.

— Ei? Não temos trabalho nos esperando no sítio, *Manuel*? — imitou a voz da outra. Meu rosto ardeu e dei a partida. Maria mudou o tom: — Desculpe. Não tenho nada a ver com isso, mas você nem disfarçou que é apaixonado por ela. Desde o tempo da escola?

Apertei os lábios e saí com a caminhonete pela rua deserta. A vergonha já era impossível de conter.

— Vamos lá! Fale comigo. Ou estou sendo enxerida?

— É só uma colega.

— Hum... Sei... Há quantos anos você não a via?

— Uns dez.

— E nunca esqueceu. Essa é a mulher que a Dora comentou, né? Por isso eu vi que você ficou estranho. Deve ser amor mesmo. Ela casou, foi embora, teve filho. E ainda te deixa assim. Não que seja da minha conta.

Continuei olhando para a frente, cada vez com mais vontade de me esconder em um canto e parar de ser um imbecil. Sentia o olhar atento de Maria sobre mim.

— Você nunca se casou, Emanuel? — Fiz que não. Devia estar vermelho como tomate. — Tem namorada?

Quase ri. Ela pareceu notar, pois brincou:

— Deve ser difícil por aqui, né? Você teria que gostar de mulheres da idade da sua avó. Mas estou curiosa sobre essa Gisele. Já namorou ela? Não? Por que não? Quer que eu cale a boca?

Dei uma espiada nela. Recostada contra a porta, quase toda virada para mim. Olhos castanhos atentos, realmente interessados. A timidez piorou. Nós mal nos conhecíamos, mas os sentimentos guardados pareciam vivos e em ebulição diante do encontro inesperado com o único amor que eu tivera na vida. Eu sentia que ia explodir.

A humilhação me envolveu, e foi difícil segurar o mal-estar. Murmurei com desgosto:

— Olhe pra mim.

— Estou olhando.

— Você a viu.

— E daí?

Sacudi a cabeça, meio irritado. Principalmente comigo mesmo.

— Eu continuo tendo quase dois metros de altura. Gordo e feio. Como era na época da escola. Nenhum colega daquela época vai lembrar meu nome certo, mas todos vão saber que eu era o balde de banha, o chupeta de baleia, o suíno.

— Que babacas! — Maria se enfezou, chegando mais perto. — Você não é feio, Emanuel! Nem gordo!

Não sei se ardi por ouvir o elogio ou por saber que ela mentia. Fiz uma careta, mas ela insistiu:

— Cara, você parece um ursão! Homem grande, ombros largos, braços musculosos! Talvez tenha uma barriguinha aí, uns quilos a mais, mas não é gordo! E seus olhos! São lindos!

— Por favor... — resmunguei.

— Para de se desmerecer! Não deixe os idiotas dizerem coisas ruins sobre você, não aceite! Estou cansada disso! Teve gente que tentou fazer isso comigo também! Chega, Emanuel! Quem são eles? Ícones da beleza? Deuses? Vão se foder, porra! Sou linda! Você é lindo! Vamos meter porrada em quem disser o contrário!

Olhei para ela, surpreso com o discurso apaixonado. Só um louco falaria mal dela!

Invocada, Maria se soltou do cinto de segurança e esbravejou:

— Você viu a cara de fuinha dessa Gisele? *Manuel!* Ah, me poupe! Melhor ficar calada!

— Ela não me chamava desses apelidos.

— Mas também não impedia! Aposto! — O carro começou a apitar alto, avisando que ela precisava prender o cinto. Pouco ligou. Se chegando para a frente, ela mexia os braços ao falar, convicta: — Se esses seus colegas nojentos aparecerem agora na tua frente, você vai ver como eles estão! Um começando a ficar careca, outro magro demais, outro inchado de bebida... Iam gostar se você falasse isso? Se dissesse bem alto: *Cara, você parece o Smigol!* ou *O que você fez esse tempo todo, dentuço? Continua igual a um esquilo!*

— Quem é Smigol?

— Não acredito que você nunca viu O *Senhor dos Anéis*! Caramba, tem que assistir! — O cinto continuava a apitar. — Acontece que esse pessoal adora apontar o dedo para os outros, mas odeia ser motivo de chacota! Ignore, Emanuel! Dê um basta nessa merda!

— O cinto... — avisei.

— O quê?

— Vai ficar esse barulho enquanto você não colocar o cinto de segurança.

Ela olhou para mim e apertou os olhos. Apontou o indicador para mim.

— Está vendo só? Até o carro quer mandar na gente! Porra, isso é um absurdo! Mandam em tudo na nossa vida! Nós trabalhamos ou somos vagabundos! Estudamos ou somos burros! Emagrecemos ou somos feios! Eu coloco o cinto ou este carro irritante apita sem parar! Será que não dá pra gente fazer o que quer, sem ninguém se meter?

O desabafo foi apaixonado, furioso. Espiei seu rosto corado, o olhar enfurecido. Ela se virou, deu um puxão no cinto de segurança e o enfiou no prendedor, direto no banco. Sem passar pelo seu corpo. Então sorriu e se encostou sobre ele, vitoriosa, cruzando os braços no peito.

— Resolvido! Não obedeci e ele se calou!

— Mas se tiver um acidente... — comecei, preocupado.

— Eu morro! Me arrebento toda! Mas escolhi correr o risco. A vida não é minha? Ou é o carro que decide? Quem criou essa coisa e as leis sabe mais do que eu?

— Talvez.

— Ou talvez você esteja acostumado demais a obedecer e nem percebe! Esqueça o que te falam pra fazer! Se arrisque, viva, quebre a cara, Emanuel! Mande todo mundo que te faz mal praquele lugar! Cansada! Só faço agora o que eu quiser! Pronto, falei!

Revoltada, ela continuou de braços cruzados, olhando para fora.

Surpreendido, fiquei pensando em tudo que ela tinha dito enquanto dirigia.

O que mais me marcou foi ela falando dos meus olhos. E que me achava bonito.

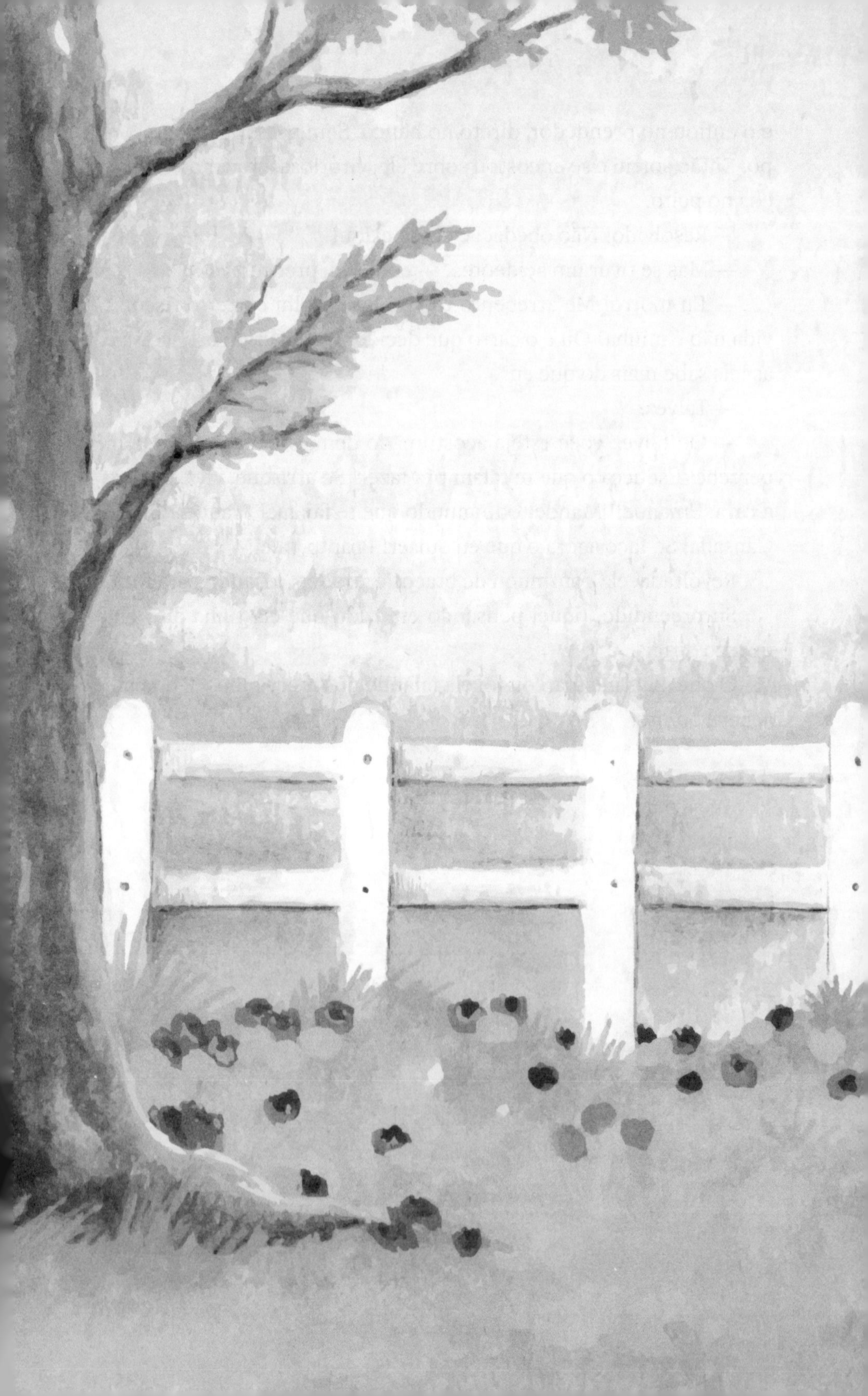

CAPÍTULO 9

Maria

Depois que voltamos da cidade e que terminamos o trabalho no campo, Emanuel se refugiou no seu quarto. Ficou calado e pensativo o tempo todo, e imaginei que a culpa fosse da tal Gisele. Me preocupei mais quando ele jantou conosco, ainda esquisito, e se recolheu logo.

Ajudei Margareth a tirar a mesa e lavar a louça. Mesmo cega, ela percebeu que eu era novata naquelas coisas e deu orientações do tipo *não gaste tanta água* ou *não passe esponja de aço dentro da frigideira*, justamente quando o fazia. Curiosa, perguntei o motivo de não poder esfregar o fundo da frigideira e aprendi que era para não grudar quando fosse fritar alguma coisa.

Ela foi escovar os dentes, mas ia voltar para pôr doces novos em compotas e eu prometi ajudar. Enquanto esperava, sentei em volta da mesa da cozinha, sob o calor gostoso do fogão a lenha ainda em brasa, enquanto mexia no celular. Não tinha havido muitas notícias sobre meu suicídio naquele dia. Nem minha mãe nem Roger apareceram. Procurei em todo canto, rezando para que aquele assunto fosse logo encerrado. Só então teria mais tranquilidade para seguir com minha vida de Maria de Deus.

— Eu sei que você ainda está aí. Sinto o seu perfume. É bom. Parece caro. — Margareth retornou, sem a bengala, sabendo exatamente por onde andar.

Seu olfato era mesmo apurado. Eu havia trazido comigo um dos perfumes franceses que amava. Mas pelo jeito até o cheiro podia trazer informações preciosas. Tentei desconversar:

— Foi barato. Comprei em uma lojinha de São Paulo, antes de viajar.

— Delicioso! Eu gostava de um da Avon, mas outro dia uma amiga trouxe a revista e disse que não fabricam mais. — Ela deu de ombros e abriu uma porta do armário, pegando potes de vidro com tampa. Deixei o celular de lado e fui ajudar. — Hoje só uso sabonete. Ninguém vai querer cheirar essa velha mesmo!

— Até parece! Você devia aparecer mais na cidade. Eu soube que tem uns coroas por lá.

— Só peste! Os que nem a morte quis! — Ela riu e pôs a mão em meu braço. — Você tem namorado, Maria? Deixou algum amor pra trás?

— Não. — Disfarcei a tensão e ela subiu a mão sobre a manga do meu moletom.

— Meu neto disse que você é bonita. Posso ver com meus dedos? Assim vou formar uma imagem quando falar com você.

— Claro que pode. — Sorri. — Quer dizer que o Emanuel falou isso, é?

— Ele não é cego! — Ela riu também e seus dedos frios, meio grosseiros, subiram pelo meu queixo. Fiquei quieta enquanto ela me sondava com gentileza. — Muito bonita mesmo! Morena? Loira? Olhos de que cor?

— Morena. Cabelo e olhos escuros.

— Difícil por aqui! A maioria em Barrinhas desce de italianos e alemães! Alguns de índios, mas muito poucos! O Joseph tinha olhos azuis como eu, a mãe do Emanuel também. Loira. Todo mundo achava que o menino vinha clarinho, ruivo até, como meus parentes! Que nada! Moreno, cabelo e olhos castanhos. Coloração dos índios, mas porte de um viking grandalhão e barbudo. Dizem que a minha bisavó teve caso com um tupi-guarani, mas ninguém sabe de fato! Toda família tem escândalos, né?

— Verdade.

— Olha só! Achei que o seu cabelo era comprido! Parece de menino! Por quê?

— Mais prático — menti.

— Isso é! E liso como sovaco de santo!

Achei graça e ela se afastou. Me orientou a colocar as panelas com doce na mesa e a encher e tapar os potes. Começamos a trabalhar juntas, sentadas, lado a lado.

Observei seu cabelo preso em um coque grosso, as coisas que falou sobre a origem da sua família. Me senti à vontade para perguntar mais:

— Você perdeu a visão há muito anos, Margareth?

— Tinha por volta dos cinquenta. Um glaucoma bem feio, não teve escapatória! Não dei *pilichada* nessa parte, fiquei ruim mesmo! Deus que sabe, tu não acha? *Creeein!* Num revoltei, não. Mas foi difícil. Depois veio mais coisa ruim. Segui até hoje.

— A senhora é forte.

— Tu também. Criada em orfanato, sem família! Oh, *Minhazarma!* Lamentação! — Deu um sorriso compadecido para mim. — Fala mais de tu.

— Nada de mais. Vivi por aí. — Tentei não esticar o assunto, para não ter que mentir mais, inventar coisas. Pensei em Emanuel e rapidamente desviei para ele, curiosa: — É bom ver que o Emanuel não deixou a senhora sozinha.

— Eu mandei ele seguir o rumo que queria! O povo daqui nunca foi bom pra ele. Nem o pai ou a mãe. Ia se mandar quando fizesse dezoito, coitado. Mas não deu e não quis sumir. Pensou em mim, e isso me agonia. Culpa, sabe? Dele ser infeliz por minha causa.

— Aposto que não é.

— Um *piá* de ouro! Tudo pra mim. Se Deus quiser vai ser cada vez mais feliz, encontrar moça boa, ter filhos correndo por aí! Pena que nessa cidade isso é escasseado!

— Tem umas que voltam. Hoje nós encontramos um amor dele, do passado.

Margareth parou de encher o doce, arregalando os olhos azulados, quase brancos.

— A da escola?

Entortei a boca. Se até a avó sabia, devia ter sido importante mesmo. Não gostei da garota com cara de esnobe. Justifiquei isso:

— Gisele. Vou falar a verdade, Margareth, meio nariz em pé. Acredita que o chamou de Manuel? Se não sabe nem o nome dele direito, não o merece! Pior que ele me contou que o chamavam de apelido por lá! E essa aí nunca o defendeu.

— Ah, o meu menino! Ele vinha pelos cantos toda vez. Teve época que implorou pro pai o tirar do colégio, mas não deixei. Tinha que se formar e aprender a ser forte, se defender! Quando Joseph morreu, ele tinha quinze. Tentou de novo se afastar dos estudos, mas não aceitei, não. Conversei muito, ele confessou o que acontecia. E que gostava da Gisele. — Sacudiu a cabeça, compadecida. Voltou a encher os potes. — Uma *aleijada*, segundo disseram!

— Aleijada?

— Bonita, gostosa.

— Ah! — Eu me lembrei do termo, fechando a tampa. — Achei normal. Nada de mais. O Emanuel é bem mais atraente do que ela.

— Tu acha? — Sua expressão se iluminou.

— Com certeza! Pior é que ele se rebaixa! Disse pra mim que era feio e gordo! Quase justificou que merecia os apelidos.

— Tadinho! Mas precisa perder uns quilos, eu vivo dizendo! Às vezes se faz de porco vesgo pra *comê* em dois cochos! Fico de olho!

Achei graça e ri.

— Também... Com essas comidas deliciosas que você faz! Estou com medo de virar uma bola!

— Sou boa, né? Meu marido lambia *os beiço*! — Sorriu, orgulhosa. — Mas chegue perto, me diga mais da moça! Por isso ele está jururu por aí! Lembrou o que é sofrer de amor!

— Pelo que eu entendi, ela se separou do marido, trouxe a filha, vai ficar um tempo na cidade. Até chamou a gente pra Festa da Maçã que vai ter.

— Sim, depois da colheita. Deve estar desesperada no meio de tanto velho! Que tu acha de chamar ela pra vir aqui de vez em quando? Você pode ser o cupido dele, Maria.

Fiquei olhando para ela, sem gostar muito daquilo. Não tinha nada a ver com a vida de Emanuel, nem o conhecia direito. Mas, pelo pouco que tinha visto dele e de Margareth, gostara de ambos, já sabia que eram pessoas maravilhosas. Eles me receberam de braços abertos e me davam a segurança de que eu mais precisava no momento. Eu sentia vergonha de mentir para eles.

Gisele tinha me parecido meio metidinha. Talvez o fizesse sofrer mais uma vez. Mas quem era eu para saber?

— Pode ser. Mas, se em Barrinhas quase não tem mulheres jovens, o Emanuel devia sair mais para as cidades por perto, conhecer gente nova.

A mulher ficou pensativa. Depois explicou, baixinho:

— Mas ele é tímido de verdade. Fica mudo, nervoso. A culpa é minha também.

— Por quê?

— O pai dele, meu filho Joseph. Era um grosso com o menino! Descontava nele as suas raivas! Eu defendia, mas devia ter brigado mais. No fundo, eu entendia os dois. E assim permiti alguns abusos.

— Batia nele?

— Isso! E xingava! Imprestável, gordo como um porco, preguiçoso! Só vivia assim.

— Sacanagem! Por que ele fazia isso?

— Infelicidade.

Suspirei, com pena de Emanuel. Imaginei-o menino, grande e desengonçado, sendo esculachado ali e na escola, sofrendo de amor platônico, solitário. Apenas com uma senhora cega para o compreender.

Pensei na minha mãe, me corrigindo o tempo todo. Ela se irritava por besteiras, sempre dizendo que eu era burra e só me daria bem casando com um homem rico, sendo cada vez mais linda e obediente. E depois Roger, com suas frequentes humilhações, como se ele fosse bom demais para mim.

Margareth limpou a mão em um pano de prato. Depois pegou uma colher, encheu com uma porção generosa de doce de maçã e me estendeu. Murmurei obrigada e aceitei. Pegou uma para si e nós comemos, caladas, imersas em pensamentos. Então, ela voltou a explicar:

— O Joseph não era ruim. Mas a esposa meteu chifres nele, fez com que o nome dele fosse jogado na lama. Até hoje todo mundo ainda comenta da mulher que fugiu com o padre da cidade.

— Jura? — Eu a encarei, surpresa.

— Verdade verdadeira! *Tá loco!* Vivia por aí reclamando da vida, daí um dia sumiu! Ela e o padre Pedro. Emanuel tinha nem dez anos, coitado! Piorou na escola. As crianças implicavam muito! Foi nessa época que ele engordou muito! E o pai não teve mais paciência. Nem saía daqui de vergonha! Morreu de desgosto.

— Lamento muito, Margareth — falei com sinceridade, compadecida por todos, só que mais por Emanuel. Engoli todo o doce, doida por mais. Levantei, lavei a colher e a enchi de novo. Sentei, lambendo-a.

— Foi isso. O menino ficou com problema de atenção, nota ruim na escola. Tudo junto. Aí já viu! Eu sei que ele tentou melhorar, mas se atrapalhava todo. Sem autoestima, fechado, tímido. Sofrendo. E os apelidos pioraram a situação. — Margareth chegou mais para a frente e cochichou: — Ele nunca *coisou*.

— Coisou? — Apertei a sobrancelha.

— *Hum, mas credo!* Tu sabe! *Lagarteou* por aí com menina.

— Transou? — Arregalei os olhos, chocada. — Impossível! Ele tem vinte e sete anos!

— Esse ouvido aqui não queria escutar, mas já ouvi ele se acabando lá no quarto e no banheiro! Se pegar uma moça, vai abrir a coitada no meio de tanto espirrar nela! Só na vontade guardada! Por enquanto se acaba nas mãos mesmo!

— Meu Deus... Emanuel é virgem? — sussurrei.

— Como nasceu! O cabaço de macho no lugar. Se é que não arrancou de tanto bater uma! Coitado, tem vontade! Mas é bobo! Falei pra ir lá pras bandas de São Joaquim, pagar mulher da vida só pra se satisfazer! Aprender, mas não!

— Com certeza ele já fez algo assim e não falou pra senhora.

— Ele não mente pra mim. E confessou essas bobagens. Um dia *talagou* toda a cachaça de Butiá que tinha na casa, e sabe o que disse? Que passou do tempo. Mas não! Tinha vergonha, era atrapalhado! Aí se acha feio, se esconde das *muié*! Dá nisso. O tempo não espera a gente, não! Quem sabe agora, com a Gisele aí, ele se anima? Talvez seja romântico. Se confiar nela, vai fazer! Tu não acha?

— Nem sei o que dizer.

Eu continuava em choque. Um homão daquele... virgem?

Lembrei de quando ele me viu pela primeira vez, gaguejando, todo vermelho. E mudo ao reencontrar o amor da adolescência. Sozinho ali com a avó.

Puta merda!

— Mas deixe estar. Emanuel tá formado e trabalhando, cuidando da velha dele. — Ela sorriu lentamente, meio triste. — Só que ainda tá preso aqui. Por mim. Eu sei que devia vender tudo, mas ia morrer longe das minhas terras. Nasci aqui. Quero dar meu último suspiro também neste lugar. Estou muito errada, Maria?

— Não. E por isso o Emanuel não vai embora. Ele é feliz com você.

— Num sei. Você vai convidar a Gisele pra vir aqui? Faz isso?

— Faço.

Margareth sorriu e acariciou meu braço.

Olhei na direção do corredor, onde ficavam os quartos. Quis muito que Emanuel estivesse com a gente, alegre, tranquilo. Não enfurnado entre lembranças e dores.

Decidi ali que o ajudaria. Antes de sair da vida deles, eu o veria realmente feliz.

CAPÍTULO 10

Emanuel

NAQUELES DIAS, MARIA SE ACOSTUMOU MAIS COM O TRABALHO. Quando eu ia chamar no quarto, de madrugada, ela não demorava nem reclamava. A cara era de sono, mas rapidinho já estava de pé e pronta. Passou a usar um chapéu largo na cabeça que emprestou da minha avó, pois andava fazendo sol e ela não queria ficar cheia de rugas.

Amava as vacas e as cabras. Conversava com elas, se entendia bem com o serviço. Os porcos, ela não se achegava tanto nem gostava do cheiro, mas também foi melhorando. Já com as galinhas... o sufoco continuava. Só entrava agarrada no meu braço, dando pulos e gritos, correndo quando alguma esbarrava ou voava. Eu que tirava os ovos, enquanto jurava que ela logo iria perder o medo e fazer tudo aquilo.

O período da colheita se aproximava e eu tentava correr com o restante do trabalho, adiantar, para então ter mais tempo de me dedicar às maçãs sem desperdício. Por isso nós ralávamos o dia todo, eu ficava até sem ir em casa para almoçar. Levava lanches e mandava Maria ir sozinha. Na volta ela trazia um prato feito pela minha avó, enrolado em um pano de prato, e uma garrafa de suco. Eu comia e logo voltava ao batente.

Até que naquele dia apareceu mais um problema para resolver no limite do sítio, logo cedo. As cabras arranjaram um buraco na cerca e fugiram. Saí de cavalo atrás delas e consegui trazer todas de volta, até a Josefa. Consertei a cerca, enquanto Maria se ocupava da horta.

Foi bom ter ido para lá, porque percebi que o mato estava crescido demais e isso poderia atrair pragas, ervas daninhas, ratos. Seria um inferno depois me livrar deles. Assim, comecei a colocar o material necessário na caçamba da caminhonete e Maria viu. Veio perguntar o que estava acontecendo e eu expliquei.

— Mas já vai dar o horário de almoço. E como você vai resolver tudo sozinho?

— Eu me viro.

— Vou buscar um lanche com a Margareth, assim você come por lá.

— Obrigado.

Terminei de preparar a caminhonete quando ela voltou, equilibrando duas bolsas. Sorri.

— O que é isso? Comida pra uma semana?

— Comida, água e suco pra nós dois. — Sorriu de volta. — Vou com você.

— Maria, o trabalho é pesado.

— Duas pessoas resolvem mais rápido.

Gostei disso. Seria ruim demais ficar para lá sozinho. Por isso concordei e ela me acompanhou. Pus para tocar uma música local, enquanto dirigia pela estrada de barro. Ela comentou:

— Legal esse som de viola. Meio triste, intenso! Nunca tinha ouvido.

— É comum aqui na região serrana de Santa Catarina. É o que nós chamamos de tradicionalismo. Essas fizeram parte da Sapecada da Canção Nativa, uma espécie de festival que tem todo ano.

— A voz do homem é legal demais! Com o sotaque de vocês. Como se chama?

— "Florzita de campo aberto."

Eu amava aquele estilo, sempre me sentia mais perto da minha terra com ele. Parei de falar e ouvi um trecho, cantado e tocado pelo Quarteto Coração de Potro:

O mato que segue o rio
Tem uma estreita picada
É um amigo sombrio
Traz minha história guardada.

— Você já pensou de verdade em ir embora daqui, Emanuel? — Sua voz macia penetrou a musicalidade, chamou minha atenção. Fiz que sim. — Pra onde? Alguma cidade grande?

— É.

— Acha que ia se adaptar?

— Eu ia ser mais um no meio da multidão.

— E isso seria bom?

— Deve ser. Ninguém sabe do seu passado, da sua vida. Dá pra recomeçar do nada. — Virei o rosto e a encarei. — Você deve saber melhor do que eu.

Maria não se moveu, meio tensa. Depois deu de ombros:

— É impessoal também. E solitário.

— Aqui também é. Às vezes.

— Estou aqui há dias e nunca pensei que pudesse ser tão bom! Mesmo com tanto tempo pra pensar, tanto trabalho pra fazer. Mesmo com as galinhas terroristas daquele galinheiro.

Sorrimos juntos e ela se acomodou melhor, braço apoiado na janela, uma sensação boa de cumplicidade entre a gente. Nos sentíamos bem mais à vontade um com o outro.

— Quando vai ser a Festa da Maçã?

— Daqui a umas semanas.

— Nós vamos? — Dei de ombros e pensei em Gisele. Em geral eu evitava esses encontros, mas ela estaria lá. Como se lesse meus pensamentos, Maria completou: — Sua amiga Gisele vai gostar se a gente aparecer. Companhia da mesma idade.

— Ela não é minha amiga.

— Verdade. Nunca mais falou com ela? — Neguei com a cabeça. — Estava pensando em dar um pulo no centro de Barrinhas neste fim de semana. Comprar uma coisa diferente, tomar umas cervejas. Você podia ir comigo. Se a gente encontrar Gisele, eu a convido para passar uma tarde aqui. O que acha?

— Nada a ver — respondi logo, nervoso, o rosto esquentando.

Maria não insistiu no assunto, mas ele não saiu da minha cabeça. A verdade era que eu me lembrava dela naqueles dias, nos sonhos enterrados, na infância e juventude difíceis, cheias de decepções. Nunca tínhamos conversado. Eu nem saberia o que dizer ou como me portar.

Chegamos perto do limite do sítio e Maria pulou da caminhonete, encantada ao ver o riacho em que nossas terras findavam, cheio de pedras onde se formavam bacias e correntezas, serpenteando entre a vegetação.

— Você nunca disse que tinha cachoeira aqui!

— Não é cachoeira. Essas ficam mais pro alto da serra.

— Mas dá pra tomar banho?

— Gelada! Uns dez a doze graus.

— Credo! Que pena! Eu ia adorar, se estivesse muito calor!

Eu a imaginei com roupas de banho ali, as curvas à mostra. Logo tirei isso da cabeça e comecei a trabalhar.

— O que é isso?

— Kit de maçarico a gás pra queimar ervas daninhas. Queima o mato. Depois eu arranco ou deixo secar até a raiz e volto outro dia pra capinar.

— Como eu ajudo? — Ela olhou para a pá, enxada, foice, sacos de lixo. E o garrafão com uma mistura de vinagre e sal grosso.

— Você pode ir arrancando os menores. Use luvas grossas. Depois jogue essa mistura pra não nascer mais. Vou ter que soltar as cabras mais longe, pra acabarem com os que se aproximarem muito das plantações.

Era tanta coisa para resolver que às vezes o cansaço chegava só de imaginar as outras tantas que ficavam precisando de atenção. Mas não parei para pensar. Comecei a agir.

Maria ajeitou o chapéu bem enterrado na cabeça, as luvas. Ela gostou de ver como eu queimava o mato, vindo atrás, jogando o sal com vinagre. Depois se abaixava e arrancava os que chegavam perto da estrada. Às vezes parava, vermelha, suada, bebia água e me dava também.

O suor colava minha blusa de malha, embaixo da camisa, na pele. Escorria do cabelo para a barba, pingava no chão. As mãos ardiam, o sol escolhendo aquele dia para ficar mais inclemente.

— Meu Deus, vou morrer de fome! Vamos comer! Depois continuamos.

Meu estômago também roncava. Larguei tudo e escolhemos uma sombra sob as árvores, perto do rio. Lavamos as mãos e os rostos ali. Sentamos de frente um para o outro, ambos vermelhos, sedentos. O suco ainda estava frio, assim como a água. Para comer, sanduíches recheados com muito pernil, salada, molho. Legumes cozidos em um refratário. Frutas, queijos, algumas castanhas.

Eu não aguentava o calor infernal. Queria me livrar da camisa quadriculada de manga comprida, mas isso seria me evidenciar demais ao seu olhar crítico. Velhos traumas com meu corpo me fizeram achar melhor ficar daquele jeito mesmo, suando em bicas.

Passei uma toalha pelo rosto e pescoço, antes de começar a comer. Maria fez o mesmo, ela também afogueada com as roupas quentes e largas. Antes que pegássemos os sanduíches, ela sugeriu:

— Por que você não tira essa camisa quente?

— Estou bem assim.

— Eu não. Acho que vou derreter! Vamos lá, Emanuel. Está com vergonha de mim?

— Não — falei rapidamente.

— Tire a sua que eu tiro a minha.

Fitei seus olhos e ela sorriu, erguendo as sobrancelhas. Segurou a barra do moletom.

A tentação foi demais. Desde que chegara ali, ela ficava enfiada dentro de várias camadas de roupa. Eu me dividi entre a vontade de saber mais dela e a vergonha por ter que mostrar o meu físico.

— Vamos?

— Estou muito barrigudo.

— E qual é o problema? Vergonha agora? Para de palhaçada! — Animada, ela desencostou da árvore e arrancou o moletom, deixando-o de lado. Ela usava outra blusa grande de manga comprida por baixo e eu fiz uma careta. Riu e a tirou também. — Agora é sua vez!

Pisquei e desviei o olhar, tenso. Mas já tinha visto seus ombros bem-feitos, os braços esguios e modelados, os seios cheios espremidos dentro de uma camiseta preta. E a cintura fina. Era um baita de um mulherão! Toda escondida. Por quê? Por causa do frio, como dizia sentir o tempo todo?

— Tira! Tira! — ela começou a pedir, e eu fiquei mais vermelho ainda, incomodado.

— Você vai ficar decepcionada.

— Tira! Tira!

— Maria...

— Tira! Tira!

— Bah! — Cada vez mais sem graça, abri os botões da camisa, sem coragem de a encarar. A blusa de malha branca grudava encharcada no meu peito e na barriga, que nunca desaparecia. Mesmo quando eu corria, quando tinha tentado secar, ela permanecera fiel, presente. — Pronto! Agora vamos comer!

Larguei a camisa ao lado e peguei o sanduíche, dando uma grande mordida nele. O sabor delicioso foi como um manjar dos deuses e aplacou a fome. Mastiguei um grande pedaço, meus olhos querendo matar outra fome.

Maria estava recostada na árvore, pernas dobradas à frente, mastigando devagar. Olhos fixos em mim.

Era mesmo linda! Não tinha artifícios femininos, batom, brinco, nada. Mas nem precisava. Pele dourada, cabelo curto caindo na testa, traços sensuais. E aqueles peitos!

Desviei a atenção, perturbado. Comi mais um grande pedaço, o molho quase caindo, eu lambendo para não escorrer pela barba. Fechei os olhos para não ficar como um tarado olhando para suas curvas e me concentrei no sanduíche. Devorei sem dó, quase gemendo de prazer.

Quando acabei, lambi de novo os lábios e abri os olhos. Ela estava parada, mais da metade da comida intocada em suas mãos, concentrada, me olhando fixamente.

— O que foi? — Apertei as sobrancelhas, meio tímido. — Comi rápido demais, fui mal-educado?

— Nada... Está uma... delícia.

— Minha avó arrasa em tudo que faz. Quer mandioca cozida?

— Ainda vou terminar aqui. Pode comer à vontade.

— Tá.

E assim eu o fiz. Terminei minha garrafa de suco e encostei a cabeça no tronco, sentindo moleza. Descansei um pouco, a brisa na pele, o suor secando. Deixei as pernas estendidas e cruzei os braços no peito.

A imagem dela invadiu minha mente. Devia ser toda daquele jeito, firme, curvilínea, sarada. Tive vontade de perguntar se ela gostava de malhar, mas achei melhor não dar tanto na cara que eu reparava no seu corpo. Besteira minha! Aquilo não devia importar!

Novamente senti vergonha por ser grande demais, estar acima do peso. Um ursão, segundo a própria Maria. Lembrei disso, como também dela me elogiando. Olhos bonitos.

Sacudi a cabeça. Abri de novo as pálpebras pesadas. Ela descia o olhar pelo meu corpo, descaradamente. Nem notou que a observava.

Mordeu um pedaço do sanduíche, distraída. Passava pelos meus antebraços e peito, pela barriga. Quase a encolhi, mas não dava mais tempo. A tensão cresceu diante da vergonha, dos meus velhos fantasmas de volta. Gordo, balofo, rolha de poço. Só não esperei o que veio a seguir e que me deixou mais paralisado.

Ela olhou fixamente onde o jeans se apertava perto do zíper. Era sempre um sacrifício ajeitar minhas partes íntimas, tão grandes quanto eu, para não ficarem indecentes, estufando ali. Mas bastou uma espiada atenciosa daquelas para que tudo esquentasse, quisesse crescer mais.

Baixei as pálpebras, respirando, me concentrando em outras coisas. No matagal, nas cabras fugindo, em Maria gritando dentro do galinheiro e caindo com as galinhas. Respirei mais e mais.

Os seios dela, redondos. A cinturinha. O olhar sensual. Porra!

Levantei rapidamente, virando de costas e pegando a camisa no chão.

— Já? Não vai descansar, Emanuel?
— Melhor acabar logo com isso.
— Isso o quê?
— O mato.
— Fica sem camisa. Tá muito calor.
— Não, eu...
— Fica assim, confortável. Não precisa ter essas besteiras comigo!
— Maria!

Ela riu, sorrateira. Veio por trás e agarrou minha camisa, correndo com ela e a jogando dentro da caminhonete. Voltou sorridente. Alta, esguia, a calça larga mal escondendo as formas mais visíveis, o rebolar suave. Parou diante de mim e ergueu os olhos brilhantes.

— Estamos quites. Calor demais pra tanta formalidade!

Esfreguei a barba, calor mesmo subindo pelas pernas, se concentrando onde não devia. E aquele olhar diferente para mim, como se pensasse coisas que não devia. Só podia ser maluquice da minha cabeça! Na certa ela se divertia com meu constrangimento.

Voltei ao trabalho. Ela ainda rondou, terminando o suco, me espiando. Então também retomou a tarefa, falando de outras coisas. Aos poucos relaxei. Mas, quando ela não percebia, eu cerrava um pouco os olhos e a admirava. Maravilhado.

A tensão entre nós permaneceu. No fim da tarde, quando guardamos tudo e entramos na caminhonete, continuamos sem colocar nossos casacos. Dirigi só com uma mão, o outro braço apoiado na janela. Maria se recostou na porta.

— Você malha, Emanuel? Ou tem esses braços por causa do trabalho no sítio?

Eu sabia que tinha músculos grandes ali, pareciam duas toras imensas. Assim como no peito. Confessei:

— Minha estrutura é essa. Quando era mais novo, eu fiz uns pesos com ferro e cimento, tentei emagrecer, secar. Piorou a situação. Fiquei mais largo ainda.

— Combina com você. Suas pernas também são assim, né? — Novamente o olhar descend. Abri mais o vidro para o vento entrar, acelerei e o carro sacudiu no meio dos buracos. — Aposto que a Gisele ia gostar de te ver mais à vontade.

— Bah! Tu para de brincadeira, Maria!

— Estou falando sério!

Estávamos perto de casa. Caí na asneira de espiá-la. Parecia uma gata, prestes a se lamber. Olhei rapidamente para a frente, nervoso, agitado.

— Emanuel... a gente podia fazer um acordo.

— Que acordo?

— Você me ajuda a perder o medo das galinhas. E eu...

— E você...?

A excitação crescia. O calor voltava. O rosto pegou fogo, a calça apertou mais onde não devia. Ela não ia insinuar nada.

Quase esfreguei o rosto. Andava me masturbando direto, mais até do que o normal. Por que então aquilo parecia a ponto de se descontrolar?

— Eu te ensino algumas coisas.

O volante escapuliu da minha mão e a caminhonete jogou para o lado, quase indo para o meio da plantação. Maria soltou um grito e eu agarrei a direção com as duas mãos, afogueado, a mente cheia de besteira. Não tive coragem de perguntar mais nada, nem de encará-la. Totalmente mudo, voltei o carro para o meio da estrada.

— Nada de mais. Não precisa se preocupar. Quer saber? — Ela sorriu, chegando um pouco mais perto. Nem sei como consegui assentir. — Te ensinar a ser mais seguro, perder a timidez. A gostar de si mesmo. As mulheres gostam disso. Elas vão se jogar aos seus pés.

— Elas... quem?

— Não as senhoras idosas. As moças das cidades vizinhas. A Gisele. O que você acha?

Fiz que não, perdendo a voz de novo. A casa ficou à vista. Eu ia parar o carro ali e entrar correndo. A ereção ganhava controle sobre mim, a mente girava com vontade de perguntar: *Você também?* Ou Maria já estava dando em cima de mim? Era loucura demais! Devaneio!

— Combinado? Para de ser bobo! Estou falando sério! As galinhas vão me adorar! E você vai ser adorado! Temos um acordo? Somos amigos?

Parei bem em frente a casa. Quase pulei para fora da caminhonete, mas Maria segurou meu braço e eu fiquei imóvel, mal podendo respirar. Devagar, virei o rosto e achei os olhos escuros e brilhantes dela.

Só consegui fazer que sim.

CAPÍTULO 11

Maria

A internet ali às vezes era terrível! O meu celular era novo, eu tinha cadastrado com minha identidade falsa. Eu comprara chip e dados móveis, mas felizmente o sítio tinha wi-fi. O problema era o sinal fraco.

Naquela noite, sentada na cama do meu quarto, encolhi as pernas e consegui acessar o Google. Pesquisei sobre meu caso, já que não tinha aparecido mais nada na televisão. Todo dia eu procurava notícias, e nessa noite achei um pouco mais. Notinhas diziam que as investigações sobre o suicídio da socialite Nicolly, esposa do rico empresário Roger de Lima e Castro, continuavam em andamento. Como o corpo não fora encontrado, trabalhavam com outras opções, como sequestro, caso extraconjugal e até mesmo fuga.

Nervosa, li tudo que estava disponível, meu coração disparado. Uma das reportagens dizia que a família havia sido procurada e não quisera comentar o caso. Por fim, apertei o celular contra o peito, olhando para a frente sem ver nada. E se viessem atrás de mim, mesmo com os cuidados que tinha tomado?

Refiz meus passos. O trecho sem câmeras, eu de capuz pela estrada, trocando de ônibus e de roupa, cabelo curto e preto. Parando ali em Barrinhas. Não dava para me seguir. Era só ficar quieta, esperar o tempo passar e deixar que esquecessem de mim. Eu só ficaria aliviada depois disso.

Respirei fundo várias vezes e me dei conta de que, apesar dos temores, do trabalho pesado no sítio, da mudança drástica de vida, eu estava em paz como havia muito tempo não acontecia. Uma pessoa podia ter tudo, mas, sem liberdade, virava um nada. Ali, com Margareth e Emanuel, eu me sentia protegida. Começava a ser eu mesma.

Passei o olhar pelo quarto pequeno, a cama coberta com uma colcha colorida, a cortina florida tapando a janela de madeira. Chão também de tábuas, tapete feito em casa. Móveis antigos e escuros. Coisas simples, mas limpas, aconchegantes. Sem luxos infelizes.

Levantei da cama, tensa, preocupada. Abri o guarda-roupa e olhei para minhas poucas coisas ali, o que cabia em uma mochila. Logo eu, que tivera um closet de dar inveja a uma modelo milionária, com roupas das melhores grifes, sapatos caros, joias, estava me acostumando com o básico. O engraçado era que aquilo não me incomodava. O alívio importava mais do que tudo.

Temi um pouco meus planos para aquela noite de sexta-feira. Tinha convencido Emanuel a me levar ao bar do José Rêgo, pra gente tomar umas cervejas. Estava animada com isso, como se fosse o melhor programa da vida. No entanto, depois de ler as notícias, talvez fosse melhor me esconder por ali, ficar na minha.

Me irritei com o fato de Roger ainda me atrapalhar, mesmo longe. Queria que ele me esquecesse, se declarasse viúvo e arrumasse logo outra pessoa para se enganar e ele infernizar. Depois achei que estava me preocupando à toa. Afinal, o caso só tinha passado na televisão uma vez. Os idosos naquele lugar pouco deviam mexer em redes sociais. Se vissem alguma coisa, não iriam associar comigo. Nicolly e Maria pareciam duas pessoas completamente diferentes.

Estava me preocupando à toa. Uma saidinha de vez em quando, só até o centro de Barrinhas, não faria mal. Além do mais, eu tinha prometido a Margareth que ajudaria Emanuel a ser feliz e convidaria Gisele para ficar mais presente. A metidinha.

Catei uma calça jeans estilo mom, que era mais larga, não marcaria muito os músculos das pernas nem a bunda empinada demais. Os tênis, que eu havia lavado e que voltaram a ser brancos. Blusa de malha cinza, larga, de manga comprida, cobrindo o quadril. Por cima, um casaco de moletom preto, também largo e grande. Corpo escondido, nada a ver com o de uma modelo que malhava.

Penteei o cabelo liso de lado. Sem maquiagem nem acessórios. Eu queria estar bonita e chamativa para que os velhos da cidade e Gisele vissem Emanuel com outros olhos, mas aquilo era o que me permitia, diante das circunstâncias. Teria que me comportar, ser bem reservada e ainda assim o ajudar a se destacar. Na hora eu saberia como agir.

Saí do quarto e o cheiro bom da comida de Margareth me atentou. Eu já tinha jantado quase uma montanha da sua macarronada com massa e molho caseiros, carne suculenta, sobremesa com goiabada. A cintura da calça apertava um pouco, e temi engordar demais. No entanto, era difícil resistir. Mesmo empanturrada, eu já queria espiar as panelas, para ver o que ela adiantava para o dia seguinte.

— Maria e seu perfume delicioso! — A senhora sorriu, enquanto tapava uma panela e virava o rosto na minha direção.

— Margareth e sua comida deliciosa! — retruquei, e ela riu.

— Amanhã é sábado! Vou caprichar ainda mais!

— Assim você vai me matar! Vou ter que usar as roupas do Emanuel! Por falar nele... Onde está?

— Acho que se arrumando. Parecia meio nervoso hoje. É porque vai sair com você?

Cheguei perto e a ajudei a levar as panelas sujas para dentro da pia. Margareth começou a ensaboar e eu peguei um pano de prato, para enxugar. Recostei ao seu lado e baixei o tom:

— Deve ser pelo risco de encontrar a Gisele dele na cidade.

— Gisele dele? — Ela ergueu a sobrancelha, divertida.

— Não é o sonho de consumo dele?

Quase falei: *Bah!*, como eles costumavam dizer por ali, meio irritada. Um mau gosto tremendo ficar agitado por conta daquela lagartixa branca e sem graça. Minha opinião, que guardei naquele momento.

— Já estou feliz por ele sair um pouco. Você chegou para nos fazer bem, Maria.

Amoleci diante do elogio. Acarinhei seu braço e murmurei com sinceridade:

— Eu que digo isso. Vocês me receberam aqui de braços abertos, me tratam bem demais.

— Ah! *Piriga* agradecer, não! É de coração. Agora conta aqui: você vai convidar a Gisele? Acha que o Emanuel vai perceber a nossa armação?

Achei graça e segurei uma panela que ela me estendia. Comecei a secar.

— Vamos ver.

Pensei nele, naquela tarde. Nós dois embaixo das árvores, comendo. Tive até vergonha do que me passou pela cabeça!

Eu havia sido surpreendida. Esperava um físico grandalhão pra todo lado, a barriga despontando, algumas banhas sobrando. Mas quando ele tirou a camisa... Caramba! Era tudo uma coisa só, tudo combinando. Ombros largos, peito musculoso, braços também. Coxas que pareciam a ponto de explodir o jeans, assim como o estufamento nas partes íntimas. Que era aquilo? O homem com certeza estava bem provido em toda parte.

A blusa branca suada colava como uma segunda pele. Eu, que passara anos ouvindo da minha mãe que devia ser sarada e não engordar nem um grama, que me matava em dietas malucas e exercícios terríveis, me vi babando por aquela barriga arredondada, pelo macho enorme esparramado ali.

Nunca esperei me excitar vendo um homem comendo! Emanuel tinha pegado aquele sanduíche como se agarrasse uma mulher! Mordeu, se lambuzou, se deliciou de verdade. Imaginei sua boca percorrendo um corpo, mordiscando mamilos, atacando entre as pernas. A cara de prazer dele, os gemidos roucos. Ele não podia ser virgem! Devia ser algum engano!

Afogueada, quis afastar a tentação, mas ela já havia se estabelecido em meu ser. Antes de me casar, eu saíra com muitos caras por incentivo da minha mãe. Ela praticamente escolhia os que valiam a pena e os que eram desperdício de tempo. Mas eu sempre gostara de sexo e me diverti bastante. Depois, com Roger, tinha virado obrigação. Eu não me sentia atraída, mas tinha me convencido de que isso não importava. Havia calado desejos e ânsias, me forçado a gastar energia em outras coisas e aceitar o sexo da maneira que ele queria, não eu.

Que mal haveria em ir além com Emanuel, deixar a atração fluir? Afinal, ele precisava de ajuda para se soltar, aprender a gostar de si mesmo, ter autoestima. Eu era experiente. E logo, quando tudo se acalmasse, sairia dali. Poderia deixá-lo feliz, talvez até mesmo com outra mulher. Como Gisele, por exemplo.

Não era nenhum crime. Tudo por uma boa causa.

— Tomara que aqueles velhos não fiquem de implicância com ele! Na escola eu até entendia, eram crianças! Fica de olho, Maria! Não deixa que se metam a jacu sem rabo com meu menino!

Eu achei graça dos termos que ela usou:

— O que isso significa? O que é um jacu?

— Tu não sabe? Bah! Um pássaro! Jacu rabudo é pessoa metida, que se acha, que implica com os outros! Imagina o sem rabo! Tem nada e continua se achando!

— Ah, tá! Vou ficar de olho!

Emanuel escolheu esse momento para aparecer. De banho tomado, cabelo úmido meio desgovernado em ondas, camisa larga e limpa, com jaqueta de couro surrada por cima. Jeans, botas. Nada muito diferente do que ele usava no cotidiano, mas percebi as mudanças. Perfume no ar. A jaqueta dando um toque mais másculo ainda, combinando com ele.

Ele olhou para mim e o rosto esquentou. Sorri, achando uma graça. Foi impossível não pensar nele sem toda aquela roupa, nos volumes e protuberâncias. Parei, contida, determinada a ser mais comedida.

— Aí está ele! Animado pra gastar o taco da bota? — Margareth se virou em sua direção.

— Lá no bar não tem música, vó. E eu não sei dançar.

— Se soubesse, podia ensinar a Maria como a gente faz nas festas! Se bem que eu nem sei mais! Faz muito tempo! Vão agora? Querem fazer um lanche antes?

— Eu bem que queria, com esse cheiro aqui tentador, mas não aguento comer mais nada hoje! — murmurei e deixei o pano na pia. — Vamos, Emanuel?

Ele fez que sim, sem me encarar direito. Desde a tarde, parecia mais envergonhado comigo. Veio beijar a avó e eu achei engraçadinho como era respeitador e carinhoso. Depois me despedi dela com um abraço e saímos.

A noite estava fria, talvez uns treze graus. Eu me encolhi na roupa e pulei dentro da caminhonete. Quando Emanuel entrou, foi logo dizendo:

— Não vou beber. Estou dirigindo e a estrada é escura a esta hora.

— Também não vou beber muito. Uma cervejinha e pronto.

— Você gosta de cerveja? — Ele ligou os faróis e pôs o carro em movimento, iluminando a vegetação, as árvores.

Fazia anos que eu não sabia o gosto de uma. Muitos carboidratos. Eu seria morta se minha mãe ou Roger me vissem provando. No máximo, eles me permitiam goles de espumante em uma festa, ou de algum vinho caro. Eu ficava mais com a taça de enfeite do que me divertindo. Fiz uma careta e os empurrei para o fundo da mente.

— Não vai ser muito divertido — Emanuel alertou. — Deve ter umas cinco pessoas no bar, se tanto. Os mesmos de sempre.

— A gente faz a nossa diversão.

— Duvido que a Gisele esteja lá. — Ele mal me olhava, sério, uma ruga de preocupação entre as sobrancelhas.

— Eu aposto que ela vai aparecer. Deve se sentir sozinha na cidade.

Não falei mais nada e aproveitei para observá-lo. Me sentia bem, aquecida, interessada. Emanuel podia se achar simples demais, mas eu ficava curiosa a respeito dele.

Toda vez que ele notava minha atenção, endurecia o semblante, o maxilar apertado. Imaginei como seria seu rosto sem toda aquela barba.

— Que tal se a gente aparar a sua barba e o seu cabelo?
— Bah! Pra quê?
— Você é homem das cavernas, por acaso?
— Eu vivo no sítio, ninguém me vê.
— Eu vejo. E, já que vamos aparecer mais na cidade pra esse povo te respeitar, pras mulheres quererem se jogar no seu colo, você precisa ficar mais apresentável. Não estou reclamando. Só uma sugestão.
— O único barbeiro da cidade morreu no ano passado.

Quase ri, o que não era certo. Só em Barrinhas mesmo!

— Não tem problema. Eu posso aparar pra você. Me lembra amanhã, tá? — Ele continuou olhando para a estrada e eu soube que não falaria nada. Sorri. — De qualquer forma, não vou esquecer. Agora me fala mais de você, Emanuel.
— Você já sabe de tudo.
— Será?
— Aposto que o que você não viu a minha avó contou.
— Como o quê?

Ele deu de ombros. Fiquei doida para averiguar se o segredo da virgindade era mesmo real, mas não quis que ele se sentisse constrangido. A curiosidade coçou minha língua, e dei uma olhada rápida entre suas pernas. A camisa comprida e a jaqueta ficavam no caminho e ali dentro estava escuro. Guardei minhas impressões para mim.

— Maria, é sério. Vamos chegar ao bar e vai ser de dar sono. David e Gertrudes jogando baralho, Hans repetindo suas piadas sem graça, Estêvão bêbado, José Rêgo com suas grosserias. Era melhor ter ficado em casa.

— A gente nem chegou e você já quer desistir?

— Tu que sabe. Eu avisei!

Percebi que ele parecia nervoso, talvez esperando o deboche dos velhos ou com medo de ficar mudo diante de Gisele, sem reação. Tentei acalmá-lo:

— Se estiver ruim, a gente volta.

— O que você espera fazer por lá?

— Sentar de boa, conversar, tomar uma cerveja. Lembra do que nós combinamos hoje à tarde? O pessoal precisa parar com essa implicância boba, mudar o modo como vê você. Só quero ajudar. Não se preocupe, vai ser aos poucos. Tudo na tranquilidade. Você vai gostar.

Ele não apenas não acreditou como pareceu ter ficado mais tenso. Deixei-o quieto.

Se o centro de Barrinhas parecia uma cidade fantasma de dia, de noite era como se nem existisse. Tudo vazio, apenas as luzes dos postes da rua principal acesas. Casas fechadas, apagadas. Será que o povo dormia tão cedo assim?

A caminhonete parou diante do único estabelecimento com uma luz amarelada na varanda. Hans se levantou de sua cadeira, espiando cheio de curiosidade.

Olhei para o idoso, surpresa.

— Ele não tem casa? Será que dorme aí?

— Nunca consegui descobrir. — Emanuel o espiou também e imitou sua voz: — *Ah, mas não te mataram ainda, homi?* Quer apostar que é o que ele vai dizer?

— O que isso significa?

— Alguém que não te vê há tempos.

— Mas ele te viu esses dias!

Emanuel sacudiu a cabeça e engoliu a irritação. Conformado, saiu do carro. Pulei fora do meu lado. Esse era o problema, ele aceitava tudo calado. Guardava demais, sofria sozinho. Eu me irritei também, como uma leoa pronta para defendê-lo.

— Mas veja só! — Hans abriu um largo sorriso, expondo a falta de dois dentes. — Ah, mas não te mat...

— Oi, Hans! O Emanuel me convidou pra tomar umas cervejas aqui! As coisas estão animadas? — Subi os dois degraus até onde ele estava, interrompendo-o. Ele me encarou, surpreso. Continuei: — Quer entrar e se divertir com a gente?

Ele arregalou os olhos. Emanuel parou ao meu lado, duro. O velho nos olhou e murmurou:

— Divertir? Aqui?

— Por que não? — Sorri. — Se mudar de ideia, entra aí! É por nossa conta!

Dei o braço a Emanuel e nós entramos juntos, sob seu olhar atordoado. Meu companheiro parecia um pedaço de tronco e murmurou:

— Ele é alcoólatra. Não bebe mais, nem entra aqui.

— Mas o convite tá feito. — Dei de ombros.

— Maria... — Ele pareceu a ponto de se afastar, um pouco nervoso quando chegamos ao hall meio escuro. — É melhor...

— Melhor o quê? — Dei o meu melhor sorriso. — Vem comigo.

Esperei uma entrada triunfal, mas tocava ao fundo uma canção antiga e triste, o salão escuro e praticamente vazio. Num canto, perto do bar, o casal jogava baralho. José Rêgo via televisão, entediado. E Estêvão se acabava em seu copo, quase dormindo no balcão. Nenhum deles notou que havíamos chegado.

Me empertiguei e avancei. Emanuel resmungou baixinho. Atravessamos de braço dado e então o dono do estabelecimento nos encarou. A surpresa toldou seu olhar. Estêvão se virou, meio tonto. O casal parou de jogar.

Sorri enquanto escolhia uma mesa perto deles e acenava para todos:

— Boa noite! Bom ver vocês novamente!

Continuaram mudos. Emanuel acenou com a cabeça, lábios apertados. Cavalheiro, puxou uma cadeira para mim. Olhei-o sedutoramente e falei bem alto:

— Obrigada, *querido*.

Seu olhar brilhou, a vermelhidão subiu pelo pescoço. Eu me sentei e ele se acomodou também. Virei a cabeça e disse a José:

— Qual cerveja você tem aí?

Até parecia que eu saberia diferenciar as marcas, mas atitude é tudo. Esperei e finalmente ele respondeu:

— Gelada?

— Mas é claro!

— Tem a São Joaquim, feita na cervejaria aqui de perto.

— Manda pra gente! E aumenta essa música! Tá muito triste isso aqui!

Eu me voltei para Emanuel, antes achando graça da cara deles, como se não entendessem nada. O casal idoso continuou sem jogar, cartas nas mãos. Estêvão virado em nossa direção. O dono do bar indo pegar o pedido.

Emanuel me olhava, todo esticado na cadeira, como se fosse sair dali correndo. Continuou assim enquanto o senhor vinha arrastando os chinelos até a gente, pondo dois copos na mesa e a cerveja aberta. O homem avisou:

— A gente fecha cedo aqui.

— Cedo que horas? — Aproveitei e pedi a Emanuel, ainda no tom doce, feminino: — Querido, encha nossos copos, por favor.

O tique no olho dele voltou, tremendo, junto com a tensão que o fazia apertar os lábios, juntando barba e bigode num emaranhado só. Não sei se ele estava com vergonha ou se, de algum modo, eu também o excitava.

— Dez horas.

— Ainda temos umas duas pra nos divertir! E a música? Vai aumentar?

O homem deu de ombros, como se nossa presença fosse algo totalmente anormal, quebrasse sua rotina. Um pouco irritado, ele comentou:

— O *almôndega* aqui nunca apareceu a esta hora. Só tem o que tá tocando no rádio.

— É só aumentar. — Fiquei puta com o apelido. Mal chegávamos e ele já tinha começado. Lambi os lábios e fiz questão de dar uma olhada em Emanuel de cima para baixo, antes de dizer alto o suficiente para que todos ouvissem: — Eu adoro almôndegas. São deliciosas, suculentas, me deixam com água na boca.

O silêncio continuou, pesado. Emanuel parecia que pegava fogo e rapidamente entornou as cervejas nos copos. Disse que não ia beber, mas tomou quase tudo num gole. Sem coragem de me encarar.

José Rêgo calou a boca, se virou e voltou para trás do balcão. Todos continuaram nos encarando. Ergui um copo:

— Um brinde a nós. E à nossa convivência no sítio, que tem sido maravilhosa!

Ele brindou, sem ter mais o que fazer. Tomou o restante. Bebi também e o líquido gelado, gostoso, desceu perfeito. Olhei para trás e o senhor bufou, mas se virou e aumentou o rádio. Era uma daquelas músicas do tradicionalismo, do qual Emanuel havia falado. Entornei o restante da cerveja ao som de viola.

Pensei nas tantas festas chiques que havia frequentado, nos restaurantes exclusivos, todos bem-arrumados, um tentando ser melhor que o outro. Ali o local era simples e mesmo assim tinha gente querendo desmerecer um conhecido.

Não deixei a revolta tomar conta. Resolvi aproveitar. Enchi de novo nossos copos e Emanuel murmurou entredentes:

— Estou dirigindo.

— Você precisa de muito álcool pra encher essas veias e perder o controle. Calma, é só um pouco. Só pra relaxar. Também não vou beber muito. — Pisquei e apreciei a bebida. — Esqueci como isso era gostoso! E essa música é legal, né? Estou amando!

Eu esperava que tivesse mais gente ali. Mas com certeza no dia seguinte todos saberiam que Emanuel tinha aparecido para beber com a moça que trabalhava com ele, os dois muito íntimos, ela o chamando de *querido*. Era um começo.

Sem aguentar, me inclinei para a frente e murmurei para que somente ele ouvisse:

— Já imaginou o que vai chegar aos ouvidos da Gisele amanhã? *A empregada do sítio disse que come almôndega e acha delicioso! Pior que isso foi dito logo depois do José chamar Emanuel de almôndega. Sabem o que isso quer dizer?*

Eu ri, voltando ao meu lugar, bebendo mais.

— Pare com isso, Maria — ele pediu, sem graça.

— Deixa de ser tão sério e de se importar com o que pensam de você. Eles pagam suas contas? Se livre dessas opiniões que não servem pra nada! — Aumentei a voz: — José Rêgo, mais uma cerveja aí! Essa é boa demais! Emanuel, temos que visitar essa cervejaria em São Joaquim! Temos tanta coisa pra fazer juntos! Além do que a gente já faz no sítio, né? Claro!

Ele não desviou o olhar, fixo no meu. Aquilo me sacudiu, fez meu ventre dar uma volta e se contorcer. Parecia que ele ia mesmo fazer um monte de coisa comigo.

O homem voltou com a garrafa cheia e tirou a vazia. Olho comprido pra gente. Curioso, não se conteve:

— Tu te adaptou ao trabalho no campo?

— Muito rápido! Mas também, com o Emanuel ensinando tudo, é fácil gostar!

David e Gertrudes cochicharam. Estêvão quase caiu do banco, querendo ouvir mais. Continuei:

— Hoje nós viemos comemorar os dias que estamos juntos por lá. Esperava que o bar estivesse mais cheio, gostaria muito de conhecer outras pessoas da cidade.

— Por quê? Pensa em te estabelecer por essas bandas? — foi Gertrudes quem indagou.

— Pode ser. Talvez não seja difícil alguém me convencer. — Sorri de novo para Emanuel, tomando minha cerveja. Ele continuava duro em sua cadeira, mas com coragem de me encarar. O que não deixava de me animar.

José Rêgo olhou de mim para ele, doido por mais, meio sem acreditar. Estêvão deu um soluço, agarrou seu copo de cachaça e levantou, vindo também para o nosso lado. Olhos vermelhos, inchados. Disse de repente:

— Tu sabe que a mãe dele fugiu com o padre da cidade?

Vi a cor sumir do rosto de Emanuel. Encarei o bêbado com irritação, pelo comentário desnecessário. Qual era o problema deles? Não podiam ver ninguém feliz?

— Sei. E a tua mãe? Fugiu também? Por isso você bebe e conta fofocas?

— Maria — Emanuel falou, sério. Mas eu queria xingar aquele pessoal.

Estêvão franziu o cenho, sem entender. Coçou a cabeça e explicou:

— Minha mãe morreu quando eu era *piá*. Acho que por isso eu bebo mesmo, desde aquela época.

A raiva virou pena. Apontei uma cadeira e convidei:

— Sinto muito, Estêvão. Senta aí com a gente.

— Pra quê?

— Conversar!

— Vou me *abancar* mesmo. — Ele arrastou a cadeira e praticamente desabou sobre ela. Sorriu para mim. — Tu quer saber alguma coisa? Eu sei de tudo por aqui!

— Conta pra gente a sua história.

Ele abriu a boca, surpreso. Como se tivesse acostumado a ninguém nem notar sua presença. Ou se já tivesse esquecido do passado, com tanto álcool para amortecer as dores.

Estendi meu copo vazio e Emanuel o encheu. Mas não bebeu mais. Cruzou os braços no peito. Me virei para o senhor magro, de pele curtida.

— Fico de *vardia* por aí. Essa é minha história! — Ergueu o copo, brindou e entornou o resto da cachaça. Estendeu-o para Emanuel e ele pôs cerveja também.

— Vardia é não fazer nada? Vadiagem? — indaguei, e Emanuel assentiu. Me virei para Estêvão. — Mas como você sobrevive?

Ele deu de ombros. Olhou para mim com mais atenção e, como se achasse que eu realmente estava interessada, contou:

— Minha mãe morreu, que Deus a tenha. Meu pai largou a gente. Dez crianças remelentas, lá perto das *árvri* da ribanceira! Pior lugar daqui, pedra, terra dura pra plantar! Cada um se espalhou por um canto. Só a Soninha eu encontrei, tempos atrás. Minha irmã mais nova. Morei aqui e acolá, alguns me deram guarida, outros botaram pra trabalhar igual jumento! Bebi. E bebi mais. Fiquei todo *esguapelado*, mas tenho um barraco, faço bico. Seu José aqui deixa tomar fiado e vida que segue a lida! — Sorriu. — Tu acredita que eu sou feliz?

Era difícil acreditar. Não diante dos olhos perdidos e apagados, da voz sem emoção, do corpo sofrido. Minha raiva sumiu, e tive vontade de chorar. Eu o havia julgado e condenado, como ele fazia com Emanuel. Forcei um sorriso.

— Acredito sim. Estou começando a entender que nós podemos ser o que quisermos. Fazemos escolhas.

— Tá *loco*! Bah! Tem essa de escolha, não. Tu sobrevive e só. Vai na correnteza.

Era triste imaginar isso. Pensei na minha vida, na minha fuga. Eu tinha nadado contra a maré.

Olhei para Emanuel, e ele encarava Estêvão com atenção, como se também o visse de verdade pela primeira vez. O homem reparou, sorriu para ele. Cochichou para mim:

— Esse *rapá* sempre foi boa gente! Mas vou confessar: achei que era mesmo um pé grande bobão! Meio avoado, sabe? E olha só! Arranjou moça mais bonita do que laranja de amostra!

— Obrigada por me comparar a uma laranja.

— De nada! Oh, José, traz mais cerveja aí que meus amigos vão pagar! E aumenta essa música! Tem tempo que não ouço!

A terceira garrafa pousou na mesa. Emanuel não quis. Eu fiquei receosa de alimentar o vício do senhor, mas ele estava todo feliz, explicando para mim como era a cidade anos antes, as coisas em que trabalhara, à vontade. Bebi com ele.

Gertrudes se levantou e saiu. David e José ficaram atentos, em alguns momentos completando as informações, lembrando alguma coisa. Percebi que haviam deixado Emanuel em paz, um pouco mais soltos, gostando da mudança na rotina.

A música ficou mais alta e alegre, falando da paisagem. Naquele momento Gertrudes voltou apressada, acompanhada de mais um casal por volta dos sessenta e poucos anos. Mulher bem gordinha, homem pequeno e franzino. Eles nos cumprimentaram de olhos arregalados e foram se sentar com David. O jogo completamente abandonado.

— Ruth e Alfredo, donos da farmácia, onde também vende produtos de limpeza e umas coisas a mais. Daqui a pouco vão vender até pão! — Riu-se Estêvão, depois de fazer as apresentações. Sorri para o casal sem graça. O homem continuou: — Gertrude, vai chamar a cidade toda?

— Para de *negarciar* a minha vida! Toma conta da tua! — ela reclamou.

— Podia ter convidado a Gisele — opinei, como quem não quer nada. — Ela nos encontrou outro dia na cidade e disse que gostaria de passar um tempo com a gente. Foi amiga de escola do Emanuel.

— A filha do doutor dentista? — A senhora se levantou, animada. — O pai dela também não vem aqui há épocas!

Achei que nem levaria a sério, mas foi mesmo fazer aquilo. Meus olhos encontraram os de Emanuel e eu vi sua tensão. Sorri, para acalmá-lo.

— Tu te lembra do frio que fez em 2008, Alfredo? Conta aqui pra Maria! — Estêvão continuou com suas histórias. — As cidades da região serrana disputam o título de mais fria e nós quase ganhamos!

Nós chegamos a menos dez graus, mas São Joaquim chegou a menos quinze! Sempre ganham tudo da gente! Um bando de *piá* de merda!

— Eu soube que até neva.

— Tu vai ver no inverno, Maria!

Continuamos a beber. Fui ficando leve e solta, gostando dos causos, da conversa que já fluía. Ruth e os outros participavam. Estêvão pediu que José Rêgo aumentasse a música e quase chorou, dizendo que aquela era especial, uma que havia conquistado terras de Santa Catarina e que ele ouvira muito nos anos setenta.

O homem que encontramos quase caído no balcão quando chegamos ao bar parecia outro, falante, animado, até emocionado. Ele se ergueu e, surpreendendo todo mundo, deixou seu copo na mesa e abraçou a si mesmo, fechando os olhos, rodopiando suavemente como se fosse arremessado de volta ao passado e o vivenciasse claramente.

Achei lindo e encarei Emanuel. Ele olhava concentrado para Estêvão, depois me fitou também. Alguma coisa aconteceu ali. Um espocar de energia, uma ligação íntima, inexplicável. Também senti como se o tempo não existisse, fosse um nada diante de coisas muito mais intensas. Em uma hora eu era infeliz, obedecia, me dilacerava. Em outra estava ali, vivendo tudo diferente, conhecendo pessoas novas, sentindo o que nem conseguia nomear.

— Dança comigo... — pedi baixinho.

Ele se retesou. Fez um não curto com a cabeça, e percebi sua timidez, o quanto voltava para sua concha diante de novidades, do que não compreendia. Ia pedir de novo, mas me contive. Eu me voltei para o senhor e, num ímpeto, me levantei. Fui para perto dele e toquei seu ombro.

Ele abriu os olhos nublados, sofridos. Por um segundo não me reconheceu, vindo de um lugar longe da sua mente. Então sorriu e estendeu a mão. Segurei a dele e seu ombro. Dançamos suavemente, meio desengonçados.

O som da viola e da sanfona, a voz emocionada e carregada de sotaque do cantor, mexeram com minhas entranhas. O álcool circulou no sangue e eu, pouco acostumada com ele, me deixei levar pela alegria, pelo desejo absurdo de viver tudo ao mesmo tempo, livre, solta.

Vi de relance as paredes curtidas do bar, a madeira arranhada do chão, a tristeza ali cedendo lugar a algo muito melhor. Por quê? Por que nos acostumávamos com a infelicidade e a deixávamos ficar tanto tempo? O que me tinha feito fugir foi coragem ou simplesmente não suportei mais deixar a mim mesma de lado?

Eu não sabia. Em poucos dias eu crescia, pensava, desejava. O novo. O que quisera ser e ali me permitia.

Busquei Emanuel com os olhos e ele me seguia, calado, centrado. Novamente algo nos sacudiu e ligou, puxou com força. Rodei com Estêvão, mas me fixei nele. Sem entender como nossos caminhos se cruzaram e querendo muito mais.

A cabeça girava também, pela bebida. Sorri. Quando a música acabou, fiz uma pose de agradecimento a Estêvão, ele beijou minha mão e sorriu. Já ia voltar à mesa quando a porta da frente se abriu e Gertrudes entrou, acompanhada de uma pessoa. Ela.

Gisele usava calça escura, um pulôver preto que chamava atenção para o cabelo liso e loiro, a pele muito branca. Usava até batom. Para ser o centro das atenções. Cheguei a pensar que não viria, mas me surpreendeu.

Eu me irritei sem querer. Ainda mais quando notei o exato momento em que Emanuel virou o rosto e eles se olharam. A mulher sorriu para ele, que ficou paralisado, afetado como eu sabia que aconteceria. A raiva cresceu, e quase gritei que era um bobo! Gisele nunca tinha ligado para ele, casara, tivera filho, tinha ido embora! E Emanuel lá, virgem, esperando, sofrendo calado. Que merda!

Ele desviou o olhar, apressado, o tique no olho retornando. A metidinha seguiu até a mesa de Gertrudes, toda boazinha e cândida com todo mundo, sentando entre eles. Voltei para a mesa, firmando o passo para não ondular demais.

Outra música começou a tocar, mais lenta e dramática, uma mulher dizendo que tinha sido abandonada sob um trote no resto da estrada. Parei em frente a Emanuel e estendi a mão.

— Agora você dança comigo?

Nervoso, vermelho, ele fez que não.

— Não sei dançar.

Insisti.

— Nem eu. A gente aprende junto.

— Maria...

Senti uma pontada de decepção por ele me deixar ali de pé, na certa todo balançado pela loira água com açúcar. Mas não demonstrei. Fui muito além disso. Sorri e agi.

Seus olhos lindos, escuros, parecendo estar com delineador devido aos cílios espessos, tremeluziram quando avancei e me meti ao seu lado. Antes que ele reagisse, sentei no seu colo, atravessada, ele tão grande que minhas pernas ficaram penduradas. Envolvi seu pescoço com os braços, olhei para ele bem de perto e murmurei:

— Então a gente dança assim.

Movi o corpo. Tudo ficou quieto, vários pares de olhos como faróis sobre nós, apenas a música levando o ritmo. Entreabri os lábios e rebolei de leve, mexendo o tronco suavemente, olhos nos olhos.

As coxas sob minha bunda pareciam ferro e enrijeceram mais. Senti seu calor e ardi, labaredas subindo pelo ventre, um cheiro bom de homem, campo, ar puro, tudo junto seduzindo meus sentidos. Imaginei a textura daquela barba e daquele cabelo, se os lábios também seriam virgens. Quis muito descobrir, mas segurei a vontade, já dando um espetáculo ali.

Emanuel até resistiu, chocado, sem reação imediata. Então, suas mãos se ergueram e seguraram minha cintura, quase se fechando em torno dela. Temi que me tirasse dali, envergonhado. Mas ele me deixou ficar. Eu o admirei e continuei a dançar em seu colo.

Acho que Gisele foi esquecida.

CAPÍTULO 12

Emanuel

O CARRO SACOLEJAVA PELA ESTRADA ESCURA, JÁ PERTO DO SÍ-tio. Mas nada sacudia mais do que aquilo tudo dentro de mim, prestes a entrar em erupção.

Maria seguia calada ao meu lado, seu olhar para mim, ardendo, me deixando mais tenso. Murmurei:

— Sentar de boa, conversar, tomar uma cerveja. Tudo na tranquilidade. Não foi isso que você falou?

— E não foi isso que aconteceu? — ela teve a cara de pau de perguntar.

— Só isso? Bah!

— Bah! Tudo é *Bah!* Por que está assim, todo mordido?

— A cidade quase toda foi lá pra ver a gente. Você me chamando de querido, dizendo que adora almôndega, cheia de insinuações! Todo mundo chocado quando... quando você dançou no meu... colo.

Terminei de falar com a cara ardendo, as lembranças e sensações vivas demais. O corpo acendeu de novo. Pensei que ia morrer lá no salão, a ponto de ter uma ereção, a boca e os peitos quase encostando em mim, ela rebolando... por Deus!

— Sete pessoas são a cidade toda? — Ela achou graça.

— Oito. No final o Hans já tinha passado da porta, estava espiando.

— No final, quando você levantou todo afoito, pagou a conta e me levou correndo para fora? Nem deu tempo da Gisele sentir ciúme! Por quê, Emanuel? Não entendo seu nervosismo! Achei tudo ótimo! — Ela ergueu a mão, enunciando e contando nos dedos: — Primeiro, a cerveja estava maravilhosa! Segundo, rapidinho eles pararam de se dirigir a você com esses apelidos bestas! Terceiro... caramba, acho que bebi demais! O que veio depois? Ah! O Estêvão se abriu, contou a história dele, até dançou! Quarto, a Gisele chegou e viu a gente se paquerando, eu no seu colo. Aposto que agora ela vai te olhar bem diferente! E quinto... eu gostei. De tudo.

Ela baixou o tom, que soou rouco, sexy. Nem me movi, tenso como uma mola. Estava difícil controlar os hormônios enlouquecidos. Acelerei um pouco mais.

— Lembra do que nós combinamos? Que eu ia te ajudar a perder essa timidez, o pessoal a te respeitar, as mulheres a perceberem o quanto você é atraente?

Fiz uma careta. Ela só podia estar de deboche comigo!

Maria se virou mais. De canto de olho, vi que ela media meu físico de cima a baixo. Deve ter sido a cerveja que a deixou daquele jeito.

— Só me diz uma coisa... gostou da dança?

— Maria...

— Diga a verdade.

O silêncio ecoou logo em seguida. Por sorte estava escuro lá dentro, ela não podia ver meu rosto afogueado nem meu olho tremendo. Menti:

— Foi rápido e eu estava tenso.

— Eu posso repetir. Aí você decide melhor. — Porra! Qual era a dela? Como uma mulher linda daquelas podia realmente estar se insinuando para mim? Pena? — Ponha uma música pra tocar, Emanuel. Pare o carro.

Quase infartei com a sugestão e a visão dela trepando no meu colo ali. O pau doeu, encheu de sangue como se injetassem nele de repente. O nervosismo me fez apertar o volante, perder o ritmo normal da respiração.

Passamos da entrada do sítio e a rua ficou mais irregular, por ser de terra batida. O carro balançava, eu balançava mais. Era coração acelerado, pele ardida, pensamentos se embaralhando. E o tesão pronto para me engolir vivo.

Antigos medos e vergonhas vieram à tona. Meu pai me xingando o tempo todo, os colegas da escola rindo e debochando, Gisele passando na minha frente sem me enxergar. Não, aquela desconhecida que chegara do nada e já tirava meu juízo não ia me convencer assim! No fundo, era mais uma se divertindo à minha custa!

— Emanuel...

— Chega.

— Mas o que...

— Estamos chegando.

Ela se calou, ainda virada para mim. Subimos um pouco e o terreno se equilibrou de novo, mas não eu. Eu continuava atormentado, sem saber mais o que pensar ou como agir diante das mudanças, do desconhecido.

A casa azul apareceu, com as luzes da varanda acesas. Quase suspirei de alívio. Queria ficar quieto no meu canto, até me acalmar e recuperar minha clareza.

Parei o carro em frente e o silêncio se fez total. Saí e dei a volta. Abri a porta e esperei, sem olhar para ela.

Maria desceu devagar e ficou ali. E disse baixinho:

— Desculpe. — Eu não esperava e virei a cabeça em sua direção. Os olhos grandes e escuros pareciam mais misteriosos e belos na penumbra, brilhando demais. A expressão era doce, suave. Ela mordeu o lábio carnudo, e eu me retesei mais uma vez. — Eu quis ajudar você e acho que piorei as coisas. Te deixei constrangido.

— Eu preferia passar despercebido.

— É. Você esteve bem em evidência. Não fiz por mal. Você não merece isso. É muito melhor do que todos eles pensam. Até mesmo do que você acha.

— Você descobriu isso em poucos dias de convivência?

— Só precisei de alguns minutos pra saber.

Aquilo me tocou. Ficamos assim, mantendo contato visual, mas uma distância ainda insegura. Novamente uma corrente forte pareceu nos envolver, crepitar, atrair. Eu havia sentido no dia em que a peguei me admirando comer o sanduíche, no bar e ali de novo, bem viva para ser fingida. Assustadora.

— Pode me desculpar?

— Você não fez por mal.

— Não mesmo. — Ela sorriu, cada vez mais linda. — Mas eu não mudo de ideia sobre o nosso acordo. Deixe de levar tudo tão a sério, de querer entender os motivos. Relaxe e aproveite. É muito difícil?

Era, mas não respondi, confuso e perturbado, a vergonha novamente prestes a me engolir. Eu gostaria de compreender o que aquele "acordo" realmente queria dizer, mas não tive coragem de perguntar.

— Eu já fui muito cobrada também. Hoje faço o que eu quero.

— E o que você quer? — Nem acreditei que tive a audácia de perguntar.

Maria novamente mordeu o lábio carnudo, fazendo-o deslizar pelo dente e parecer mais avermelhado. Fiquei hipnotizado por aquilo. Seus olhos chamaram os meus, cheios de vida e desejo, de coisas que senti e nunca recebi de volta. Cada parte de mim comichou, o sangue correndo rápido, a respiração entrecortada.

— Que me beije, Emanuel.

Nem me mexi, tesão e nervosismo criando briga, antigos medos retornando. Não sabia o que fazer, nem o que dizer. Ela iria rir se soubesse que eu nunca tinha beijado uma mulher, não tinha realizado nenhuma das coisas que passavam pela minha cabeça naquele instante e que corriam o risco de me enlouquecer.

Quase fugi, mas consegui me manter no lugar, parte do medo sendo subjugado. Murmurei:

— Me peça isso quando estiver sóbria.

Ela abriu os lábios, pronta para retrucar, avançar. Então os apertou e assentiu.

Entramos calados. Ela seguiu para seu quarto, o olhar um convite, o meu se voltando para a porta que se trancava. Passei pelos cômodos na penumbra, pernas bambas, ereção doendo, coração pedindo tudo que eu havia trancafiado em meu ser. Eu devia ter aproveitado, me jogado. Mas não consegui. Ali voltei a ser um garoto.

Me tranquei no quarto, nervoso, agitado. Tirei o casaco, a camisa, os sapatos e a calça, caindo na cama de barriga para cima e olhos fechados, minha mão já empurrando a cueca para baixo, agarrando o membro tão duro que parecia prestes a explodir. Quente como os infernos.

A carne subiu e desceu pelos meus dedos, as bolas incharam mais. Senti de novo Maria sentada no meu colo, me abraçando pelo pescoço e dançando, olhos nos meus, a bunda redonda me levando à beira da insanidade e aqueles lábios perto... *Quero que me beije... quero que me beije, Emanuel...*

— Ah... — gemi rouco, abafado. Travei os pés no colchão e impulsionei o quadril na mão, batendo uma punheta acelerada, totalmente fora de mim. Abri a boca e busquei a dela na imaginação, sem saber o que fazer, ansioso, língua salivando. — Porra... Maria...

Esporrei forte, por todo lado. Meu corpo se retesou, ondulou, enquanto o esperma escorria grosso e o coração parecia a ponto de estourar.

Desabei, embora não aliviado. O tesão, a necessidade, se acumulavam mais, renasciam do nada. Nervoso, arranquei a cueca e me limpei com ela.

Só então lembrei que em momento algum tinha pensado em Gisele.

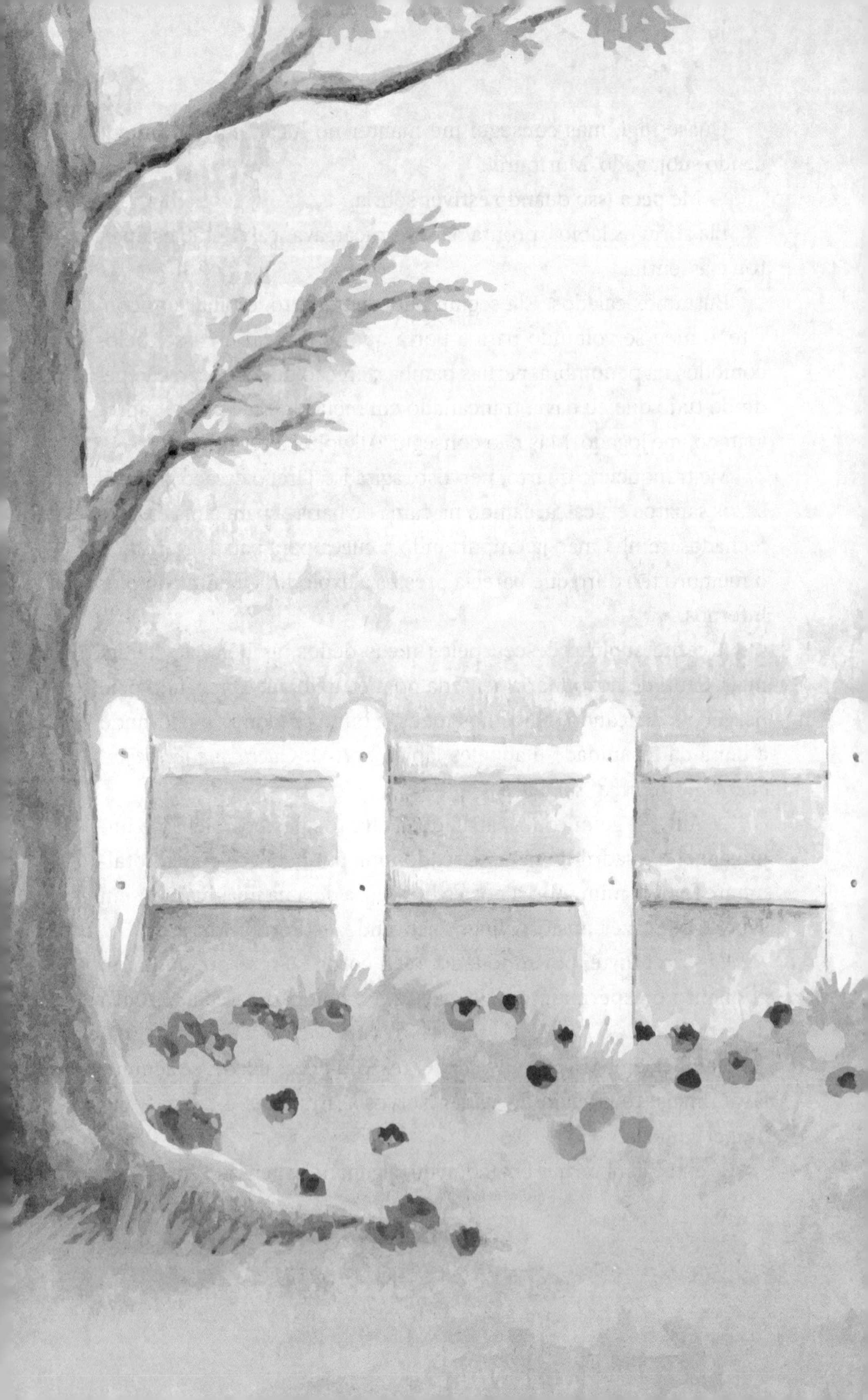

CAPÍTULO 13

Maria

Acordei meio desorientada, apertando os olhos para poder entender onde estava. Uma pontada de pânico me invadiu ao imaginar Roger ali ao lado, aquele amargor na boca toda vez que um dia começava ao lado dele, sendo infeliz e subjugada, seguindo uma vida que odiava cada vez mais. A vontade era de morrer de verdade.

O alívio veio quando reconheci a cortina florida, os móveis antigos de madeira pesada. Já ia sorrir quando o gosto de cerveja na língua me fez lembrar da noite anterior. Puta merda!

Emanuel. Eu lá no bar falando com o pessoal, jogando charme e me insinuando, dançando no colo dele. A vontade esmagadora de me esfregar mais, de beijar aquela boca e me acabar com tudo que ele quisesse fazer! Já me excitava de novo só de pensar.

Fechei os olhos e deixei as sensações ganharem força, espalhando um calor gostoso no corpo, um frio na barriga que havia anos não sentia. Ainda podia sentir o cheiro dele quando abriu a porta do carro, o jeito como os olhos comiam os meus, mesmo na sua insegurança. Eu quis demais que ele me beijasse e externei. Não me arrependia de nada. Talvez apenas do beijo que não foi roubado.

Peça de novo quando estiver sóbria. Eu ia pedir. Ah, ia mesmo!

Sorri sozinha, agitada. Novamente a imagem de Roger invadiu minha mente e eu me desequilibrei um pouco, pois as incertezas eram muitas, eu devia sossegar e ficar quietinha no meu canto, esperando tudo se resolver. Era prematuro me jogar daquele jeito e blá-blá-blá... Sorri de novo. Nem queria saber!

Garanti a mim mesma que tudo estava sob controle. Minha permanência ali era temporária, e eu ajudaria Emanuel. Qual o problema se aproveitasse também?

Agarrei o celular e fiquei chocada ao ver que eram quase nove da manhã! Os animais, o meu trabalho! E ele nem tinha me chamado!

Vi rapidamente se havia alguma notícia a meu respeito, e nada de novo. Só então joguei as cobertas longe e levantei, apressada, animada, o ventre se retorcendo de ansiedade para ver Emanuel, saber se aquela atração continuava lá, forte como surgira.

Quando entrei na cozinha, eu o vi de imediato. Trazia várias toras cortadas de lenha nos braços fortes, contra o peito. Nossos olhares bateram e um *frisson* gostoso serpenteou do ventre para o peito, me aqueceu por dentro. Sorri. Ele ficou vermelho como tomate, o olho tremeu, conseguiu dar um pequeno aceno com a cabeça e ir depositar as lenhas no cesto do canto. Sim, a atração estava lá, bem viva!

— Bom dia! Por que você não me chamou cedo, Emanuel?

Margareth, que cortava legumes sentada à mesa, deu um sorriso de volta.

— Dia, Maria! *Assassinhóra!* Eu vi que vocês chegaram tarde ontem e hoje é sábado! Merece um descansinho!

— Sim, mas ele fez tudo sozinho. — Fui me servir de café, ainda quente no bule sobre o fogão, olhos nele.

Emanuel ficou de costas, ajeitando a lenha que não precisava ser ajeitada. Ganhando tempo, na certa bem envergonhado ainda. Disse sobre o ombro:

— Já cuidei dos bichos.

Eu me sentei, agarrando uma rosca de coalhada, o estômago roncando. Desde que chegara ali eu vivia assim, sempre pronta para devorar mais um pouco das coisas deliciosas que a senhora fazia.

Espiei Emanuel. Passei o olhar pelos ombros muito largos, as pernas longas e musculosas, a cabeça coroada pelo cabelo escuro e bagunçado. Murmurei:

— Lembra o que nós combinamos pra hoje?

Ele parou o que fazia, enrijecendo, todo contido e alerta. Margareth moveu um pouco a cabeça no ar, esperando. Curiosidade na expressão.

Emanuel fez um barulho na garganta e a voz saiu mais grossa que o normal:

— Não lembro.

Sua tensão dizia tudo e eu me animei. Era perversidade provocar, mas eu podia jurar que ele estava pensando no beijo. Estava mesmo, mas eu disse, inocente:

— O seu cabelo e a sua barba, grandes demais. Vou aparar pra você.

— Não precisa.

— Eu insisto! Você está precisando e eu quero retribuir tudo o que vocês fazem por mim aqui. Além do mais, como nós vamos impressionar a mulherada assim, parecendo um urso?

Margareth deu uma risada. Ele voltou a desamontoar e amontoar as madeiras. Tomei meu café, sem parar de observá-lo.

— E como foi ontem no bar do José Rêgo? Se divertiram? A Gisele apareceu?

Novo retesar de ombros e Emanuel deu uma olhada na avó, depois para mim. Cenho franzido.

— Como você sabe dela?

Ficou claro que havíamos falado de ambos, do passado, pelas costas dele. Fiquei quietinha, cara de santa. A avó retrucou:

— Maria comentou que encontraram uma antiga colega de escola sua, na cidade. Deve ser ela, não é? Tu sempre *negarciou* a menina.

— Negarciar é o quê?

— Observar, Maria, ficar de olho. — Ela continuou a cortar batatas. — Mas abre logo o bico, menino! Ela te deu entrada?

— Bah! Claro que não, vó! Nem falei com ela! — Ele engoliu a irritação e veio para perto da mesa, me encarando de cara feia. Me senti uma fofoqueira. Peguei outra rosca. — Nem entendo o que a Gisele tem a ver com a história. Nós só fomos tomar uma cerveja, porque a Maria queria sair um pouco.

— Mas por que tu tá se batendo mais que bolacha em boca de velho? Bah! Nervoso à toa! Só fiz uma pergunta! Agora fala! Se divertiram?

— Muito. — Sorri, olhos nos dele. — Bebemos, conversamos com o pessoal de lá. Até dançamos. Não é, Emanuel?

Ele desviou, tenso, a cor subindo de novo pelo pescoço. Era uma gracinha! Grande daquele jeito e envergonhado como um garotinho. Tive vontade de apertar sua bochecha, ir de novo para o colo dele. Cheia de maldade, fitei a boca bonita, várias coisas sujas passando pela cabeça.

— Dançaram? — Margareth arregalou os olhos e os voltou na direção em que eu estava. Boca aberta. Depois riu e virou para o neto, tateando a mesa até agarrar o pulso dele. — Mas tu te faz de bobo! Falei que ia gastar o taco da bota e tu disse que não sabia dançar! Queria estar lá, saber como aqueles velhos fofoqueiros ficaram ao ver isso! Esfregou na cara deles?

— Vó...

— Bem que eles mereceram! E a Gisele, viu você dançando com a Maria? Ficou com ciúme? Convidou ela pra vir aqui?

— De onde você tirou essas ideias?

Margareth se acalmou, deu tapinhas carinhosos no braço dele e voltou aos legumes. Sorrindo feliz.

Emanuel me encarou. Então, sacudiu a cabeça e se levantou. Eu me apressei em fazer o mesmo, enfiando o restante da rosquinha na boca. Falei abafado:

— Vou te ajudar.

— Fica aí. — Eu o segui em direção à porta, sem ligar. Ele a abriu, a voz mais séria do que nunca: — Eu dou conta, Maria.

Continuei atrás dele enquanto descia os degraus da varanda e ia decidido em direção ao celeiro. Me encolhi um pouco diante do dia frio, o céu cinzento e carregado. Se pudesse voltaria para o quentinho dentro da casa, mas eu queria ficar perto dele.

— Está chateado?

— Não — grunhiu.

— Então, por que essa cara? — Praticamente corri para ficar ao lado dele. Nem me olhou. Respirei aliviada quando ele entrou na construção cheia de ferramentas e adubos, mexendo em busca de algo, fazendo barulho. Irritada, fechei mais o casaco em volta do corpo e fui direto ao ponto: — Vai ficar o dia todo me ignorando, Emanuel?

Ele parou e se empertigou. Virou-se devagar e me olhou bem no fundo dos olhos.

Meu ventre se revolveu, como se algo nascesse ali e se espalhasse lentamente pelo corpo. Prendi o ar, afetada, relembrando o que havia sentido quando sentei em seu colo, dentro do carro, com as sensações todas de volta. Era novo, gostoso, envolvente. Não lutei contra isso.

O coração acelerou, a pele se arrepiou e não foi do frio que fazia. Imaginei como seria romper a distância e me meter nos seus braços, provar seu gosto. Não sei se ele notou ou se sentiu o mesmo, por isso se mostrava tão tenso.

— Você e minha avó falam de mim pelas costas. Você acha que eu sou engraçado?

— Claro que não!

— Pois parecia estar rindo de mim agora.

Entendi que aquilo o perturbava. Por anos ele tinha sido alvo de piada na cidade e se fechara cada vez mais. Tive raiva das minhas provocações. Dei uns passos em sua direção, garantindo, com sinceridade:

— Em momento algum eu debochei de você, Emanuel. Só estou feliz. Gostei muito da noite de ontem.

Ele ficou imóvel enquanto eu parava a poucos passos, me observando. O olhar estava mais escuro, perturbador. Senti o desejo crescer, ainda sem poder acreditar que aquele homem pudesse ser tão inseguro, solitário. Virgem. Aquilo estava mexendo demais comigo. Eu não queria magoá-lo de jeito algum.

— Você se lembra de ontem? De tudo? — Baixou o tom, que saiu grosso, rouco.

— Tudo — garanti e baixei o olhar para sua boca. — Estou sóbria agora.

Eu estava a ponto de atacá-lo, provar logo seu gosto, saciar a curiosidade e o desejo. Vi como se afetou, duro, travado. E então, quando parecia que ia explodir, Emanuel se virou de repente, catou umas ferramentas e se dirigiu para a porta, murmurando sobre o ombro:

— Tenho muito trabalho pra fazer!

Ele literalmente fugiu e eu pus as mãos nos quadris, sem acreditar. Abri a boca para reclamar, mas então percebi que ele estava afetado, nervoso, sem saber como agir. Fui invadida pela ternura e, sem parar muito para analisar os sentimentos, o segui. Do lado de fora, emparelhei ao seu lado e mudei de assunto:

— Já cuidou das galinhas? — Ele fez que sim e eu sorri. — A pior parte passou! O que você vai fazer agora?

— Ajeitar um problema nos canos do bebedouro.

— Quando acabar, vou aparar a sua barba e o seu cabelo.

— Não.

— Sim.

Ele me olhou feio. E eu lhe dei um lindo sorriso de volta. Se ia fazer birra, desistiu. Vermelho, continuou em frente e eu fui junto, sem entender por que me sentia tão feliz.

CAPÍTULO 14

Emanuel

Eu não sabia como me portar com Maria.
Ela me desestabilizava completamente, me fazia sentir um bobão. Na verdade eu morria de medo de ela pensar isso, de perder o interesse. Afinal, como seria se eu caísse na sua provocação e a decepcionasse, inseguro, sem saber o que fazer? Um idiota completo, perdido, que nunca nem ao menos tinha beijado uma mulher?

Envergonhado, fugi. Fingi não perceber seus olhares e insinuações. Queria ser forte, aproveitar. Mas continuava o pateta nervoso e atrapalhado de sempre.

Sentado em uma cadeira na varanda, respirei fundo, observando o fim da tarde, sem saber se corria dali ou arranjava um jeito de me acalmar. Quando a porta se abriu, meu coração disparou e eu permaneci imóvel, ouvindo seus passos se aproximarem.

— Margareth me deu tudo de que vou precisar. Confia em mim?

O tom era animado, alegre. Ela havia insistido tanto naquela história de aparar minha barba e cabelo que acabei ficando sem escapatória. Sorriu ao parar na minha frente, segurando tesoura, pente e espelho. Sacudiu-os.

Engoli em seco, o pomo de adão subindo e descendo. Apenas acenei e ela estremeceu.

— Meu Deus, que frio! Tô com a bunda gelada! — Ela ajeitou melhor o moletom largo, indecisa. — Será que não é melhor a gente fazer lá dentro?

— Vai encher de pelo.

— Já sei. Vem comigo. — Ela se adiantou e abriu a porta. Insistiu sobre o ombro, quando continuei imóvel. — Vem, Emanuel.

Suspirei e me levantei, a língua coçando para inventar uma desculpa, escapar da tentação. E o desejo lá, se misturando à ansiedade.

Minha avó não estava por ali. Na certa tinha ido tirar um cochilo no quarto. Os cômodos estavam agradáveis com o fogão a lenha aceso, silêncio e cheiro de bolo se espalhando no ar.

Maria já sumia no corredor. Estaquei quando a vi diante do seu quarto, o sorriso lindo para mim. Na mesma hora, sacudi a cabeça, agitado.

— É melhor na varanda...

— Quer que eu congele? Vem, o banheiro é grande, fica fácil limpar depois. — E sumiu.

Respirei fundo. Era estranho entrar na suíte que ela ocupava, ver algumas coisas dela por ali, sentir seu perfume bom impregnado. Dei um passo de cada vez, o coração batendo forte, a confusão cada vez mais presente. E a vergonha queimando minha cara.

— Aqui. — Ela baixou a tampa do vaso e pôs as coisas que carregava sobre a pia. — Bem melhor! Senta, Emanuel. Não vou demorar, prometo.

Nem a encarei enquanto me acomodava, duro como um tronco. Mas foi impossível manter o falso controle quando ela chegou perto, suas pernas roçando a minha. Piorou quando os dedos mergulharam no meu cabelo.

Tudo ficou mudo, mas ouvi as batidas loucas no meu peito. O sangue correu veloz e quente, os dentes travaram. Quase fechei os olhos, pois o toque era terno, gostoso. Falou baixinho:

— Você tem o cabelo lindo. Escuro, macio, cheio. Bom de pegar. — Os dedos continuaram a magia lenta, e Maria chegou ainda mais perto. Eu me vi abrindo os joelhos, tenso, esticado. Não soube nem o que fazer com os olhos quando eles ficaram na altura dos seios dela. O casaco grosso não escondia o volume, e eu baixei as pálpebras rapidamente, acossado por pensamentos impuros. — Só vou aparar as pontas mesmo. Dá até pena cortar.

Continuei mudo e ela parou. Seu cheiro bom tomou conta das minhas narinas quando se inclinou e pegou o pente e a tesoura. Eu a via através dos cílios semicerrados, garganta seca, perturbado pelas sensações que me causava.

Ela chegou mais perto ainda, de pé entre minhas pernas. Tive que apertar forte os olhos ou iria abocanhar seus seios como um louco tarado e descontrolado. Até respirar ficou difícil.

Maria mexeu de novo no meu cabelo, pegando mechas, usando a tesoura. A voz macia, aveludada:

— Quem cortava seu cabelo? Você disse que o barbeiro da cidade morreu há um tempo.

Arranhei a garganta, para controlar a voz. Mesmo assim, saiu grossa demais:

— Não corto desde essa época.

— Agora você tem a mim. Vou cuidar de você, Emanuel.

Pareceu uma promessa, cheia de sentidos. Engoli em seco de novo e apreciei seu toque, sua presença passando calor, causando ondas gostosas no meu corpo. Minha mente se encheu de imagens de mim agarrando sua cintura e a trazendo para o colo, pegando-a, beijando-a, entrando nela. A ereção começou a incomodar, e fiz de tudo para não me mexer, para ela não perceber.

Eu precisava me controlar. Pensei na minha avó no quarto dela, os ouvidos apurados acompanhando nossos sons, sabendo onde estávamos. Pensei também no trabalho do sítio, na solidão, na minha vida cheia de apelidos, implicância, pessoas que não acreditavam em mim. Mas nada aliviou o tesão.

— Aqui está bem mais quente. Deu até calor, né? — sussurrou. Não respondi. Era difícil me concentrar na conversa. Seus dedos passavam pela minha cabeça, a tesoura fazia ruídos, pelos caíam nos ombros e no chão. Continuei com olhos travados, só respirando. — Se importa, Emanuel?

Ela se moveu e eu não entendi nada. Quando a encarei, estava deixando as coisas de novo na pia e puxando o casaco por cima da cabeça. Abri a boca, percebendo a camiseta curta e colada por baixo, o tom verde-claro mal escondendo o formato dos seios redondos. Mamilos arrepiados forçavam o tecido. Perdi a voz de vez, o ar.

Ela sorriu para mim e veio mais perto, os olhos brilhando demais, tão linda que me cegava.

— Assim é melhor, não acha?

Não tive condições de responder. Eu só conseguia encarar aqueles mamilos como dois olhos me mirando, enquanto sentia de novo suas mãos no meu cabelo, ouvia sua respiração meio agitada também.

Outro homem em meu lugar aproveitaria, diria alguma coisa sexy, a incentivaria a continuar na provocação. Eu mal conseguia pensar, quanto mais me mover ou falar. Por isso, simplesmente fiquei ali, paralisado por fora, sacudido por dentro, esperando o próximo passo, a próxima cena.

O meu pau inchou sem parar e então começou a latejar, como se fosse estrangulado dentro da calça. A pele ferveu e eu tive que apertar os lábios para não soltar sons animalescos e brutos. A vergonha se misturou ao tesão.

Tentei me concentrar em outra coisa, mas a mente enevoou e Maria continuou a cortar as pontas, pegando mechas, passando as pontas dos dedos no couro cabeludo, por pouco não deslizando no meu peito nem roçando o volume entre minhas pernas. Aquilo virou uma tortura lancinante, e a boca se encheu de água.

Os seios eram redondos, empinados, o colo alto no decote pronunciado. A cintura iria sumir entre minhas mãos. Se eu a tocasse, o que ela faria? Deixaria? Daria risada? Ou eu faria mais uma vez papel de trouxa, totalmente perdido na arte da sedução?

Olha o desacorçoado do Emanuel!, *Coitado do peixe grande!*, *Seu piá pançudo!* Antigas ofensas e apelidos voltaram como do nada, eu me vi na escola apaixonado por Gisele sem que ela sequer me notasse. Invisível para uns, motivo de chacota para outros. O único que permaneceu em Barrinhas, que não casou nem fez faculdade, que continuou o mesmo. Como Maria podia se interessar por mim?

Lembrei dela mais cedo na cozinha, olhos brilhando, sorrindo abertamente, achando graça do meu jeito. Ela e minha avó falando pelas minhas costas, já sabendo que eu era virgem, tendo até pena. Era por isso que ela tentava me seduzir e ajudar. Pena. O pobre coitado do Emanuel, tonto, gordo, sozinho.

— Está bom — falei de repente, angustiado, pronto para me levantar e sair correndo dali.

— Ei! Calma, não acabei! — Ela praticamente se apoiou em mim, pressionando meus ombros com os cotovelos, o joelho esbarrando na minha ereção.

Fiz uma careta para não gemer, a cara queimou demais. Maria parou, respirando forte, baixando a cabeça para me encarar. Não sorriu, não comentou sobre aquilo. Murmurou, a expressão carregada, mais linda do que nunca:

— Fique, Emanuel. Ainda falta.

— O quê?

— Isso. — Ela segurou meu rosto e os dedos acariciaram do queixo até o maxilar, lentamente, entre os pelos espessos. Mordeu o lábio inferior, sem rir, parecendo igualmente afetada. — Posso continuar?

A voz rouca me fez estremecer, e mal consegui assentir. Daquela vez não desviei o olhar. Mantive-o em seu rosto, apreciando sua beleza, sendo testemunha de um desejo que a dominava também. Ela não ria de mim, não fingia.

Maria me tocou com carinho, apreciação. A outra mão cortava as pontas dos pelos da barba, entre carícias, toda parte recebendo sua atenção. Os olhos escuros sondavam os meus, passavam pelos meus traços. Chegou ainda mais perto, e, sem poder me conter, fechei as mãos em volta das laterais de suas pernas.

Sob o tecido grosso, senti a firmeza dos músculos, o calor que já abrasava meu sangue, meu ser, todo o ar a nossa volta. Energia crepitava, olhares se devoravam. Foi como mergulhar em um mundo novo, diferente de tudo que eu conhecia, instigante. E que me puxava para um redemoinho louco de emoções e sentidos despertos.

— Eu queria te ver sem barba. Deve ser lindo também, com esse nariz perfeito, esse queixo duro. Mas ela combina tanto com você! Fico imaginando... — A voz era baixinha, com rouquidão, sedução. — Se você é tão peludo assim no corpo. É, Emanuel?

Entreabri os lábios. Seus dedos resvalaram da garganta para cima, passando pelo queixo, parando bem no inferior. Esfregou a carne ali. A tesoura foi largada na pia. A mão livre mergulhou nos pelos ao longo da mandíbula. Ela arfou baixinho, tão perto que a franja pendurava em sua testa, a respiração se misturava com a minha.

Ela esperou uma resposta, uma ação. Não havia mais a desculpa do corte. Ardíamos com a atração pungente, com os corpos se buscando, o desejo explícito. Mas eu continuei travado, querendo demais, temendo também. O medo veio com tudo e eu não a soltei, mas também não me mexi. Sem poder impedir, confessei baixinho:

— Não sei o que fazer.

Sua expressão não decaiu, não mostrou decepção. Os olhos brilharam, os lábios se abriram. Lambeu-os de novo, como se eu fosse uma coisa apetitosa, que ela queria muito. Passou os dedos pela minha barba, e pelos cortados caíram. Segurou meu rosto entre as mãos e baixou mais a cabeça, encostando a ponta do nariz no meu, seus olhos sem piscar.

— Vai saber — murmurou. E então fez o que eu tinha desejado a vida toda, o que eu tinha esperado até desistir, o que eu não achara possível conseguir, conformado com minha vida, meu destino.

Inclinou a cabeça, os lábios polpudos a um milímetro dos meus. Travei, tenso, ansioso, coração disparado. — Só deixa acontecer.

Ela me beijou. Não fechei os olhos quando suas pálpebras cerraram e a maciez incrível roçou a minha. Era a primeira boca que me queria, me beijava, me tirava de um mundo preto e branco para me jogar no universo infinito de cores, giros, explosões. Olhei para aquilo acontecendo, enquanto abria os lábios e saboreava seu hálito doce, sua respiração arfante.

Ela foi doce, lenta. Lambeu primeiro, bem devagarzinho. A ponta da língua entrou quando ela se colou mais e eu subi, sem nem me dar conta, as mãos pelas laterais de suas coxas, até os quadris. Senti suas formas, seu cheiro, como se vivesse uma espécie de sonho ou encantamento. Maravilhado, emoções bulindo, crescendo sem parar.

A língua entrou na minha boca e isso me sacudiu, me arremessou em um universo desconhecido, brilhante. Meu coração saltou e disparou, tudo rebuliu e eu envolvi seus quadris, puxando-a, finalmente perdendo o controle. Não sabia o que fazer, mas fiz, faminto, acossado. Eu a apertei tanto que não sei como não a fundi a mim, enquanto abria mais os lábios e buscava a língua gostosa na minha, querendo comê-la, devorá-la, tomá-la com uma fome desesperadora.

Maria caiu no meu colo e eu a agarrei, beijando-a ferozmente, engolindo seus gemidos. Ela me atacou também, se sacudindo, esfregando, os dedos embolados no meu cabelo. Grunhi, apaixonado, no meu limite com aquele gosto delicioso, explorando cada parte da sua intimidade molhada.

Ela reagiu da mesma forma, animalesca, fora de si. Sem deixar de me beijar, montou de frente e pressionou a vagina sobre meu pau duro, doendo, babando. A roupa era uma tortura, mas o calor a ultrapassava e assim nos movemos, esfregando, apertando, mãos ansiosas, bocas grudadas em beijos, chupadas, lambidas.

Perdi a razão. Virei bicho, liderado por instintos e sensações, todos os sentidos ligados no tesão. Meus braços se tornaram presas em volta da sua cintura, minhas mãos espalmaram na sua bunda e eu a trouxe mais perto, contra o membro e o peito, fazendo-a me cavalgar, deliciado no beijo esfaimado.

Arrepios me percorreram, lava se espalhou pelos membros e sangue, minha cabeça girou. Eu quis, de algum modo, me conter um pouco, segurar as emoções, mas estava além disso, do controle ou do pensamento, mergulhado na maravilhosa descoberta do prazer. E do beijo que me arrebatava além de tudo.

Uma espiral pareceu crescer no âmago e me envolver em um turbilhão louco. Ardi, gemi, rosnei, beijei ainda mais, apertei-a, se esfregando e arranhando, louca também. E então aconteceu. Sem aviso, sem que eu pudesse ao menos me segurar ou impedir. Uma explosão que me fez ver estrelas, conhecida e nova, pois era muito mais violenta, gostosa, incompreensível.

O gozo me atravessou, e meu pau ondulou, apertado e duro, em um orgasmo lancinante, mais forte que tudo que já havia sentido um dia. Não me segurei, gemendo, apertando-a, o esperma se esparramando na cueca e na calça, sem parar de sair, quente, infinito.

Maria continuou os movimentos, o beijo, mais afoita ainda. E eu fui além, voando, girando, caindo. Foi como um tombo gigantesco quando a razão me despertou e me dei conta daquilo. Tinha gozado como um garoto, apressado, egoísta, despreparado.

Parei, nervoso, tenso. Abri os olhos, enquanto a languidez amolecia meus membros e a razão voltava, cheia de acusações e vergonhas. Ela me olhava, excitada, vermelha, ainda ligada no tesão. Desgrudei as bocas, palavras querendo sair e criar justificativas, mas sem saber o que dizer ou fazer.

Abruptamente, segurei-a sob os braços e me ergui, pondo-a de pé no chão, me desequilibrando um pouco ao bater as pernas atrás, no vaso. Tudo era uma loucura nova, incandescente, enquanto eu me dava conta de que não fizera nada certo, a calça toda melada na frente, a cara ardendo mais do que nunca.

— Desculpe, eu...
— Tudo bem, Emanuel.

— Eu me descontrolei e...
— É assim mesmo. Olha...
— Não. Quero dizer...

A vergonha já travava minha garganta. Um bobão, que na certa a babara toda com o beijo desengonçado, que tinha ejaculado antes do tempo. Não consegui dizer mais nada nem olhar para ela, humilhado, perdido. Maria deu um passo para a frente, como se fosse me consolar, dizer algo só para me deixar menos encabulado, mas isso piorou a situação. Eu não queria sua pena.

Corri para a porta e ela me chamou. Saí como um raio, sem olhar para trás, confuso e acanhado, querendo me esconder em algum canto e pensar sobre aquilo.

Me tranquei no quarto e me encostei na porta, olhos fechados, coração disparado. O mesmo Emanuel panaca de sempre.

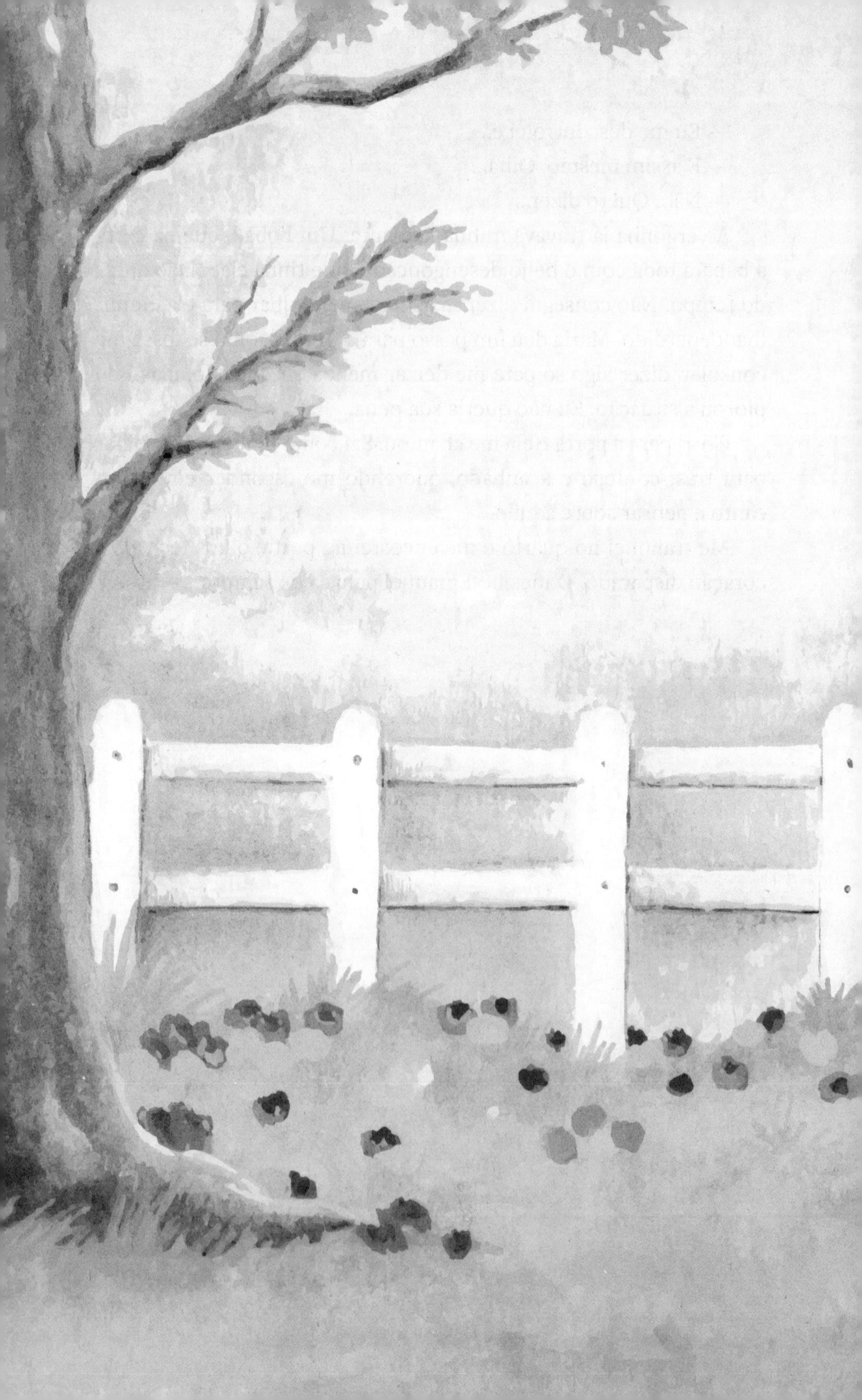

CAPÍTULO 15

Maria

Eu imaginei que Emanuel se esconderia pelo restante do dia, morrendo de vergonha. Vi o jeito como ele tinha ficado depois de gozar antes que avançássemos, se sentindo um idiota. Tadinho! Nem me deu chance de dizer que entendia. Afinal, era um homem que nunca tinha beijado ou transado com uma mulher. Estava tudo acumulado.

Enquanto Margareth falava de como o sítio ficava no inverno que se aproximava, eu comia o jantar delicioso na cozinha aquecida, me empanturrando como sempre de tudo que ela fazia. E olhava para o corredor, pensando nele, ansiando para que criasse coragem e entrasse ali. Como se minhas preces fossem ouvidas, aconteceu.

Parei de mastigar com a boca cheia, enquanto meus olhos encontravam os de Emanuel. Ele pareceu meio nervoso e rapidamente os desviou, enquanto o rosto se tingia daquela maneira lindinha e encantadora. Uma felicidade estranha me envolveu, só por ele estar ali, enquanto podia sentir de novo a delícia de ser esmagada no seu colo, devorada pela sua boca.

Ele podia não saber beijar, mas aprendera rapidinho. Apaixonado, firme, gostoso. Eu queria mais, muito mais.

— Ah, *longe*! Apareceu o *Margarido*! *Quedelhe?* Achei que ia dormir com fome hoje, menino! — Margareth falou com ele, chamando-o com a mão. — Corre que a comida ainda tá quente! *Vem mais ligeiro que tatu de quichute!*

Eu engoli a comida e sorri, de alegria enquanto Emanuel se sentava à cabeceira, pelo palavreado engraçado que a senhora sempre usava e por notar que a barba dele estava irregular, aparada de um lado e longa do outro. Não tinha tido tempo de continuar, porque a pegação nos interrompeu.

Ele me deu uma espiada, mais vermelho ainda. Na certa achando que eu debochava dele. Por isso expliquei logo:

— Acho que não me saí muito bem como barbeira. Sua barba está toda torta.

Ele ficou quieto, sério. Como se não tivesse reparado. Me encarou, tenso, tentando ler minha expressão, saber o motivo de não estar chateada ou irritada pelo que aconteceu. Meu sorriso ficou diferente, apreciador, enquanto eu emendava:

— Vamos ter que cortar mais um pouco.

Ele corou ainda mais e pegou o prato, se servindo, fugindo do meu olhar. Eu quis ir de novo para o seu colo, beijar sua boca, desfazer aquela insegurança toda. Atenta, Margareth indagou:

— Mas o que vocês fizeram aquele tempo todo no banheiro? — Ela acabou se entregando que estava com os ouvidos ligados em nós. Tentou explicar: — Eu ouvi as portas, rangem muito por aqui. Bah! Tu entendeu!

Voltou a comer, mas parecia atenta até na nossa respiração.

O silêncio pesou e eu ataquei mais a comida em meu prato, o tempo todo mirando Emanuel. Ele continuou calado e contido, jantando sem olhar para os lados. Em determinado momento, a senhora voltou a puxar conversa e eu participei.

— Vou me recolher! Amanhã acordo com as galinhas! — Margareth então se levantou.

— Deixe que eu tiro os pratos e lavo a louça. O Emanuel me ajuda, não é? — Sorri.

Ele não me encarou. A idosa sorriu e concordou. Se despediu e nos deixou sozinhos.

Lá fora o vento uivava, um galho raspava a janela. Na cozinha só ouvíamos o crepitar da lenha em brasa, calor por toda parte, aumentando com o que sentíamos e que crescia, tomando conta até do ar. Era forte, denso, quente.

Bebi um gole de água, recostei na cadeira e o apreciei descaradamente. Finalmente Emanuel me encarou, retesado, como se quisesse ler minha expressão.

— Me desculpe, Maria — disse baixinho.

Eu derreti, garantindo com ternura:

— Para de ser bobo! Não há motivo para se desculpar.

— Você devia estar decepcionada, puta comigo.

— Eu adorei. Só penso em repetir logo. — Seus olhos escuros ficaram fixos, enquanto uma ruga se formava entre eles. Parecia buscar algum deboche ou mentira. Murmurei: — Com o tempo você vai pegar a manha de tudo, Emanuel. O beijo foi uma delícia. E o restante também.

— Bah! Podia ser melhor pra você. Quero dizer...

— E vai ser. Cada vez mais. Quer ver?

Ele piscou, imóvel, a respiração ficando mais pesada. Acompanhei a mudança em sua expressão, a vergonha cedendo, o tesão ganhando espaço. Apenas moveu a cabeça afirmativamente, como se não tivesse coragem de dizer mais nada.

Eu me levantei. Minha pele ardia, o corpo todo se enchendo de lascívia, de coisas que eu havia esquecido como eram. Que nem sei se já sentira um dia. Uma mistura de sentimentos e expectativas, uma alegria banhada no desejo, na necessidade do toque, no carinho. Ele me atraía, mais e mais. E tudo que eu queria era seu toque, seu beijo, seu colo.

Emanuel arrastou a cadeira para o lado. Ele podia ser inseguro, estar ainda aprendendo a arte do sexo, a confiar, mas ganhava firmeza. Por isso segurou meu pulso quando cheguei perto, e foi ele quem me puxou, forte, as mãos grandes me apanhando e me sentando de frente sobre suas pernas, montada.

Agarrei seu rosto e fui, ansiosa, faminta. Nossas bocas se devoraram, loucas, lábios e línguas em frenesi. Estremeci pelo jeito que me beijou, bem mais seguro. O gosto delicioso inebriando meus sentidos. Ele aprendia rápido e tomava a iniciativa. Até mesmo para me resvalar ao seu pau já endurecido, imenso.

Eu me mexi, pernas penduradas para fora, seios esmagados, pequena naquela grandeza toda, nos braços enormes que me faziam sumir dentro deles. Imaginei aquilo tudo dentro de mim e quis desesperadamente ver, provar, sentir. Era como se também fosse novidade, pois Emanuel era diferente de todos que eu conhecera, único.

Gemi no beijo profundo, no modo como ele me comia e tocava, mãos na cintura e quadris, na bunda, subindo pelas costelas. Tive raiva das camadas de roupa atrapalhando, precisando da sua pele na minha, tanto quanto da língua que me lambia e puxava. Estalei, enlouquecida, melada, mamilos arrepiados, todo o corpo participando da luxúria recheada de paixão.

Ele gemeu também, rouco. Desceu a boca pelo meu rosto, mordiscando, me saboreando entre agitado e contido, soltando sons que vinham da garganta e me arrepiavam, pois denunciavam sua entrega, seu desejo avassalador como o meu.

Ele me arranhou com a barba, enquanto criava atrito e me amassava, eu passando as mãos por toda parte, bolinando seu colo com os movimentos, nossas bocas voltando ao devorar luxurioso. Comecei a pegar fogo, a suar, necessitada de alívio, de me soltar e gritar, sacudir, tomar.

— Emanuel... ah... — eu murmurava, mordendo seus lábios, enquanto ele sugava minha língua e me apalpava até o seio, rosnando, nervoso. — Isso... mais...

Ele parou de repente, puxando a cabeça para trás, olhos em brasa viva. Tentou respirar, confuso, perplexo e com os sentidos embaralhados. Não me imobilizei. Continuei a rebolar para a frente e para trás, deliciada. Até que ele pediu baixinho:

— Pare... assim eu não aguento... — Ele parecia em seu limite, desesperado.

— Quer mais? Estou toda molhadinha, latejando...

— É o que eu mais quero.

Pulei do seu colo, arrancando o casaco, mais ardida que a madeira queimando no fogão a lenha. O calor já era infernal. Larguei o casaco no chão e comecei a descer a calça. Seus olhos grudaram em mim, meio chocado, meio maravilhado, completamente ligado. Quando joguei a camiseta longe e fiquei só com uma pequena calcinha branca e meias, vi a admiração virar mais, a paixão o deixar louco. Ele rapidamente começou a abrir a calça e foi minha vez de me lamber e olhar.

Ficamos assim, um apreciando o outro. Ele abriu o zíper, eu desci a calcinha. Ela passou pelas minhas coxas, a cueca apareceu cheia de carne que queria pular fora. O fogo lançava sombras e reflexos alaranjados sobre nós, o resto era silêncio, pujança, volúpia.

O tecido caiu no chão. Ele fitou, impressionado, minha vagina lisa, totalmente sem pelos depois das diversas sessões de depilação a laser que eu tinha feito. Roger na verdade exigia que eu fosse toda lisa e macia. Odiei me lembrar disso nesse momento e o empurrei para bem longe. O asco que sentia toda vez que meu marido me tocava não tinha vez ali. Eu ardia, esfomeada, doida por mais.

Fiquei cega para todo o resto quando o membro surgiu, longo, grosso, rosado, a glande melada. Era enorme como ele, cheio de veias, coroado por pelos escuros confusos.

— Ai, meu Deus... — Fui para perto, maravilhada, um pouco incerta se tudo aquilo caberia em mim. Mas ansiosa para descobrir.

— Que lindo!

— Linda é você... — Sua voz saiu abafada ao agarrar meu braço e me puxar, nervoso, a respiração entrecortada. — Não acredito que isso vai acontecer...

— Já está acontecendo, Emanuel.

Eu me emocionei também pela fragilidade que senti em suas palavras. Ele me pegou como se eu não pesasse nada, aberta para seu colo, montando como se monta em um garanhão fogoso, que bate as patas e bufa. Olhos nos meus. Quando nossas carnes quentes se roçaram, perdi o ar, encantada, desejosa.

— Entra em mim... Me prova... — supliquei, e ele agarrou minha bunda com as duas mãos, me trazendo até a ponta robusta, soltando fogo pelas ventas. Segurei o membro que pulsava, ajeitei-o embaixo e a cabeça se instalou entre meus lábios, pronta. Ele perdeu o controle de vez e me desceu. — Ahhhhhhh...

Gritei ao ser preenchida, acossada, dilacerada. Sua boca grudou na minha, e ele entrou firme e fundo, rosnando, abafando nossos sons. Eu me sacudi toda e o senti no útero, agarrado, enorme, por toda parte em mim.

Nos movemos juntos na dança instintiva e secular, indo ao encontro um do outro, gemendo agarrados em abraço e beijo famintos. Estalei, pois era demais para suportar e mesmo assim eu o buscava mais dentro do meu ser, suando, agitada. Agarrei seu cabelo e cavalguei alucinadamente, choramingando.

— Meu Deus... Maria, meu Deus... — ele sussurrava, como se delirasse, estocando com tudo, braços em volta, mãos me pegando, forçando, tirando e trazendo. — Que gostoso...

E era mesmo. Um ensandecer de sentidos, um apetite devorador e sem fim, crescendo, exigindo, tomando tudo de nós dois. Meu clitóris inchado roçava em seu púbis a cada arremetida, eu caía em seu ventre e peito afogueada, girando, subindo. A sensação era a de que havia um punho enorme em mim, criando fricção, enchendo tanto que eu poderia explodir a qualquer momento. E aconteceu.

O gozo me varreu em ondas longas, intensas. Caí, dando voltas, arquejos, perdida em seus lábios, sem saber o que dizia. Um calor imenso se espalhou em meu ventre quando Emanuel teve um orgasmo também, gemendo e me apertando tanto que achei que quebraria. Ou que me abriria no meio.

Chegou a doer, mas uma dor viciante, deliciosa. Berrei de novo, em palpitações que nunca tinham fim. Até desabar naqueles braços e ficar ali, quente, satisfeita, protegida.

Apoiei a cabeça em seu ombro, exausta e suada. Emanuel ficou quieto, ainda dentro de mim, como se saísse de algum sonho e ainda não soubesse bem qual era a realidade.

Ele murmurou, rouco:

— Vou querer isso toda hora.

— Eu também.

Sorri, feliz. Finalmente em um lugar em que havia escolhido estar.

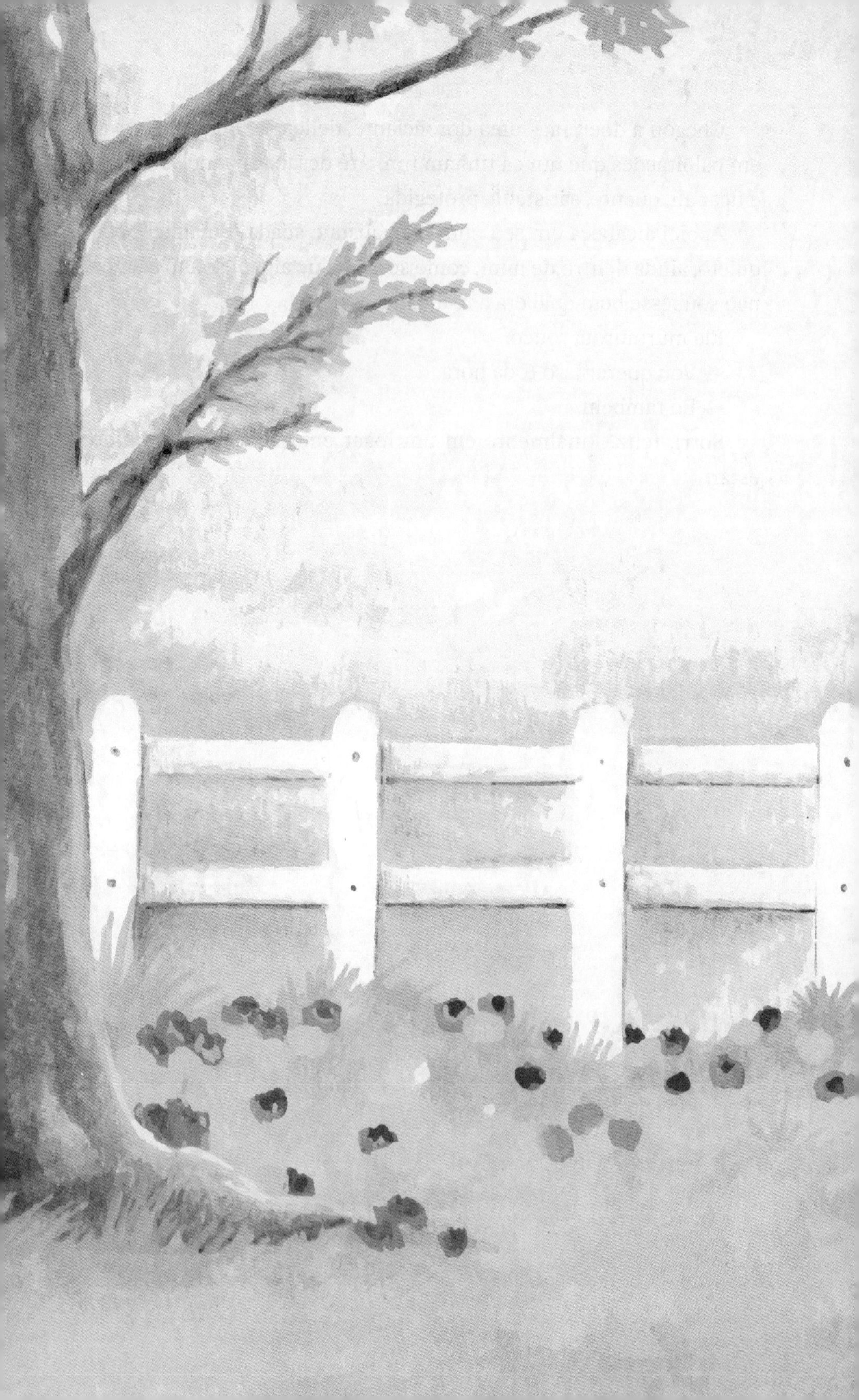

CAPÍTULO 16

Emanuel

Eu sabia que alguma coisa muito diferente estava acon-tecendo. Ainda entre o sono e o despertar, um aviso veio como se fogos explodissem e sorrisos brilhassem, uma felicidade inesperada enchendo meu peito. Eu quis continuar naquela bolha gostosa, flutuando, leve e solto. Mas soube que a realidade seria bem melhor e finalmente consegui abrir os olhos.

Antes mesmo de a ver, eu a senti. Esquentava meu corpo, acomodada em mim de conchinha, quase escondida pelos meus braços e pelas cobertas pesadas. Olhei para o cabelo curto, escuro e liso, ouvi seu ressonar. Não acreditei que era verdade, embora as lembranças gritassem e a prova estivesse ali, grudada, nua, deliciosa.

Permaneci imóvel, mas o coração disparou, a respiração ficou irregular. Diante do cheiro bom, das costas encaixadas no meu peito, da bunda pressionando, fui invadido por um calor abrasador, que na mesma hora fez meu rosto arder e meu membro pulsar, inchando rapidamente. Não soube o que fazer. Recuar, disfarçar. Continuar, aproveitar.

Travei a mandíbula, nervoso, excitado, maravilhado. Era a primeira vez que acordava com uma mulher, e era logo Maria, por quem eu tinha me encantado assim que a vira. Naquele dia em que ela entrou no bar do José Rêgo, nunca imaginei que sacudiria a minha vida daquele jeito, que mexeria com meu íntimo e que seria também a primeira a me beijar, a tirar minha virgindade.

O rosto esquentou ainda mais, tudo virou uma loucura de emoções avassaladoras e sensações únicas. Minha língua se encheu com seu gosto e eu quis provar de novo, vezes sem fim. A ereção já doía e piorava ao recordar como era incrível estar dentro dela, latejando, entrando, saindo, tomando. Seus gemidinhos e gritos roucos, sua pele friccionando a minha.

Arfei, perdendo a batalha, a timidez querendo aparecer, a insegurança me dando alertas, mas o tesão ganhando de longe. Junto com a animação de saber que tudo era mesmo real, que o que eu esperei nunca acontecer se mostrava muito possível e melhor do que o imaginado tantas e tantas vezes.

Agitado, fiquei ali sem ousar agir, aguardando. Aproveitei o momento único, do qual eu jamais esqueceria. Maria na minha cama, sendo minha na cozinha, depois ali. Nós dois dormindo nus e abraçados. Chegava a ser chocante e me deixava completamente admirado, perplexo e encantado. Eu queria rir como bobo.

Ela se mexeu, a bunda roçou meu pau. Deu um suspiro e a mão passou sobre os pelos do meu braço, então se imobilizou, acordando. Não me movi, nervoso. Ainda era inacreditável demais.

Ela foi virando devagar, até ficar de frente, olhos sonolentos nos meus, a franja espalhada na testa. Aquilo fez a colcha escorregar um pouco, mostrando o contorno bonito dos seus ombros, a clavícula e o colo. A luz que entrava pelas frestas da cortina dava um tom mel à sua pele.

— Oi... Bom dia... — O sorriso veio lindo, preguiçoso, fazendo as covinhas aparecerem.

— Oi. — Mal ouvi minha voz, de tão rouca.

A timidez que me acompanhara a vida toda veio com força total e travou a garganta. Pensei em tirar o braço da sua cintura, tapar o sexo avantajado e apontado para cima, duro que nem pedra no espaço entre nossos corpos. Mas continuei do mesmo jeito. Meio apavorado, meio envergonhado, completamente lascivo.

— Dormiu bem, Emanuel? — Seu olhar percorreu meu rosto, e havia uma expressão satisfeita nela. Fiz que sim, e ela completou: — Eu também. Aliás, acho que nunca dormi tão bem.

Aquilo acelerou ainda mais meu coração, me encheu de uma alegria imensa. Ao mesmo tempo, notei uma sombra passar em seu olhar, como se guardasse algo, escondesse ou recordasse. Ela baixou um pouco o rosto e eu não gostei de vê-la assim.

— O que foi? — Segurei seu queixo e o ergui. Quando ela me fitou, o coração já não batia, chacoalhava.

— Nada. Só pensei que eu nem sempre acordei assim.

— Como? — Travei um pouco, indeciso.

— Bem. Feliz. Satisfeita. Às vezes eu nem queria levantar, só de imaginar o dia que teria pela frente. — A voz estava diferente, com certo amargor. Mas sorriu de novo. — Passou.

— Sei como é. Também me senti assim muitas vezes.

— E agora?

— Agora não — confessei, e o rosto ardeu de novo.

— Que bom! — Ela riu e resvalou para mais perto, sem qualquer vergonha. Paralisei quando desceu a coberta e olhou descaradamente para o meu pau. Lambeu os lábios. — Você realmente parece feliz.

Eu devia rir, me soltar ou a puxar. Mas não consegui, sem saber como me portar. O bicho vivo lá embaixo deu sinal de vida, pulsando por conta própria. Para piorar a situação, seus seios ficaram à mostra, redondos e empinados, totalmente bronzeados. Os bicos tinham um tom de melado, durinhos. Fiquei com a boca seca, o corpo todo aceso.

Percebi, como na noite anterior, pequenas cicatrizes ao redor dos seus mamilos. Não comentei nada, mas soube que tinha feito cirurgia ali, na certa colocado silicone. Eram redondos, empinados, lindos. E gostosos de pegar.

Maria seguiu meu olhar e se observou também. Quando me encarou de novo, havia uma seriedade diferente em seu semblante, novamente algum pensamento ruim rondando. A voz saiu baixinha:

— Teve um tempo, bem longo, em que eu só vivi pela aparência. Queria ser perfeita. Hoje eu só quero ser feliz, Emanuel.

Eu me dei conta de que não sabia praticamente nada sobre ela e que seu jeito solto, livre, não era tudo. Ela também guardava seus segredos e mágoas. Fiquei curioso por mais, só que não pressionei. Imaginei apenas o quanto éramos diferentes. Ela linda, perfeita. E eu... só um homem comum tentando dar o seu melhor, por anos escondido da vida.

Maria sorriu suavemente, como se espantasse para longe aquele rondar de lembranças. Desceu o olhar devagar por mim. Encolhi a barriga, tentando disfarçar a protuberância, mas não adiantou muito.

— Um urso de verdade. Pelos aqui, que eu ainda preciso aparar deste lado... — Seu indicador escorregou do meu maxilar até o queixo, enquanto ela respirava mais afoita. Foi contornando meu pomo de adão até o fim da garganta, dali para o peito, onde uma camada escura cobria a pele e se afunilava para baixo, até se juntar com o púbis. — Aqui... e aqui... e nas pernas.

Passou do lado do membro, e não ousei respirar.

Era estranho ser olhado e tocado daquele jeito. Eu estava exposto como nunca estivera antes, enquanto velhos fantasmas me atacavam e a insegurança aumentava. *Gordo, rolha de poço, avatar, suíno.* Risadas. Nenhuma garota me paquerando. Muito menos Gisele.

Quando Maria me montou na cozinha, eu só tinha aberto a calça. No quarto, à noite, tudo acontecera meio na escuridão, ela toda arreganhada embaixo de mim e eu metendo sem parar, beijando sua boca como se fosse morrer se não sentisse seu gosto. Era a primeira vez que ela realmente me olhava e eu quis ser mais bonito, mais sarado. Com o abdome cheio de gomos. Ainda mais vendo aquele corpo lindo, atlético, perfeito.

Sua bocetinha era toda lisa e depilada, a pele macia. Opostos demais. A bela e a fera, a princesa e o ogro. E mesmo assim não havia asco em seu semblante. Era desejo explícito no modo de me admirar. Foi isso que amansou meus traumas, que me fez me ver um pouco diferente do habitual.

— Você fica chateado por eu te chamar de urso? Por querer ser atacada e montada, indefesa, pequena, enquanto você me pega com força? Com tudo isso? — Ela fechou os dedos em volta do meu pau e foi o meu fim.

Eu a agarrei e a pus embaixo de mim, tão rápido que ela deu um gritinho.

— Esse urso está faminto nessa manhã — grunhi e, jogando todas as indecisões para longe, me concentrei na vontade louca que despertava em mim, na sua provocação incontrolável. Arreganhei suas coxas e me meti no meio delas, enquanto pegava os peitos e começava a chupar um mamilo.

— Ai, Emanuel... Ai...

Ela já metia os dedos no meu cabelo, se oferecendo e gemendo, se abrindo mais.

Mamei com vontade, sugando, mordendo. Desci pela barriga lisa e marcada, pela cintura fina, chegando aonde eu queria. Nem sabia o que fazer ali, mas realizei minha fantasia de provar aquele gosto mais íntimo e secreto. Tinha visto homens fazendo em vídeos pornôs da internet e meio que imitei, usando minha volúpia e meu desejo.

Que delícia! Ela se sacudiu toda em gritinhos abafados, macia e úmida, a boceta quente na minha língua e nos lábios. Viciei na hora e me acabei, lambendo, chupando, sugando o brotinho que ganhava vida.

— Meu Deus... ah... isso... mais... ah...

— É assim? — Ergui a cabeça um pouco e fitei seus olhos. Lentamente, passei a barba na pele fininha e ela estremeceu.

— Isso... continua...

E eu continuei.

A cama era de molas, e fez barulho com nosso ataque matinal. Ainda mais quando meti sem parar e ela começou a choramingar, toda melada, me engolindo, nós dois tão grudados que achei que nunca mais íamos nos separar.

Comecei a perceber suas reações, onde ela se excitava mais, com qual intensidade. E a me conter um pouco, para não me precipitar e estragar tudo. O fato era que Maria gozava rapidinho quando eu a preenchia, se esfregando em mim, murmurando o quanto eu era grande e grosso. Beijando-a, acariciando-a, ela logo soltava gritinhos de satisfação. E eu ia junto, me esparramando todo dentro dela, vivendo os momentos mais incríveis da minha vida.

Ela riu quando me dei conta, tardiamente, de que o trabalho no sítio estava atrasado e que os animais deviam estar famintos. Pulei da cama e ela correu pelo corredor, enrolada no lençol, até seu quarto. Tomei banho com um sorriso bobo e incrédulo no rosto, ainda chocado com aquela realidade. Ia demorar a me acostumar. Ou não.

Quando entrei na cozinha, minha avó cortava legumes sentada à mesa. Ela parou na hora, a cabeça virada em minha direção, ouvidos ligados.

Meu rosto começou a queimar, pois sabia que não tínhamos sido muito silenciosos. Me aproximei, envergonhado, coçando a barba, esperando o que ela diria. Piorou quando ouvi os passos de Maria e ela chegou do corredor, cabelo úmido, sorrindo lindamente. Minha vergonha triplicou.

— Bom dia! — foi ela quem exclamou, aspirando profundamente. — Hum, que cheiro bom! Estou faminta!

— Imagino! — minha avó finalmente se pronunciou, um sorriso se formando nos lábios, o rosto cheio de rugas se iluminando. — *Minhazarma*! Depois de todo esse gasto de energia, os dois devem estar com *os bucho* roncando! Senta aí e come, menina! Vai precisar ficar forte pra não se *esgualepar* toda com a fúria que despertou nesse menino! Muito tempo guardada! Por isso tu gritou como se tivessem te matando ontem e agora de manhã!

Ela riu alto, toda orgulhosa e faceira. O calor piorou, ardeu a ponto de eu achar que estava com febre. Continuei paralisado, mas

Maria riu também e foi se acomodar à mesa, já pegando uma rosca, olhar lascivo e divertido para mim.

— Quer dizer que a senhora ficou escutando?

— *Ah, longe!* Só se fosse surda, e não cega! Parecia uma cabrita! — Agarrou o braço de Maria e apertou com animação. — Obrigada, filha! Por tirar o atraso do meu neto! Agora ele é macho mesmo!

— Vó! Pelo amor de Deus! — reclamei, morto de vergonha.

— Até lembrei dos meus tempos com seu avô!

Ela não parava de falar, feliz da vida, como se tivesse testemunhado um grande acontecimento. Era mesmo, mas era pessoal. Eu estava inibido, ainda sem graça, sem saber ao certo como me portar.

Acabei sentando e tomando café. De olho em Maria e ela em mim.

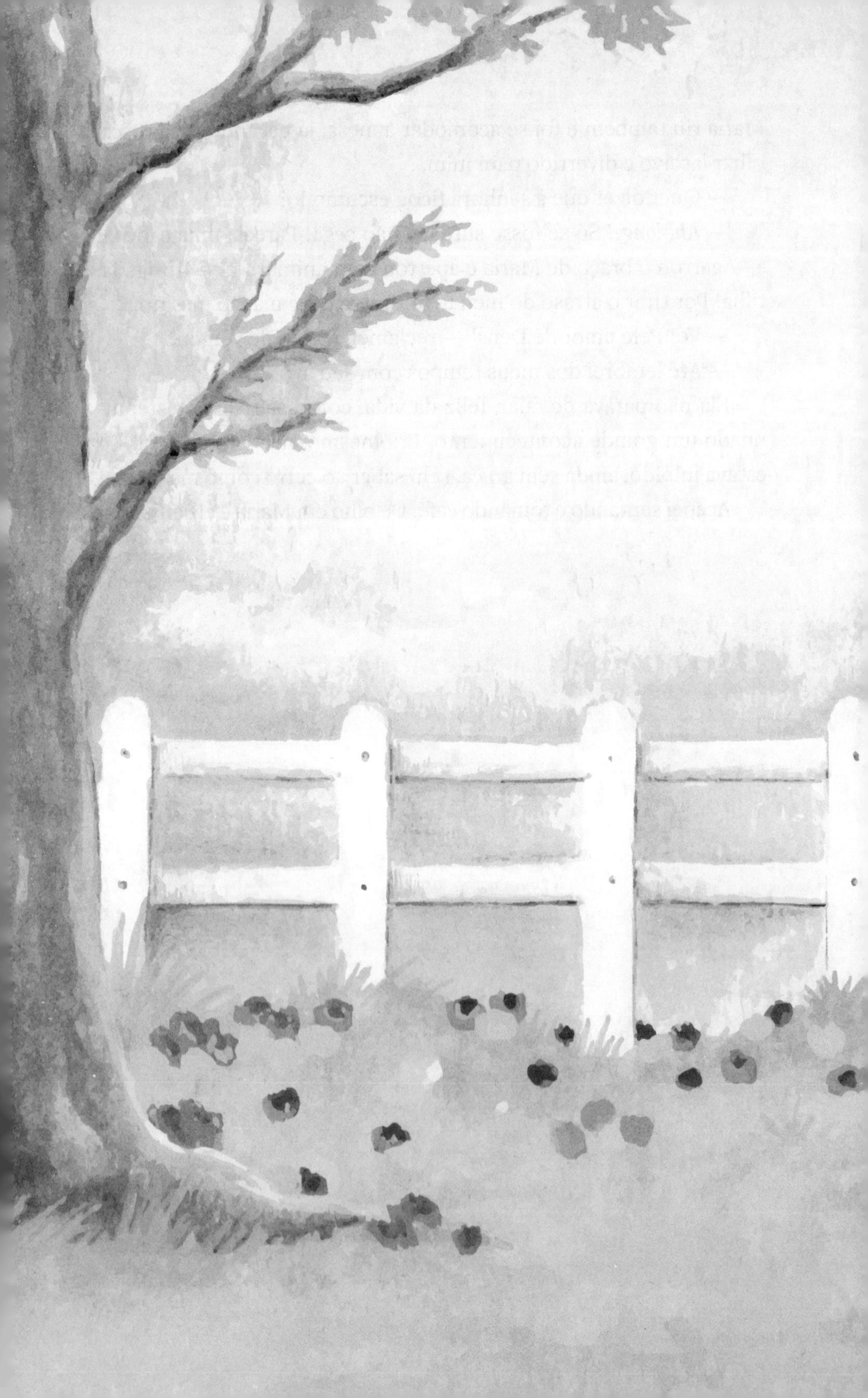

CAPÍTULO 17

Maria

Eu não queria que nada atrapalhasse aquela alegria nova e forte que me invadia. Por isso, nos dias seguintes, nem procurei notícias na internet sobre a investigação do suicídio de Nicolly. Aquela realidade era outra, e eu só desejava esquecer, nem que fosse por um tempo.

Era estranho como a vida podia se transformar tanto após uma decisão, uma ruptura. Tinha sido loucura, sim, armar aquele plano. Enquanto acordava cedo e andava em direção ao pasto, acompanhando o nascer do sol, a beleza extravagante do sítio, eu pensava sobre minhas escolhas.

Eu me sentia mais forte, me conhecia melhor. Me acostumara tanto a obedecer, primeiro à minha mãe, depois ao Roger, que só tinha visto saída fugindo da vida deles e da minha, daquela que me sufocava e amargava minhas vontades, que me transformava no que nunca realmente quisera ser. Enfrentar tudo não fora opção, e eu começava a enxergar meus erros.

Eu podia ter me separado, impondo minhas vontades. Depois sairia de cabeça erguida, mesmo sem nada. Reconstruiria tudo sem precisar me esconder como criminosa, sem ter medo do futuro.

Só que na época eu não havia pensado, não via solução. Tive medo das pressões da minha mãe, do inferno que Roger faria por ser abandonado. Tinha sido fraca, medrosa, perdida.

Era como se eu pudesse me ver de verdade ali, andando sobre o chão de terra, observando os morros e árvores, sentindo o vento frio contra o rosto. Ansiosa para estar novamente com Emanuel, como se não tivéssemos dormido juntos nem nos agarrado a toda oportunidade. Feliz de um modo desconhecido e único. Uma nova pessoa.

Em alguns momentos eu me perguntava se era louca, pois os luxos aos quais me acostumara faziam falta. Eu pensava na quantidade de sapatos e roupas lindas no meu closet, nos tratamentos de pele e estética, na academia maravilhosa. Um mundo que me parecia impossível se tornara real e depois opressor. Felizmente aquela pequena saudade durava pouco quando eu me lembrava da solidão e da infelicidade em que tinha vivido.

O melhor de tudo era que aquilo acontecia, me alertava do que eu perdera, mas não era suficiente para me fazer querer voltar. O preço era alto demais! E aquela minha convivência no sítio, com Emanuel e Margareth, estava sendo incrível! Nunca pensei que me encaixaria tão bem, que seria feliz. A sensação era de prazer, alegria, paz, esperança.

Sorri como boba ao pensar em Emanuel. Naquela manhã ele havia saído sem me chamar, só para me deixar dormir um pouco mais. Ia cuidar dos animais e depois partir para a colheita da maçã. Seria um dia duro, cansativo. Mesmo assim, ele se preocupava comigo. Me agradava do seu jeito. Fazia que eu me sentisse importante, querida, desejada. Por mim mesma.

No início ele tinha se mostrado tenso, tímido. Depois foi ganhando confiança, percebendo que eu o queria também, que eu o desejava e admirava. Foi assim quando saímos para o campo e eu me pendurei em seus ombros. Ele me puxou para seus braços, beijando minha boca como se nunca fosse parar. Daí por diante, não perdemos mais oportunidades. Entre tarefas, conversas, risos, os beijos apareciam, as roupas eram afastadas e ele logo estava dentro de mim, me estocando, me deixando doida.

Eu não podia pensar em outro momento da minha vida que fosse tão real, gostoso e vivo. Sem intervenção de ninguém, sem força ou culpa. Eu e ele. Simples assim.

Empurrei o medo da minha vida passada para o fundo e apressei o passo. Não queria me preocupar naqueles dias. Queria apenas viver.

Vi Emanuel perto da cerca, de costas. Enorme, parecia maior com a parca pesada que usava, já que aquela manhã estava especialmente fria. Eu usava camadas e camadas de roupas, a touca de lã da Margareth na cabeça, mãos enterradas nos bolsos do casaco. Ainda não conseguia me acostumar com aquele tempo. Ficava mais difícil ter coragem de sair da cama.

Parei quando percebi o que acontecia. A cabra que era mais amigável e vivia nos seguindo pelo pasto estava diante dele e gemia com os carinhos que recebia na cabeça. Percebi que Emanuel conversava com ela, e a bichinha quase revirava os olhos de satisfação.

Sorri bobamente, o coração batendo quentinho, uma sensação gostosa se espalhando no peito. Mesmo com mãos imensas, aquele homem todo grande, havia ternura em seus gestos. Como era com a avó e comigo. Puro, honesto, sincero. O mundo duro não teve o poder de contaminar Emanuel, e isso me encantou.

Fui me aproximando devagar, sem querer interromper. A cabra estava tão hipnotizada por ele que nem se deu conta da minha presença. A voz grossa chegou baixa:

— Josefa, não se sinta abandonada. Você sabe que estou sempre por aqui, não é?

Josefa? Como eu nunca tinha percebido que ele a chamava por um nome? Por isso ela se separava dos outros e corria ao lado da cerca assim que nos avistava. Pedindo atenção. Na certa Emanuel disfarçava, não querendo ser bobo na minha frente. Mas sozinho ele fazia aquilo, acarinhava, conversava.

Achei fofo demais! Lembrei o modo como ele gostava de tocar meu cabelo, de me beijar. Não perdia a oportunidade de colar a boca na minha, não para beijos rápidos precedendo o sexo. Como se tivesse descoberto a delícia daquilo e aproveitasse ao máximo, conhecendo minha boca, se aprimorando mais. Seduzindo.

Meus batimentos aceleraram. Cheguei a sentir ciúme da cabra, apaixonada, sendo tocada com tanto carinho. Quis para mim também, já com saudade dele. Como era possível, tão rápido? Seria apenas carência? Ou eu estava mais envolvida do que pensava?

Não quis analisar. Ouvi mais sua voz rouca:

— Você anda muito pidona. Bah! Não posso ficar toda hora parando pra isso, Josefa. Tenho trabalho demais pra fazer. Sabe disso, não é?

Bééééé..., ela praticamente ronronou, e eu vi seus olhinhos castanhos e grandes pedindo mais, fixos nele. Somente quando cheguei mais perto e pisei em folhas secas eles se deram conta da minha presença. A cabra gritou mais alto, na certa reclamando. Emanuel se virou de repente, pego em flagrante.

— Oi... Não vi você chegar. — Ele tirou a mão da cabeça de Josefa e eu me aproximei mais, sorrindo.

— Por que você nunca me disse que ela tinha nome? Sabia que eu pus nome nas vacas? E as outras cabras, como se chamam? — Parei ao seu lado na cerca e pensei que ela me ignoraria, mas Josefa gostou quando acariciei sua cabeça. Era linda, doce. Entendi na hora o encantamento dele.

— Não sei.

— Só deu nome pra Josefa? É sua preferida? — Eu o observei, adorando ver o rosto corado. Mexeu na barba, dando de ombros.

— Vamos lá, Emanuel! Não precisa ficar assim!

— Deixa de besteira. Vem, hora de cuidar das galinhas.

— Ah... — Suspirei. Essa era sempre a parte mais difícil. Ele começou a andar e eu o acompanhei, a cabra fazendo o mesmo do outro lado, toda serelepe. Continuei sorrindo pela alegria dela, enquanto ele fingia não ver. — Coitadinha! A gente já volta, Josefa! Olha só, ela não desiste!

Emanuel a espiou e eu vi quando sua expressão relaxou, diante da alegria despretensiosa do animal apaixonado. Ele olhou desconfiado para mim, percebeu meu sorriso e então a acariciou mais uma vez. Eu me inebriei pela cena doce e por ele ter parado de esconder aquilo de mim.

— Bah! Tu deve pensar que eu sou um *piá* tonto!

— Nunca pensei isso.

Ele não disse mais nada. Quando chegamos ao galinheiro, os arrepios de medo me invadiram e precisei respirar fundo, criar coragem para entrar. Os galos começaram a brigar pelo destaque, galinhas alvoroçadas gritando, pintinhos pra todo lado. Cheguei a estremecer enquanto a porta era aberta, sabendo que já estava mais do que na hora de me acostumar com aquilo.

Tentei ver os bichos nervosos como via Josefa. Eles tinham sentimentos também. Se eu entrasse ali com mais calma e paciência, elas iam me entender, parar de tocar o terror. Respirei fundo e segui Emanuel. Ele ficou atento a mim enquanto ia até um dos baldes para pegar ração.

Lentamente fui para perto do outro. Foi um custo não sair correndo quando as galinhas me cercaram, cacarejando em volta, batendo asas e soltando pios agudos. Mal respirei, enchendo o balde de ração e caminhando até os comedouros. As outras já berravam e pulavam sobre o que Emanuel encheu.

— Tudo bem? — Ele me observou de perto.

Assenti, embora o pavor entalasse minha garganta. Penas passaram pelas minhas pernas, e uma delas voou perto. Rapidamente despejei a ração e saí andando para trás, trêmula. Forcei um sorriso, tendo um lampejo repentino:

— Já sei! Vou colocar nome nelas, igual eu fiz com as vacas e você com a Josefa! Assim elas vão ficar mais íntimas, se comportar melhor!

— Não é uma boa ideia.

— Por quê?

Ele se voltou para encher mais um balde. Fiquei parada, de olho nas galinhas e de olho nele. Demorou um pouco para ele explicar:

— As vacas e as cabras não estão aqui para o abate. São poucas.

— Mas... — Eu me calei ao entender. Arreguei os olhos, me sentindo uma idiota. — Quer dizer... Nunca parei pra pensar... A galinhada que a Margareth fez ontem foi... foi com uma delas?

Apontei para as bichinhas, que naquele momento não me pareceram terroristas perigosas, mas vítimas assustadas.

— Claro, Maria. Hoje eu vou separar mais algumas, pra entregar em um aviário de Urubici. Junto com a encomenda de ovos.

Chocada, olhei em volta. Elas ali, felizes, com seus pintinhos em volta, comendo sem saber de nada. Prontas para serem abatidas, vendidas como carne fresca ou congelada. Até mesmo no meu prato.

Engoli em seco. Como podia ser tão burra? A carne com que eu me deliciava nas canjas e galinhadas feitas por Margareth não era de plástico, nem surgia nos pratos por milagre! Era delas! Tadinhas!

Meus olhos se encheram de lágrimas. Tive vontade de pegar cada uma no colo, garantir que ficaria tudo bem, acarinhar e esconder onde ficassem seguras. A garganta travou, o peito doeu.

— Maria... — Emanuel chegou perto e sua mão grande tocou meu pescoço com delicadeza. — Pensei que você soubesse.

— Eu sabia. Quero dizer... — Tentei não chorar, piscando para as lágrimas não escorrerem. Não tive coragem de o encarar. — Nunca parei para pensar nisso. Sou uma burra! Minha mãe tinha razão! Idiota! Tapada!

— Ei... — Ele me puxou e me acolheu entre os braços fortes, me fazendo sumir sob a proteção do seu corpo. — Não fale assim.

— É verdade! Eu comi todas! Até repeti! Coitadas, nem sabiam que seriam escolhidas! É você que as mata? Você? — Horrorizada, ergui os olhos novamente marejados.

— Na maioria das vezes. Fico com medo da minha avó se machucar.

— Como você pode entrar aqui todo dia, engordar as bichinhas e depois cortar os pescoços delas? Comer, mesmo sabendo quem era, tendo olhado nos olhos da vítima antes de acabar com a vida dela? — Irritada, tentei empurrá-lo, mas ele não deixou.

— Eu me acostumei, Maria. Nós precisamos da carne pra nossa subsistência. É a vida, o que nos...

— A vida? Você dá nome e carinho pra Josefa, mas pra essas coitadas só interesse?

— Interesse? — Ele franziu o cenho.

— Pra comer! Pra ganhar dinheiro vendendo! Meu Deus! — Bufei, abalada, tentando me soltar de novo.

— Escute... — Emanuel me manteve firme contra o corpo e atraiu meu olhar. O dele era plácido, lindo. Cheio de emoções. — Quando eu era pequeno e descobri que as galinhas eram as que a gente comia, assim como os porcos, eu chorei muito. Fiquei revoltado também. Meu pai me chamou de frouxo e me deu uma surra. Minha avó explicou que era necessidade. Fiquei semanas sem colocar carne nenhuma na boca. Depois não aguentei, não com a vida dura aqui, precisando de energia, de disposição. Eu me acostumei.

Amoleci, sabendo que fazia um papel ridículo. Ele tivera a desculpa de ser criança. E eu, uma mulher de vinte e quatro anos que se fazia de tonta? Entrando ali todo dia e mal me dando conta de que eram elas que nos saciavam. Fechei os olhos e ele me abraçou, carinhoso, calado. Só acolhendo a minha dor.

Escutei a algazarra delas, o galo cantando, a confusão. Alheias ao que acontecia e ao próprio futuro. Me senti um pouco parecida. Todos nós, humanos tolos, correndo para trabalhar, estudar, construir, sabendo bem o destino final e fingindo ignorância: a morte.

Emanuel segurou minha cabeça sobre seu peito e eu ouvi seu coração batendo forte. Uma fraqueza estranha se apossou de mim, um desânimo. Tinha feito tanta besteira! Fugira como criminosa, tivera medo de enfrentar meus desejos, de ser eu mesma. De certa forma, tinha morrido também. E renascido. Mas meu pavor crescia, pois tudo ainda era incerto, podia mudar a qualquer momento. E por que me importava? Um dia teria fim. Tudo acabaria.

Respirei fundo, o calor das mãos dele passando para mim, mesmo através da touca de lã e da roupa grossa. Aspirei seu cheiro e o abracei, protegida, amparada. Enquanto estivesse ali, me sentiria segura.

Ergui o rosto, busquei seu olhar. Era escuro, denso, vivo. Imaginei-o menino, cheio de sonhos, oprimido pelo pai cruel e infeliz, pelos colegas que praticavam bullying, pela vergonha de ser grande demais, gordo. Chorando pelas galinhas e por si mesmo.

Meus olhos novamente marejaram.

— Vamos sair daqui — murmurou, sem saber que a vontade de chorar naquele momento era por ele, por mim.

— Não é isso. É que... Nós somos parecidos, Emanuel. Somos parecidos no passado e na esperança.

Ele ficou me observando, quieto. Nem prestávamos mais atenção nas galinhas e nos galos brigando, ciscando. Tínhamos olhos apenas um para o outro.

— Você disse que a sua mãe te chamava de burra. Como, se você foi criada em um orfanato, Maria?

Paralisei, gelando. Nem percebi que tinha deixado aquilo escapar.

Ele não exigiu nada, apenas perguntou, sem tirar os olhos dos meus.

Tive vontade de confessar tudo. De deixar sair quem eu era, como tinha ido parar ali, meu passado tentando aceitação e amor, me submetendo a desejos alheios, escondendo minhas vontades. Sendo uma boneca fabricada e fútil. Mas faltou coragem.

Eu tinha mentido desde o início. Eu era casada. Uma farsa completa. Talvez Emanuel nunca me perdoasse. E nem me quisesse mais ali.

— Eu... conheci minha mãe quando era bem pequena, antes de ela me largar no orfanato — inventei, me sentindo mal. Uma mentira sempre puxa outras e enrola a pessoa em uma teia cada vez mais difícil. Foi ruim demais enganá-lo, mas me vi sem escapatória. Contei apenas uma parte da verdade: — Ela me chamava de burra, dizia que precisava fazer tudo, pois eu era idiota demais.

Exigia perfeição. Acho que passei a vida buscando isso, até me libertar, tentar escapar.

— De quê? De si mesma?

— É. Daquilo em que eu acreditava.

— Nunca mais a viu?

Fiz que não. Ele me abraçou mais e eu fechei os olhos, apertando-o também. Aquilo foi o bastante para me dar forças, renovar meus sonhos.

— Só quero ser eu mesma, Emanuel. Essa que você vê agora.

— Você pode ser quem quiser.

— Você também.

— Estou começando a acreditar nisso, Maria.

Puxei seu cheiro para dentro de mim e, pela primeira vez na vida, me senti realmente completa. O passado ia ficar para trás.

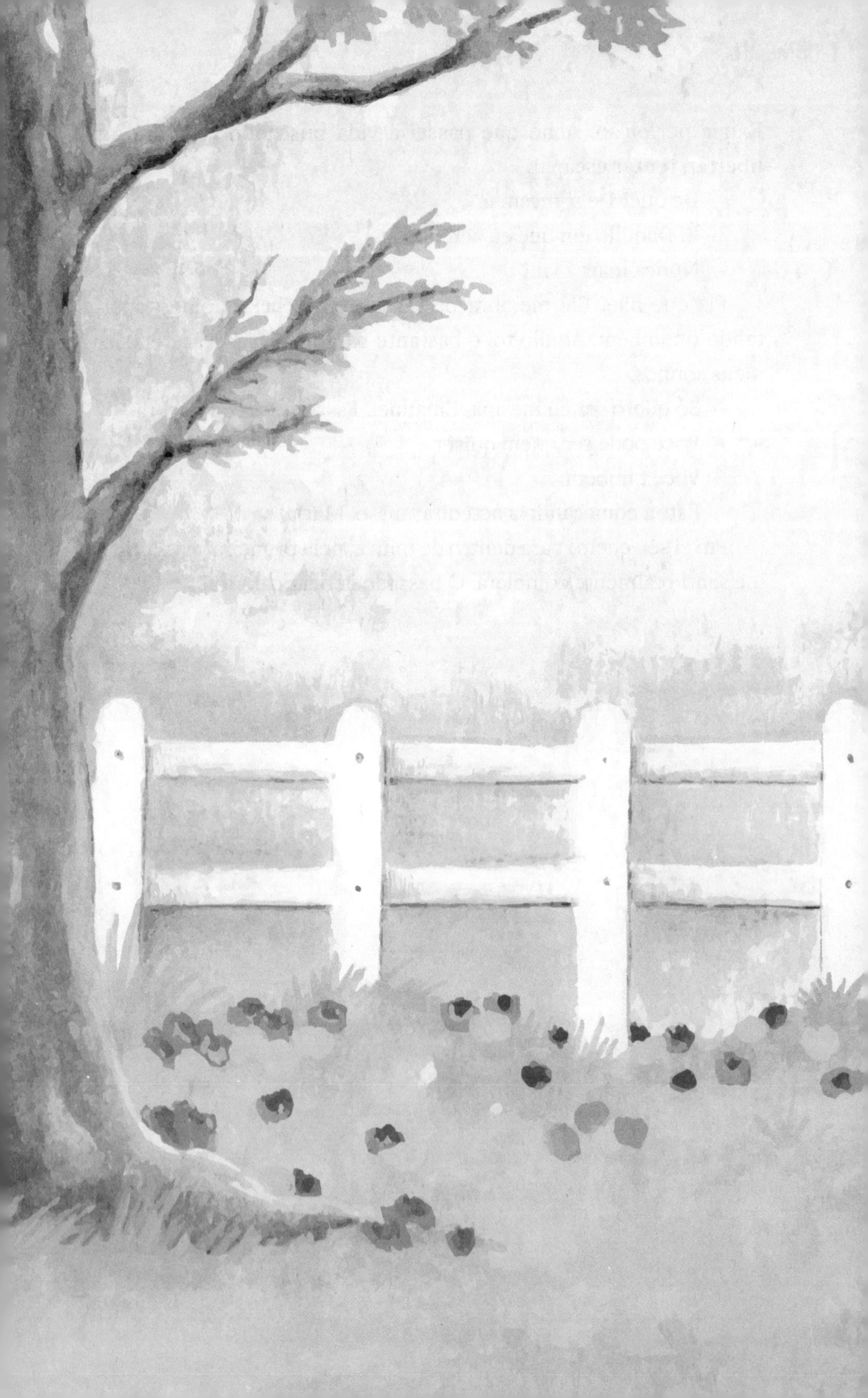

CAPÍTULO 18

Emanuel

— Nem acredito que terminamos! — Maria exclamou, com um largo sorriso. — Todas aquelas maçãs lindas em caixas, já com os comerciantes! E agora?

— Agora a gente descansa um pouco, depois prepara o terreno para o plantio. Assim que o pior do inverno passar.

— Estou contando os dias! — Ela estremeceu, toda encapuzada em uma jaqueta grossa forrada de pele, que eu havia comprado para ela na loja da dona Dora. Ainda não estava frio demais, batia no mínimo doze graus, mas Maria não aguentava. Só assim para sair de casa.

Nós caminhávamos pelo chão de terra batida, indo para o almoço. Como tínhamos colhido e entregado as maçãs a todos que encomendaram, teríamos mais tempo para descansar. No dia seguinte seria a Festa da Maçã na cidade e nós encerraríamos aquele ciclo, esperando o tempo certo para recomeçar com o terreno.

A última semana havia sido bem cansativa. Ter Maria ali ajudou muito, eu não teria dado conta de entregar nas datas combinadas sem ela para me ajudar. Nem teria sido tão prazeroso.

Eu a espiei, encolhida no casaco amarelo, as bochechas avermelhadas pelo frio, usando botas de borracha e calça grossa. Admirava o entorno, ainda sorrindo.

Uma sensação gostosa circulou dentro de mim. A cada dia eu ficava mais doido por ela e não era só na cama, que dividíamos toda noite. Ela dormia e acordava comigo. Nem pelas vezes sem fim que transávamos no celeiro, na caminhonete, até mesmo no meio da plantação, parando a colheita para nos beijar, tocar, trepar. Era sua presença que enchia minha vida de luz, paz, alegria, tesão, tudo ao mesmo tempo.

Às vezes eu ficava abismado com aquela mudança brusca na minha vida. Em semanas aquela mulher tinha chegado, como caída do céu. Tinha tornado o sítio mais alegre, minha avó mais sorridente e eu... um novo homem. Toda vontade que acalentara de um dia sair dali, de ser diferente, ter uma nova vida, estava realizando no mesmo lugar.

Eu começava a criar mais expectativas, os sentimentos ganhando forma, a esperança martelando. Se ela ficasse para sempre... Eu tinha medo de sonhar alto demais.

— O balanço deve parecer uma pedra de gelo! Me empurra? — Animada, ela apressou o passo para o largo balanço de madeira pendurado na árvore em frente a casa. De vez em quando ficava ali como menina, só aproveitando. — Ai, minha bunda!

Ela se sentou e riu, pois o frio passava pelo tecido. Mas não desistiu, seu olhar esperando que eu me aproximasse.

Não consegui desgrudar os olhos. Nunca tinha visto boca tão bonita, dentes tão certinhos e aquelas covinhas enfeitando a beleza encantadora. A vontade era de beijar aqueles lábios o tempo todo, sentir o corpo contra o meu, apreciar seu cheiro. E ouvir sua voz, sua risada. Já até me assustava com a necessidade de tê-la nos braços na hora de dormir e ao acordar. Como uma pessoa podia se acostumar tão rápido com algo que nunca tivera na vida, que era tão novo?

Tentei disfarçar, para que ela não me achasse um grude. Fui para trás, segurei as cordas grossas e a empurrei. Ela adorou, ajudando a dar impulso com os pés.

— Esse vento no rosto parece um monte de agulhada! — reclamou, mas continuou. — Imagine quando chegar a zero grau ou menos? Acho que nem vou sair de casa!

Veio na ponta da língua que eu a esquentaria na cama, com meu corpo, mas fiquei tímido para brincar. Fui para o lado e estiquei os braços para cima, segurando um tronco grosso sobre mim.

Maria voava para a frente e para trás, ainda mais vermelha e linda. Olhou para mim, e por um momento não dissemos nada. Não consegui parar de me encantar com cada pedaço dela, a beleza externa, mas também o sorriso, os olhos escuros e brilhantes, o jeito de menina que aproveita cada pequena coisa da vida.

Ela também não rompeu o contato visual. Apertei o tronco quando apreciou meu rosto e murmurou:

— Você está lindo com esse corte, essa barba. Mas às vezes eu fico com vontade de saber como é você sem ela.

Meu rosto esquentou. Nunca conseguia controlar aquela espécie de vergonha arraigada, ainda mais diante de um elogio dela. Me custava acreditar que eu podia ser como Maria me via, e não o ogro esquisito de toda uma vida.

Ela havia aparado mais minha barba e bigode. Minha boca podia ser bem vista, assim como o contorno do maxilar e do queixo. O cabelo se ajeitara em ondas mais domadas.

O olhar seguiu pelo meu pescoço e ombros. Retesei os braços pelo jeito escancarado de me admirar, a mente parecendo cheia de sujeira. Ela gostava de me morder e lamber, assim como eu fazia com ela. Parecíamos dois exploradores aventureiros e curiosos na cama. Minhas vergonhas caíam por terra naqueles momentos.

— Parece que você é a extensão desse tronco. Será que me aguenta se eu me pendurar no seu braço? — provocou, já com a cara de safadinha que eu reconhecia.

— Vem ver.

Ela foi parando de se balançar, os pés esfregando no chão. Então pulou de lá e se apressou até mim. Quando parou à minha frente, me senti um gigante, uma tora encrustada no chão, bem acima dela. O sangue circulou com mais rapidez, o ventre se contraiu. O corpo todo passou a se concentrar somente naquele desejo viciante que já era nosso.

— Se você me aguentar, vou te dar um prêmio.
— O quê?
— Você escolhe.

Ela sorriu e veio mais perto. Foi um custo não a agarrar.

Maria passou as mãos em volta dos meus bíceps contraídos. Segurei com mais força e ela tirou os pés do chão, se pendurando no meu braço direito. Abriu mais os olhos, entre risonha e excitada.

— Olha só! Você me aguenta com um só braço! Emanuel... você é tão forte!

Sorri meio de lado. Então ela pulou no chão e riu, abrindo os braços.

— Você fez sua parte, agora vou fazer a minha. Qual o prêmio que você quer?

Ela fazia isso sempre. Provocava, para me tirar do casulo, me fazer verbalizar e deixar a timidez de lado. Na maior parte das vezes conseguia. Como naquele momento.

— Que você se pendure em outra parte do meu corpo — falei baixo.

— Qual?

Baixei as mãos e segurei seu pulso. Carreguei-a comigo até o balanço, percebendo seu olhar brilhante e curioso, a sensualidade já evidente.

Eu me sentei sobre a madeira larga do balanço, um pouco inseguro pelo que ia fazer. Mas estávamos sozinhos ali, mesmo a céu aberto. Quando comecei a abrir o zíper do jeans, Maria quase se lambeu, de olho ali. Não foi surpresa meu pau se esticar para cima, totalmente ereto, circundado por veias grossas.

— Senta aqui, sua levada. Não quer se balançar?

— Emanuel... Acho que você virou um monstro... — Ela sorriu e não se fez de rogada. Meteu as mãos embaixo do casaco grande, começou a descer a calça e deu pulinhos. — Ai, meu Deus! Que frio na bunda!

Dei uma risada. Puxei-a de costas para mim, sentando-a sobre minhas coxas. Não deu muito para abrir suas pernas, com a calça e a calcinha presas, a bunda realmente gelada. Segurei sua garganta e trouxe sua cabeça para perto do meu rosto. Também meti os dedos bem na sua bocetinha, acariciando, dizendo contra seu ouvido:

— Vou esquentar você.

— Ai...

Balancei de leve e mordisquei o pescoço entre o espaço do casaco e do cabelo curto. Meu pau cresceu mais quando ela rebolou sobre ele, a carne macia entre suas coxas pedindo atenção, bem mais quentinha que o resto do corpo. Começou a se umedecer no vaivém dos nossos corpos no balanço, no toque que me deixava doido.

Eu a puxei mais para cima, ajeitando onde eu queria. Ela se mexeu para se encaixar, gemendo ao sentir a glande roliça e inchada, já soltando gotas por ela. Abri os lábios e a desci lentamente, travando a mandíbula de puro tesão quando fui entrando na delícia sedosa e apertada.

— Ai, Emanuel... Ai... Que balanço gostoso...

A corda fazia barulho contra o tronco, que rangia levemente. Íamos para a frente e para trás, enquanto eu a penetrava até o fim e cravava os dentes no seu pescoço, sem parar de massagear seu clitóris. Maria se agarrou nas cordas e impulsionou, acompanhando os movimentos, a boceta toda me engolindo fundo.

Ela arfou, agitada, se contorcendo. A cabeça caiu para trás, rosto erguido para o céu, olhos fechados. O vento frio foi esquecido diante do escaldar dos nossos corpos unidos, dos nossos quadris em sintonia inicialmente suave, depois mais fogosa e bruta. Ela dizia que eu era grande demais para ela, mas amava quando estocava daquele jeito. Em geral gozava rapidinho.

Ela gritou para o ar, cheia de volúpia, escorrendo em volta de mim, mamando como uma boca gulosa. Meti e meti, soltando gemidos roucos e alucinados, tudo em mim espocando, ardendo, delirando. O balanço ficou mais veloz, os ruídos mais altos, nós dois dançando sem controle.

Agarrei seu queixo e virei seu rosto para poder apreciar suas feições alagadas pelo prazer. O coração bateu mais rápido e tive que tomar sua boca na minha, saborear a língua cujo gosto já marcava minhas entranhas, dentro dela de formas distintas e sincrônicas. Uma de suas mãos foi até meu cabelo, os lábios devorando também os meus.

Ela passou a choramingar assim, apertando as coxas na minha mão, gozando em um ondular forte, se sacudindo toda. Parei de me conter e me libertei para o desejo avassalador, que invadia corpo e alma, um conhecido que já era bem-vindo demais na minha vida. O esperma saiu como lava fervente, sem parar. Um acalentou o outro em seus espasmos.

Maria abriu os olhos, as pálpebras pesadas, os cílios cheios fazendo sombra na languidez aparente. Moveu os lábios e nós continuamos o beijo, terno, gostoso, sem pressa. O meu coração ainda martelava, aquela intimidade toda trazendo uma paz enorme. Quietos, apenas apreciamos um ao outro.

— Vão ficar aí nessas indecências o dia todo? Bah! Aposto que mesmo nesse frio tão mais suados que tampa de marmita, depois dessa gritaria e agitação! — Levei um susto quando minha avó apareceu na varanda, saindo com as frases dela, um sorriso de satisfação no rosto desmentindo a braveza. — *Piriga* morrerem de fome! Vêm ou não?

— Estamos indo, Margareth. — Maria sorriu, sem qualquer vergonha. Ainda teve a cara de pau de acrescentar: — Só estávamos brincando no balanço.

— Sei! Deu pra ouvir a brincadeira até no centro de Barrinhas! — Minha avó sacudiu a cabeça e entrou, encolhida em seus xales, sem precisar da bengala.

— Parece que a gente está sendo um pouco... barulhento... Será que deu mesmo pra ouvir lá de dentro? Ou ela estava com o ouvido grudado na porta?

— É mais provável. — Fiz uma careta, um pouco sem graça por minha avó ser testemunha e sempre se mostrar toda feliz. — Ela acha que é o acontecimento do ano. Talvez do século! Histórico, um marco na sociedade humana!

Maria riu e eu acabei sorrindo também. Ela saiu do meu colo e nós arrumamos nossas roupas. Sem me aguentar, de pé, puxei-a de novo.

Esquecemos o almoço, o apressar da minha avó, na certa lá dentro com as antenas ainda ligadas. Nos beijamos, abraçados, sem pressa.

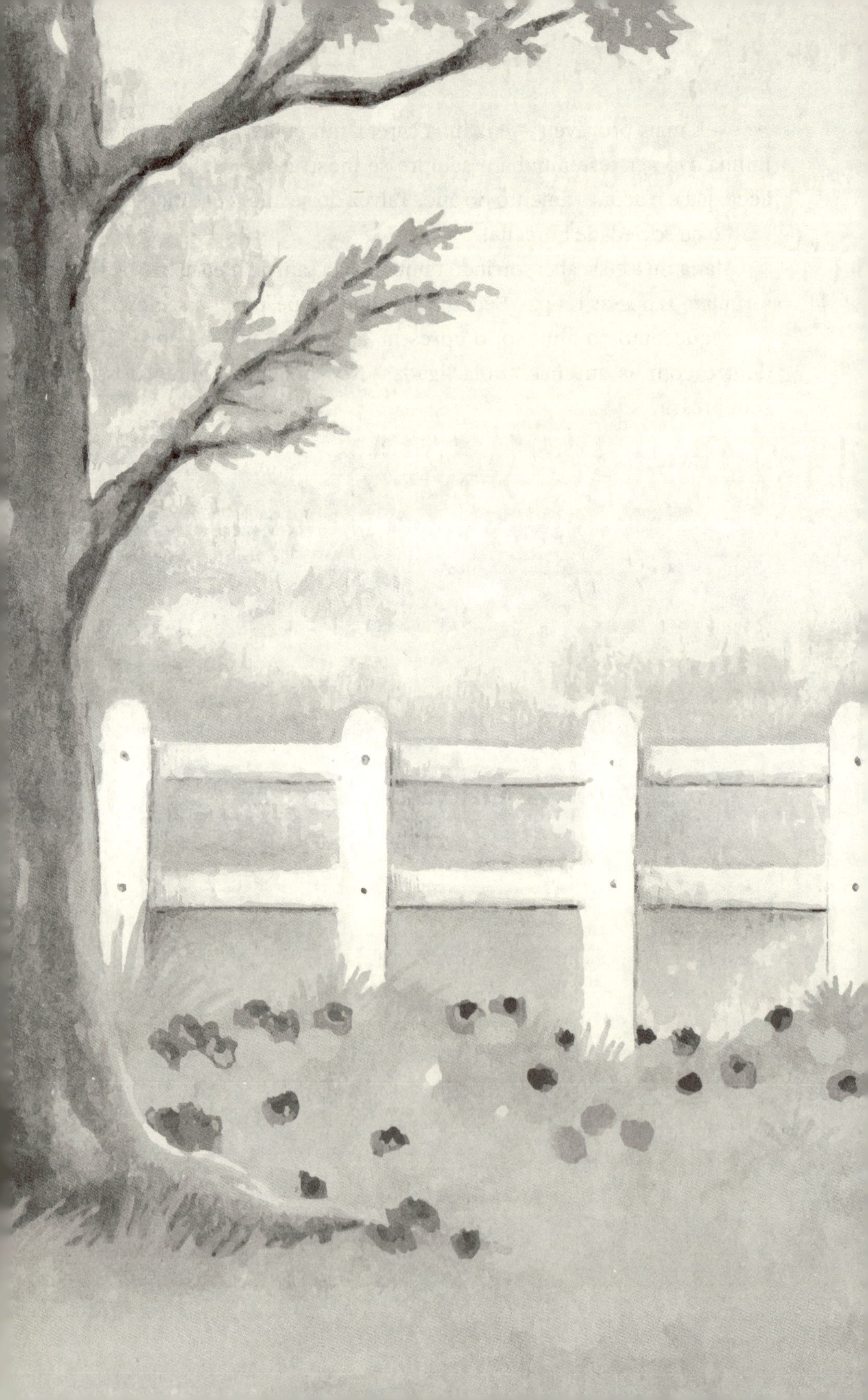

CAPÍTULO 19

Maria

Senti falta de um salto, talvez botas estilosas para combinarem com o jeans. Mas me contentei com o tênis branco e as meias grossas por baixo. Assim como o casaco largo, grosso, que Emanuel tinha me dado quando me viu encolhida de frio. Não tinha muitas opções de roupa e nem precisava no sítio. Só que era dia da Festa da Maçã na cidade e eu queria ficar mais bonita.

Puxei a calça jeans para cima, que trouxe comigo e era estilo mom, larguinha. Qual não foi o meu susto quando ela subiu com dificuldade nos quadris e entalou na cintura após fechar o zíper. Prender o botão me deixou quase sem ar.

— Que merda... — Chocada, baixei os olhos, vendo o que pareciam ser algumas gorduras apertadas. Rapidamente desci a calça até o meio das coxas e as apertei. Quando pequenos furinhos surgiram na pele, arregalei os olhos, paralisada. — Celulite...

Usando sempre moletons, roupas folgadas, não me dei conta de que estava engordando. Claro, gastava muita caloria com o trabalho no sítio, mas comia como louca, sem dispensar nada. Até as galinhas estavam de volta ao meu prato, depois de dias tentando resistir e finalmente ceder às delícias que Margareth preparava. Legumes e ovos não eram suficientes. Sem contar as roscas, bolos, doces e queijos. Ali estava o preço da comilança!

— Não, meu Deus! Não é possível! — Ansiosa, tentei olhar para minha bunda, que parecia ainda maior. Quase chorei.

Tinha me acostumado demais a cuidar de mim, a ter uma vaidade exacerbada. Quando larguei minha vida, abdiquei daquela obsessão em que me vi odiando, fiz o que tive vontade e nunca me permiti: ser livre, ter minhas escolhas. Então, por que estava ali a ponto de chorar?

Quase vi minha mãe no canto do quarto, horrorizada, apontando meus defeitos e dando ordens. Estremeci e puxei de novo a calça para cima. Não fechei o botão e cobri com a camisa larga, uma parte minha abalada com as consequências, outra tentando não ligar para algo tão pequeno.

Sem querer, me olhei no espelho da parede, vendo a confusão no meu rosto, tentando me reconhecer naquela nova mulher. Nem Roger nem minha mãe estavam ali. Eu não participaria de nenhum desfile de moda, nem tinha um trabalho que dependesse das aparências. Achei que não ligasse mais para aquelas coisas, por isso era surpresa me entristecer por engordar.

Emanuel era enorme, estava acima do peso e eu o achava lindo. Talvez estivesse até mais bonita também! Mesmo sem minhas lentes verdes, meu cabelo loiro comprido, meu corpo sarado e atlético com índice de gordura baixíssimo. Qual o problema em ser natural, em curtir a vida, aproveitar? Nenhum!

Decidida, empurrei aquelas besteiras para longe. Era normal. Não havia tanto tempo assim que eu estava ali no sítio. Nem dois meses! Com certeza tinha muita coisa arraigada no meu ser, que demoraria um pouco mais para me dar a liberdade pretendida. Por isso de vez em quando sentia falta de algum luxo do passado.

Como as minhas roupas de inverno no closet enorme. Ficaria legal ter ali meu casaco de couro longo forrado de pele, com cinto apertando a cintura. Botas de cano alto, óculos escuros, maquiagem perfeita. Uma blusa de gola rolê por baixo, na lã macia que trouxemos da Irlanda.

Trouxemos. A simples palavra me fez lembrar de Roger, seu sorriso arrogante, seu toque desprezível. Um bolo se formou em minha garganta e eu soube que nenhuma riqueza do mundo nem os luxos que ela proporcionava me fariam querer voltar para ele ou para a vida que me deu. Nem para as reclamações constantes da minha mãe. Mas fiquei curiosa sobre ambos.

Arrumada, com o cós da calça me apertando um pouco, sentei na beira da cama e fiz uma pesquisa no celular. Nos últimos dias nada de novo tinha aparecido, mas ali descobri uma notinha que me deixou tensa, ansiosa. O ventre se retorceu ao ler que era uma breve entrevista da minha mãe, dada a um jornal famoso.

Havia uma fotografia dela, na frente do prédio em que morava. Óculos escuros da Gucci, cabelo curto impecável em tom castanho brilhante, cara de pessoa abastada, elegante. Ela sempre passara aquela impressão, mesmo quando ainda morávamos em um apartamento apertado e comíamos ovo.

Não sei o que senti ao vê-la. Quis que fosse saudade de algo ou até culpa, recordar de algum momento nosso, me preocupar com o que ela devia estar sentindo com minha "morte". Nada disso veio, além de um apertar incômodo, uma pontada de medo. Vitória não desistiria de me achar, de correr atrás dos "seus" direitos. E isso ela só tinha chances de conseguir com um corpo como prova.

Ter certeza disso piorou meu estado. Li rapidamente o texto sob a foto:

> Mãe da modelo Nicolly de Lima e Castro, a socialite Vitória Silva comentou o desaparecimento da filha e o resultado das últimas investigações:
> "Não perdi as esperanças. Uma pessoa em depressão é capaz de tudo. Continuo acreditando que Nicolly está em algum lugar, talvez presa por algum louco, talvez sem destino, afetada por problemas psicológicos.

O corpo não foi encontrado. E temos uma pista nova. Espero que ela leve até a minha menina".

A pista a que Vitória se refere é o testemunho de um motorista que passava perto do local e viu uma mulher alta andando pelo acostamento, usando roupas de moletom e capuz em um dia de calor. Ele achou suspeito e, depois que viu o noticiário, procurou as autoridades. A polícia investiga a possibilidade de a modelo ter tentado forjar a própria morte e fugido.

O policial responsável pelo caso não quis gravar entrevista. Assim como o empresário Roger de Lima e Castro, em silêncio até agora.

Paralisada, continuei com os olhos dançando no texto, o nervosismo subindo como bílis, intoxicando meu sistema. O que eu mais temia finalmente acontecia.

Uma testemunha. Filho da mãe! O que esse homem tinha que reparar em mim e chamar a polícia? E se outros aparecessem? Se alguém tivesse me visto entrar no ônibus em Mangaratiba? A polícia podia seguir meus passos, acompanhar câmeras de segurança das rodoviárias, chegar até o café onde eu encontrei o casal que me deu carona. Eles talvez fossem achados e contassem que me deixaram em Barrinhas.

Engoli em seco, mãos tremendo. Larguei o celular na cama e fechei os olhos, esfregando o rosto, quase tendo um ataque de pânico.

Não, eu tivera cuidado. Tinha mudado de roupa e de aparência. Como saberiam que a loira ou a mulher de capuz era a mesma de cabelo curtinho e preto? Foram ônibus e percursos diferentes. Talvez ficassem com a dúvida do meu desaparecimento proposital, mas não teriam provas nem chegariam até o sítio. Não mesmo!

O medo martelou e eu precisei me concentrar para não me desesperar. Ainda tinha esperanças. Eu estava me precipitando.

A imagem de Emanuel invadiu minha mente e o desespero aumentou. Eu vivia com ele e Margareth ali como se fosse um sonho, um local mágico protegido de tudo, maravilhoso. Uma bolha que podia ser estourada a qualquer momento. Nem conseguia imaginar como os encararia depois disso. Como Emanuel me enxergaria.

Tensa, com mãos geladas, levantei e andei pelo espaço apertado, respirando, fazendo de tudo para me acalmar. Ele estava me esperando na sala. Eu podia inventar uma desculpa, dizer que me sentia mal. Seria um risco menor. Talvez até mesmo policiais disfarçados estivessem por perto, para me pegar em flagrante.

Ou não. Era delírio puro! Tínhamos contado os dias para participar daquela festa. Eu queria aproveitar com Emanuel, mostrar a todos como ele estava bem, ver a cidade inteira admirando-o como eu fazia. Sair um pouco em sua companhia como se fôssemos namorados.

Talvez não devesse criar aquelas ilusões. Desde o início o plano era me esconder por um tempo, ajudar Emanuel a se soltar mais, se valorizar. Até mesmo para ele criar coragem e se aproximar de Gisele ou de alguma mulher que o fizesse feliz. Depois daquela reportagem que li no celular, o certo era pensar em me mudar, fugir antes de ter a possibilidade de ser encontrada.

Ele estava mais seguro, mais dono de si. Sabia beijar tão bem que me deixava de pernas bambas! Sua boca me levava à loucura, passando por toda parte, chupando deliciosamente. Quando me penetrava, eu via estrelas! O sítio não estava mais com trabalho amontoado e atrasado. Entregamos as encomendas de maçã, vinha o inverno. Ele teria tempo de achar alguém para pôr no meu lugar.

Então... então por que doía tanto seguir em frente? Eu não queria sair dali, nem daquela casa, nem das terras, nem mesmo do galinheiro. Estava mais carinhosa com as galinhas, nem gritava ou corria delas! Josefa me procurava no pasto também. O cheiro dos porcos e do esterco não incomodava. Margareth era uma amiga que eu tinha passado a amar. E Emanuel...

Parei, mãos no peito, coração acelerado. Tinha me acostumado a dormir de conchinha com ele, a ver seu sorriso ao acordar, a implicar e provocar, a ser pega e amassada, beijada e amada, a andar ao lado dele. A observar sua barba, seus olhos, seu corpo. A sentir seu cheiro. Simplesmente estar junto. Como parte de mim.

Doeu mais. E ali eu soube que não fugiria uma segunda vez. Eu contaria com a sorte e com a esperança. Pagaria para ver.

Puxei o ar e saí do quarto, tentando abafar meus medos, enfrentar o que viesse.

— Olha ela aí! Mas, Maria, o *piá* aqui estava a gastar o taco da bota de um lado pra outro esperando por tu! A menina não sumiu, Emanuel! — comentou Margareth, sentada no sofá, fazendo tricô. Um sorriso brincava em seus lábios, os olhos azulados sabendo minha direção. — No meu tempo isso se chamava saudade. E paixão!

Sorri, o coração batendo mais forte. A senhora sempre parecia ler as entrelinhas, saber o que ninguém dizia, mas que ficava no ar. Meus olhos encontraram os de Emanuel e eu entendi o motivo de não conseguir tomar uma atitude e partir antes de o meu passado e meus segredos estragarem tudo.

Eu não queria parar de olhar para ele. Estava ainda mais lindo naquele dia, calça escura, casaco novo e preto, botas. Combinava com o cabelo, olhos e barba. Másculo, grande, viril. E me fitava como se pudesse me engolir, mas antes me saborear. Era sempre assim.

— Desculpe a demora. Eu queria me arrumar um pouco, mas... — Dei de ombros e mostrei a boca, com um batom rosado. — Acho que preciso comprar algumas coisas de menina na cidade.

— Essa semana nós vamos ver isso. Mas nem precisa. É linda. — A voz dele, baixa e rouca, pareceu tocar uma melodia dentro de mim.

— E vai ficar mais! Maria, fiz pra você. Coisa simples. Vê se tu gosta. — Margareth se levantou e me estendeu o tricô que segurava. — Perguntei ao Emanuel que cor ficava melhor em você e ele disse vermelho. Cor da paixão. Num falei?

Ele ficou meio sem graça. Meus medos foram caindo por terra ao me aproximar dela e segurar o cachecol e a touca de um vermelho bem fechado, quase vinho. Emocionada, acariciei o trabalho perfeito.

— Pra mim, Margareth? Mas... você vive tão ocupada! — Meus olhos se encheram de lágrimas. A senhora idosa e cega havia tido tempo para se preocupar comigo, me agradar do seu jeito. — É lindo demais! Obrigada!

Eu a abracei e ela sorriu, me apertando também.

— Se gostou, fico feliz!

— Amei! Vou usar agora mesmo! — Eu a beijei, rindo. Pus a touca sobre o cabelo e passei o cachecol em volta do pescoço, adorando o calor gostoso, me sentindo mesmo linda. Peguei as mãos dela e deixei que sentissem. — O que acha?

— Um primor! Aposto que meu menino está aí de olho, babando!

— Acho que está mesmo! — provoquei.

Emanuel se mexeu, piscou, mas sorriu. Sem esconder a admiração.

— Pronto, agora vão *trechá*! Tá na hora! — Margareth apontou para a porta, toda satisfeita.

— O que é isso? Ir embora? — Quando ela assentiu, insisti mais uma vez: — Vem com a gente. Vai ser bom sair um pouco, reencontrar conhecidos.

— Aqueles velhos chatos e fofoqueiros? Não, menina. Prefiro meu canto. Vão se divertir!

Eu a beijei, depois Emanuel fez o mesmo. Os dois se abraçaram cheios de carinho. Então saímos.

Na caminhonete, gostei de ver meu reflexo no retrovisor, o vermelho fazendo minha pele e cabelo se destacarem. Eu me virei quando ele dirigia pelo caminho de terra, observando-o.

— Foi você mesmo quem sugeriu a cor? Como você sabia, se não tenho nenhuma peça vermelha?

— Tem sim. — Franzi o cenho, tentando lembrar. Até que ele emendou: — Uma calcinha.

Era uma pequena, eu nem me recordava dela. Mas Emanuel deixou claro que nada escapava a ele, que me notava nos mínimos detalhes. Me recostei no banco, a preocupação e o medo tentando lutar com a esperança e a felicidade.

Tentei esquecer a matéria com minha mãe, as novas informações. Murmurei:

— Se você repara em mim, já percebeu que eu engordei. Estou até com celulite quando aperto.

— Eu apertei e não vi nada. — Nós rimos e ele continuou: — Está cada dia mais linda, Maria. Eu que preciso emagrecer. Agora que o trabalho no sítio está mais calmo, vou voltar a pegar alguns pesos e...

— Está perfeito assim. Não mude nada.

Ele me espiou, como se quisesse ver se eu brincava ou falava sério. Senti um calor gostoso dentro de mim, emoções borbulhando, vindo sem esperar. Ele espelhou a mesma coisa e só desviou o olhar por precisar se concentrar na estrada. Mas antes fez um carinho no meu rosto.

Cheguei mais perto. Toquei sua barba, beijei ao lado da boca. A necessidade dele doeu, e era aquilo que me prendia. Não podia ir embora. Não conseguia.

Seguimos assim, conversando coisas mais leves, nos acariciando lentamente. Uma conexão existia ali, viva e forte. Cada vez maior.

— Mas, Emanuel, se a cidade é tão pequena, com poucos habitantes, como você disse que a festa enche?

— Atrai pequenos agricultores de cidades vizinhas. Na verdade, a maior acontece em São Joaquim, daqui a algumas semanas. É nacional, pois são os maiores produtores do Brasil. Lá tem apresentação de cantores, até famosos. Desfiles, rodeios, são dias e dias de comemoração. A nossa é menor, como uma abertura, sabe?

— Entendi. Mas você vai na de São Joaquim também?

— Nós vamos.

E lá estava eu, no futuro dele. A esperança latejou para que ele estivesse certo.

Nós chegamos e eu levei um susto ao ver a rua principal de Barrinhas toda enfeitada com bandeirinhas e barracas, cheia de gente. Claro, nada lotado, mas com certeza um evento que mexia com a cidade esquecida, sempre vazia. Em um canto tinha sido montado um tablado, onde um grupo de senhores com mais de sessenta anos, vestidos como vaqueiros, com chapéu e lenço no pescoço, tocava viola animadamente.

Pessoas chegavam a cavalo, a pé ou estacionavam na rua ao lado. O frio soprava, mas não desanimava algumas crianças, correndo por perto, indo em direção a uma barraca de maçã do amor e outras guloseimas. Enquanto seguíamos lado a lado, Emanuel falava o nome das cidades, o quanto os agricultores gostavam daquele momento após um ano de trabalho duro, enfrentando intempéries e todo tipo de dificuldade.

Relaxei ao ver que não tinha nenhum tipo de cobertura, como filmagem ou entrevista de rádio ou televisão das redondezas. Era bem íntimo, gostoso. Acenei quando vi dona Dora em uma barraca, ao lado do marido, vendendo casacos e objetos de enfeite para a casa. Ela acenou de volta, sorridente.

Emanuel retribuiu, um pouco tímido. Mas gostei de ver que ele se soltava, que estava ali. Esperava que ninguém mais o chamasse por algum apelido bobo.

José Rêgo também tinha uma barraca com bebidas e quentão. Como faziam no bar, Gertrudes, David e Estêvão estavam lá, companheiros fiéis. Estiquei o olhar e vi Hans sozinho sentado em sua cadeira, na entrada do bar fechado. Aquilo me entristeceu.

— Nem hoje ele sai dali?

— Acho que se sente seguro.

— Com medo. Prefere ver a vida passar a participar dela. — Suspirei, de certa forma agradecendo por mim e por Emanuel. Ao menos estávamos lutando pela nossa.

— Depois vou lá falar com ele. Mesmo que venha com a mesma conversa. — Ele fez uma careta e imitou: — *Ah! Não te mataram ainda, homi?*

— Bem capaz! — Sorri.

— Emanuel! — chamou Estêvão, erguendo o copo. — Maria! Venham aqui!

Quando nos aproximamos, o senhor abriu um largo sorriso, segurando sua caneca de café com conhaque, o bafo já de álcool.

— Bah! Os sumidos deram as caras! As coisas pra banda do sítio andam boas, né? Estão se divertindo? — Piscou, malicioso.

— Não se *astreva*, Estêvão! Perguntando assim, na lata! Tem vergonha da sua cara de pau, não? — Gertrudes chamou sua atenção, mas esticou os olhos pra gente, curiosa. Sorriu: — Os dois parecem felizes! Maria, tu se encaixou mesmo pra lá! Vai continuar, agora que a colheita passou?

Meus medos voltaram redobrados. Eu queria rir e dizer que sim, ou fazer alguma brincadeira. Até mesmo insinuar que Emanuel e eu nos divertíamos bastante. Mas o futuro incerto me desestabilizava.

Ele me olhou. Esperou, atento. Consegui sorrir.

— Se o Emanuel ainda me quiser por lá...

Os olhos se voltaram para ele. Até os meus. E ele disse baixo:

— Se sair, vou te buscar.

Acreditei com força, o coração cheio, as esperanças ganhando terreno. Gertrudes sorriu e cutucou David. José Rêgo fez um barulho com a garganta e perguntou se queríamos alguma coisa. Como estava frio, pedi quentão. Emanuel ficou com a cerveja.

Conhecidos passaram, olharam para nós, curiosos. Alguns paravam, perguntavam por Margareth, ou sobre a colheita. Emanuel pareceu bem contido de início, ainda tenso. Mas aos poucos se soltou e ficou mais à vontade. Amei ver que ninguém debochou ou falou algum apelido. Nem o dono do bar, que se referia a ele como *almôndega*. Ainda mais depois daquela vez que eu disse adorar uma.

Sorri e conversei. Puxei Emanuel para me levar nas barracas. Brincamos de pescaria com maçãs e ele ganhou umas pulseiras de bijuteria para mim, que adorei e coloquei na hora. Circulamos e eu me senti realmente feliz, espantando as preocupações, simplesmente aproveitando. Ele fez o mesmo.

Compramos *empacotado*, uma delícia da região feita de massa e queijo, com canela e açúcar por cima. Eu me lembrei da calça ainda apertada e com o botão aberto, mas nem liguei. Comi maravilhada, enquanto voltávamos para a barraca de bebidas, que estava mais cheia. Tudo o que parecia maravilhoso de repente perdeu um pouco o tom quando deparei com Gisele entre os conhecidos.

Eu tinha até me esquecido dela.

Na mesma hora, virei o rosto em busca de Emanuel e senti um borbulhar por dentro ao ver que ele deu uma parada e depois ficou vermelho. Voltou a caminhar, só que mais rígido, fechado. Abalado por ela.

Merda! Como assim? Nunca mais tinha falado na dita-cuja! Se acabava metendo em mim, beijando minha boca a todo instante e se sacudia todo quando via aquela lagartixa?

Tentei me centrar, parar de ser boba. Mas um veneno parecia se espalhar do ventre para todo o corpo, picando, incomodando. Continuei a comer, mas de olho neles.

A loira sorriu ao vê-lo, os olhos claros se iluminando. Emanuel se fechou mais, tenso. Apenas acenou com a cabeça quando paramos ali. Estêvão me perguntou alguma coisa sobre estar gostando da festa, e eu respondi. Mas não tirei o olho deles.

— Oi, Emanuel. Bom te ver aqui. — Dessa vez a enjoadinha lembrou o nome. Sorriu para mim, como se tivesse esquecido o meu e não se importasse. Voltou para ele: — Está diferente. Cortou o cabelo? Ou a barba?

O tique no olho voltou, sinal de que estava nervoso. Nunca mais tinha ficado assim. Só conseguiu assentir e me fitou. Sorri, disfarçando a irritação, e aquilo que me consumia cada vez mais. Ciúme.

— Como foi a colheita desse ano?

— Boa.

— Fico feliz. Lembra do meu pai? — Apresentou o senhor baixo e de cabelo branco ao seu lado.

— Claro. Dr. Muller. — Ele o cumprimentou e felizmente se lembrou de mim. — Conhece Maria? Este é o dentista da cidade.

— Como vai? — Continuei com o sorriso congelado.

— Moça bonita! Sua esposa? — Franziu o cenho e ele fez que não. — Você não é o neto da Margareth? Nunca mais a vi.

— Sou. Ela ficou no sítio.

Enquanto a conversa seguia, espiei Gisele. Lembrei-me de Dora dizendo que ela havia se separado do marido e estava de volta à cidade com a filha, mas não vi a menina por ali. Achei que estivesse brincando com outras crianças, mas em determinado momento o pai dela comentou que a neta ia adorar participar da festa, porém estava na casa do pai. Gisele explicou:

— Ele veio buscá-la ontem. — Encarou novamente Emanuel. Parecia estar gostando de fazer isso. — Acho que você se lembra do meu ex-marido. Estudou com a gente. O Anderson.

— Lembro. — Seu tom foi baixo, até frio.

Terminei meu empacotado, um pouco irritada por não ter conseguido apreciar aquela delícia. Gisele o fizera entalar. Será que ela não lembrava que eles riam e colocavam apelidos em Emanuel na escola?

A mulher esperou mais da conversa e então me encarou, indecisa. Quase vi sua mente trabalhando em perguntas: São amantes? Namorados? Tenho alguma chance?

Tarde demais, filhinha! Seu tempo passou!, tive vontade de dizer na lata, surpresa por me importar tanto. Devia estar feliz. Ela tinha sido o amor da vida dele e estava disponível. Eu era uma farsa, só o faria sofrer se meu passado viesse à tona. Se não fosse egoísta, daria um jeito de sumir e deixar os dois se entenderem.

— *Querido*, vamos andar um pouco mais? — Cheguei perto e dei o braço a ele, toda melada. — Ainda não comi maçã do amor.

— Com licença. — Emanuel se despediu do médico e da filha olhuda. Pelo menos não inventou alguma desculpa para ficar ali.

Gisele nos acompanhou com os olhos, enquanto saímos bem juntinhos. Ao chegar longe, ele virou o rosto para mim e murmurou:

— *Querido?* Ainda está com essa ideia de fazer ciúme pra ela?

— Achei que era o que você queria.

— Não é, Maria.

Eu me irritei com a mentira, mas continuei fingindo naturalidade. Não toquei mais no assunto, mas aquilo me perturbou até a hora de irmos embora.

Emanuel não fez nada para se aproximar de Gisele, mas eu a vi por toda parte prestando atenção nele, dando entrada, permissão para que o fizesse.

Nunca me senti tão mal, com medo de perdê-lo e ao mesmo tempo sabendo que não devia atrapalhar. Ele não merecia ser magoado. E eu ainda era uma mulher casada. Uma farsa.

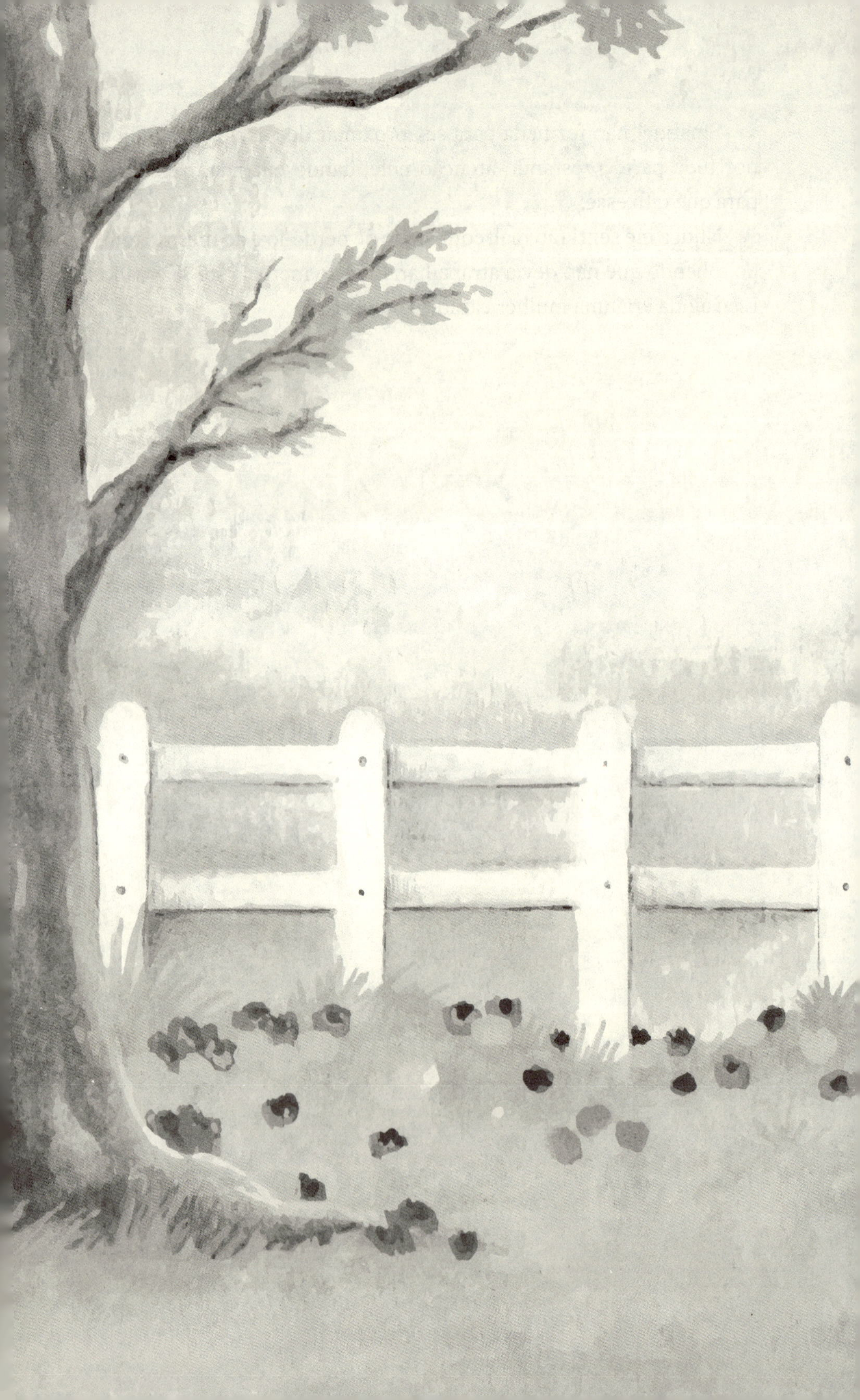

CAPÍTULO 20

Emanuel

Bati na porta pela terceira vez e não tive resposta. Esfreguei a barba, um pouco confuso e nervoso.

— Maria?

Ela tinha se enfiado ali desde que chegamos da Festa da Maçã. Minha avó chamou para jantar, e, pela primeira vez, ela recusou. Disse que estava com dor de cabeça e se trancou lá no quarto dela. Não abriu para mim e já estava na hora de dormir, a casa em silêncio, minha avó recolhida.

Testei a maçaneta e não girou. Respirei fundo. Não queria falar mais alto e incomodar ou preocupar minha avó. Bati de novo e murmurei:

— Abre pra mim, Maria. — Silêncio. Cheguei mais perto: — Estou preocupado com você. Só me diga se você está bem.

— Estou bem. — A voz veio abafada.

Não recuei. Confessei meu maior motivo:

— Não consigo dormir sem você lá comigo.

Ela não disse nada. Até que, de repente, a porta se abriu. Ela estava um pouco abatida, séria de um jeito que eu nunca tinha visto. O cabelo liso caía sobre a testa, as roupas grandes esperando um frio que ainda demoraria para chegar.

Ela me encarou, erguendo o queixo. De tudo que poderia dizer, nunca imaginei que seria aquilo:

— Por que você não chama a Gisele pra dormir com você?

— A Gisele? — Ela ia bater a porta, mas eu a segurei e entrei. — Como assim?

— Não tô a fim de conversa, Emanuel! Me deixa em paz!

— Mas...

— Hoje eu quero dormir sozinha! — Marchou para sua cama e se jogou lá, quase sumindo embaixo das cobertas. Apertei as sobrancelhas, por fim entendendo o problema. Não senti irritação, mas uma comichão por dentro, um alerta forte. — Feche a porta quando sair.

Meu coração acelerou e eu olhei para ela, confuso e sobressaltado. Com exceção da minha avó, ninguém jamais se preocupara realmente comigo ou me enxergara de verdade. Maria tinha feito isso e mais. E agora estava com raiva, achando que Gisele era importante para mim.

— Não vou sair. — Segurei a colcha e me deitei ao lado dela, puxando-a.

— Eu já falei que... Ai! — ela gritou quando a virei bruscamente para mim e deitei sobre seu corpo. Fez cara feia e abriu a boca para continuar a reclamação, mas beijei sua boca. Ela lutou, tentando me empurrar. — Ah, nessa hora eu sirvo, né? Mas pra ficar todo nervoso, mexido, só tem a Gisele na cabeça!

Quase ri pelo absurdo daquilo e pela felicidade diante do seu olhar possessivo, raivoso. Me contive, as emoções dominando meu ser, tomando conta de tudo. Aquele calor que senti desde a primeira vez que a vi tinha crescido a ponto de me tomar por inteiro, virar parte de mim. E Maria era a causa. O motivo.

— Nem me lembro mais dela. Para de besteira... — murmurei, rouco, sem tirar os olhos dos dela. Apreciei cada pedacinho diante de mim.

— Não lembra? — Ela espalmou as mãos no meu peito, o olhar feroz. — Eu vi como você ficou vermelho, com o tique no olho!

— Para com isso, Maria. — Prendi um sorriso. Segurei seu rosto com carinho, apreciando-o, emoções tumultuadas me confundindo.

Era a primeira vez que alguém tinha ciúme de mim, e eu estava surpreso. Feliz. Mais do que deveria. Tentei explicar: — Foi o hábito. Eu ficaria assim com qualquer colega da escola. Ainda estou tentando esquecer aquele tempo, como eu me sentia. Ela não é importante, não mais. Você sim.

Ela ficou parada, uma sombra escapando, sentimentos querendo aparecer.

— Mentira...

— Verdade. Foi um dia especial pra mim. Tudo foi diferente. E era você que estava lá comigo. É quem eu quero aqui também.

As sensações borbulhavam diante do óbvio, do que me dominava desde que ela viera para minha vida e mudara tudo. Ali eu entendi.

Acariciei sua face, meus dedos passeando na pele macia que eu conhecia de cor, o coração batendo com força, meu olhar adorando-a sem reservas. Eu soube então que estava louco por ela, muito apaixonado. O que eu havia sentido por Gisele fora um sonho bobo e infantil. Maria havia me pegado de jeito. Eu nem conseguia me imaginar mais longe dela.

Não me assustei. Recebi esse sentimento com calor e desejo, com expectativas que traziam uma felicidade ímpar e esperanças redobradas. Nunca havia imaginado que um dia experimentaria algo assim, e olhei bem fundo nos seus olhos, deixando que ela visse a verdade, as emoções, o que transbordava sem controle.

— Emanuel... — ela sussurrou, como se visse cada coisa em mim. Abalada, angustiada até. As mãos que me mantinham longe subiram pelos meus ombros, enlaçaram o meu pescoço. Dedos se infiltraram no meu cabelo, como ela gostava de fazer sempre. Era como se algo nos ligasse intimamente, vindo bem do fundo. — Eu não sei como vai ser o futuro. É tudo incerto. E se...

— Não pense. Só viva, Maria. Foi o que você me ensinou a fazer. Quer ir embora? Quer me deixar? — Baixei o tom, tenso com essa possibilidade. Doía mesmo sem acontecer.

— Não. Quero ficar aqui. Nesta casa, nesta cama. Ou na sua. Com você.

— Então fica. Pra sempre.

Falei do fundo do coração e senti na mesma medida. Ela soltou o ar, olhos brilhando. Continuávamos colados, nos tocando, impossível desgrudar ou imaginar algo diferente. Tive medo também, pois minha vida nunca fora tão perfeita, eu nunca havia me apaixonado daquele jeito avassalador, impressionante.

— Quero ficar — ela murmurou, e eu não tive dúvidas.

Maria sentia o mesmo que eu. Estava explícito no seu ciúme, no jeito de me olhar e segurar, no desespero que talvez tivesse um motivo que eu conhecia de cor: medo de que aquilo não durasse, pois era bom demais para ser real. Sacudi a cabeça, espantando as dúvidas, acreditando em nós.

Rosnei e enfiei os dedos no seu cabelo, tomando sua boca com sofreguidão, beijando-a com uma paixão que extravasava limites e controle. Ela me agarrou gemendo baixinho, retribuindo na mesma intensidade.

Nossas línguas se enrolaram, nossos corpos se buscaram sob a coberta, entre ofegos e trocas, lascívia e paixão, certezas que se confirmavam. Além de desejar e amar, eu me senti também desejado e amado. Uma pontada do desespero dela me afetou. Seria horrível se eu a perdesse um dia.

Minha vida era outra. Eu era outro. Tudo o que eu desejava estava ali. E tinha sido Maria quem me ajudou a me descobrir, a me fortalecer e até a gostar de mim mesmo.

Nos amamos com tesão, loucura, entrega. Não nos soltamos nem na hora de dormir, entre beijos carinhosos e carícias, apertados, juntos.

O que a perturbava amansou.

Mesmo depois que ela dormiu, mantive seu corpo grudado ao meu, beijei seu cabelo e apenas agradeci, leve, feliz. Até consegui sorrir ao me lembrar do seu ciúme e da maneira como havíamos resolvido.

Fechei os olhos e meus sonhos foram os melhores.

CAPÍTULO 21

Maria

O FRIO CHEGOU RACHANDO.

De manhã, era um sacrifício sair da cama, deixar as cobertas e me arrastar para o banheiro. Tínhamos ido à cidade e eu comprara algumas coisas para mim com os salários que recebera no sítio. Também ganhei de Emanuel roupa térmica para pôr por baixo, meias e luvas de lã. Ainda assim, eu vivia gelada e só me esquentava quando estava grudada nele.

Margareth mantinha o fogão a lenha aceso o dia todo, o que espalhava um calor gostoso pela casa. Entendi por que ela havia sido construída sobre um tablado de madeira: para evitar que o frio subisse do chão. Havia também uma lareira na sala que pensei estar desativada, mas que nessa estação passara a ser muito útil.

Perto do fogo era sempre o meu lugar preferido. Tomar chocolate quente ou café, apreciar as labaredas, comer muito, tomar sopa, conversar com eles. Fiquei surpresa ao descobrir que, além de cozinhar, de cuidar da casa e de fazer tricô, a senhora também jogava damas e xadrez. Ela utilizava as mãos para se orientar. Os dois me ensinaram e eu passei a participar.

O pior era sair para cuidar dos animais. Emanuel garantia que podia fazer isso sozinho, mas eu não permitia. Seguia ao seu lado igual a um boneco, bambeando de tanta roupa, cara vermelha e gelada, só os olhos de fora através do cachecol enrolado, touca e capuz. Várias vezes o peguei achando graça, me mandando voltar para casa. Mas não o deixava sozinho.

Eu recolhia os ovos enquanto ele alimentava as galinhas. Colocava comida para os porcos enquanto ele limpava tudo. Fazia carinho em Josefa, ajudava nas cestas que ele levava para colher verduras e raízes, tremia sem parar. E voltava para casa com Emanuel. Então vinha a melhor parte.

Calor, carinho, risadas, filmes, jogos, sexo gostoso embaixo das cobertas. E muita comida boa. Era uma vida plena e calma, aconchegante e tranquila. Como nunca havia imaginado ter nem precisar, mas que me fazia bem. Cheguei a me surpreender com isso.

Depois de quase três semanas desde a Festa da Maçã, ficamos sentados nos sofás, debaixo de mantas, vendo o noticiário. Todo dia eu procurava reportagens na internet sobre meu caso, sem encontrar nada. Relaxei, achando que ia ficar por aquilo mesmo. Foi um susto quando ouvi o nome quase esquecido de Nicolly de Lima e Castro ser anunciado e minha cara surgir na tela. Estava distraída, mas logo me sacudi, atingida como por um raio, sem respirar.

A loira foi mostrada em um evento de gala, de braço dado com o marido. Alta, esguia, atlética, seios bem marcados no vestido longo e decotado, maquiagem impecável, joias, pele linda num bronzeado perfeito. Eu. E ao mesmo tempo uma completa estranha.

Não me mexi, recostada sobre Emanuel, o braço dele em volta do meu ombro. Culpa e medo quase me sufocaram naquele momento.

A voz do apresentador invadiu a sala, enquanto a imagem continuava a ser exibida:

— *Novas informações sobre o caso da modelo Nicolly são reveladas com exclusividade pela nossa equipe. Fontes seguras garantem que a polícia não trabalha mais com a hipótese de suicídio.*

Testemunhas a viram perto do local, e câmeras de segurança flagraram o momento em que Nicolly entrou, disfarçada, no terminal rodoviário de Mangaratiba.

Uma imagem em preto e branco apareceu, meio desfocada. Eu de moletom e cabeça baixa, passando rapidamente pela entrada. Não dava para ver o rosto, mas o apresentador continuava dizendo que a descrição batia com as fornecidas pelas testemunhas.

Pisquei, totalmente gelada. O frio agora era diferente, íntimo, recheado de pavor. O que eu mais temia virava realidade.

— *Mas credo!* — Margareth exclamou. — Isso é coisa de filme! A moça fingiu que morreu? Foi isso mesmo?

— É o que parece — Emanuel emendou, baixo.

Até engolir a saliva era difícil. Minha cabeça girava, imagens de Roger e minha mãe ficando mais presentes. O que eles deviam estar pensando? Mandando me caçar? Cheios de raiva? E se chegassem até ali? E se Emanuel e Margareth descobrissem?

Eu precisava fugir! Mas só de imaginar isso a dor me destruía. Lutei contra as lágrimas, realmente perdida, nervosa. E só piorou no decorrer da reportagem:

— *A mesma pessoa foi vista entrando em um ônibus para Ubatuba e depois em outro banheiro da rodoviária. Saiu de lá com uma roupa diferente, mas igualmente fechada, escondendo o rosto. Tudo leva a crer que era Nicolly. A polícia vem juntando todas as pistas e montando o quebra-cabeça. Acompanhando os passos da fugitiva. A pergunta que fica é: o que levou a modelo a fazer isso? Forjar a própria morte? Ainda mais sendo esposa de um empresário poderoso?*

— Deve ser coisa de seguro. Dizem que, quando a pessoa morre, recebe seguro de vida.

— Quem fica vivo é que recebe, vó.

— Mas então... por que ela fez isso?

— Não sei.

— *Minhazarma!* Tô viva e não vi de tudo nesse mundo! — Margareth sacudiu a cabeça.

Eu não tirava os olhos da televisão. Naquele momento faziam uma retrospectiva da minha vida e eu aparecia em fotos da infância e da adolescência, como modelo. Já naquela época minha mãe clareava meu cabelo, me enfeitava igual boneca, até mesmo maquiada.

Foi como olhar para uma estranha, vendo como descreviam sua beleza, os prêmios que havia ganhado em concursos. Numa delas eu tinha uns nove anos e aparecia sorrindo de mãos dadas com minha mãe, ela altiva e orgulhosa. Como ficava toda vez que eu subia um degrau a mais rumo ao sucesso que escolhera para mim.

Então seguiam para meu casamento de princesa. Descrevendo minha vida como perfeita, um sonho encantado. A pessoa desde criança rumo a coisas maravilhosas. Não era o que eu achava também? Morando numa mansão, tendo tudo que o dinheiro pudesse comprar. Vendida para a infelicidade.

Meus olhos subiram pelas paredes claras da casa, os móveis de madeira pesados, o tapete no chão. Senti a respiração de Emanuel perto do cabelo, o calor do seu corpo aquecendo o meu. E ali ao lado Margareth, pequena e franzina, olhos perdidos para sempre, ouvidos muito atentos.

Amor e medo se mesclaram. Eu não trocaria nada daquilo pelos luxos, pelas festas e pela riqueza. Tinha encontrado meu ninho, era feliz de um modo inexplicável. Por isso rezei silenciosamente para que um milagre acontecesse e eu continuasse no sítio, longe do meu passado, longe das consequências.

O desespero apertava, crescia como veneno. Tentei me concentrar novamente na reportagem e daquela vez eu aparecia em close, sorrindo, respondendo a uma pergunta sobre o desfile a que assistia. Foi estranho me ouvir:

— *Eu acredito que a Lea Martins é uma das maiores estilistas do Brasil! O vestido que estou usando foi criado por ela e no próximo ano vai estar em Paris, na semana de moda.*

— *Você pensa em estar presente nesse evento? Talvez como modelo dessa estilista?* — indagou a entrevistadora na época.

— *Claro! Com certeza estarei lá.* — Sorri de novo.

Tensa, eu me lembrei daquele dia, de como eu me achava o máximo. Tudo passageiro.

— Que estranho! — Margareth disse. — Maria, a voz dessa moça é igualzinha à tua! Parece que te ouvi falar com esse sotaque.

Parei até de respirar. Olhei para ela, que se voltou para mim, cenho franzido, rugas bem aparentes. Ela sorria, curiosa. Esqueci que seus ouvidos funcionavam muito mais que o normal, para compensar a falta de visão. E do quanto ela era atenta, esperta.

Achei que tudo tinha acabado. Ainda mais quando ergui o olhar e peguei Emanuel me espiando do mesmo jeito curioso, analítico. Como da primeira vez que vimos um noticiário sobre mim. Desperto.

Eu soube que era o meu fim.

E me perdi de vez num pavor absurdo.

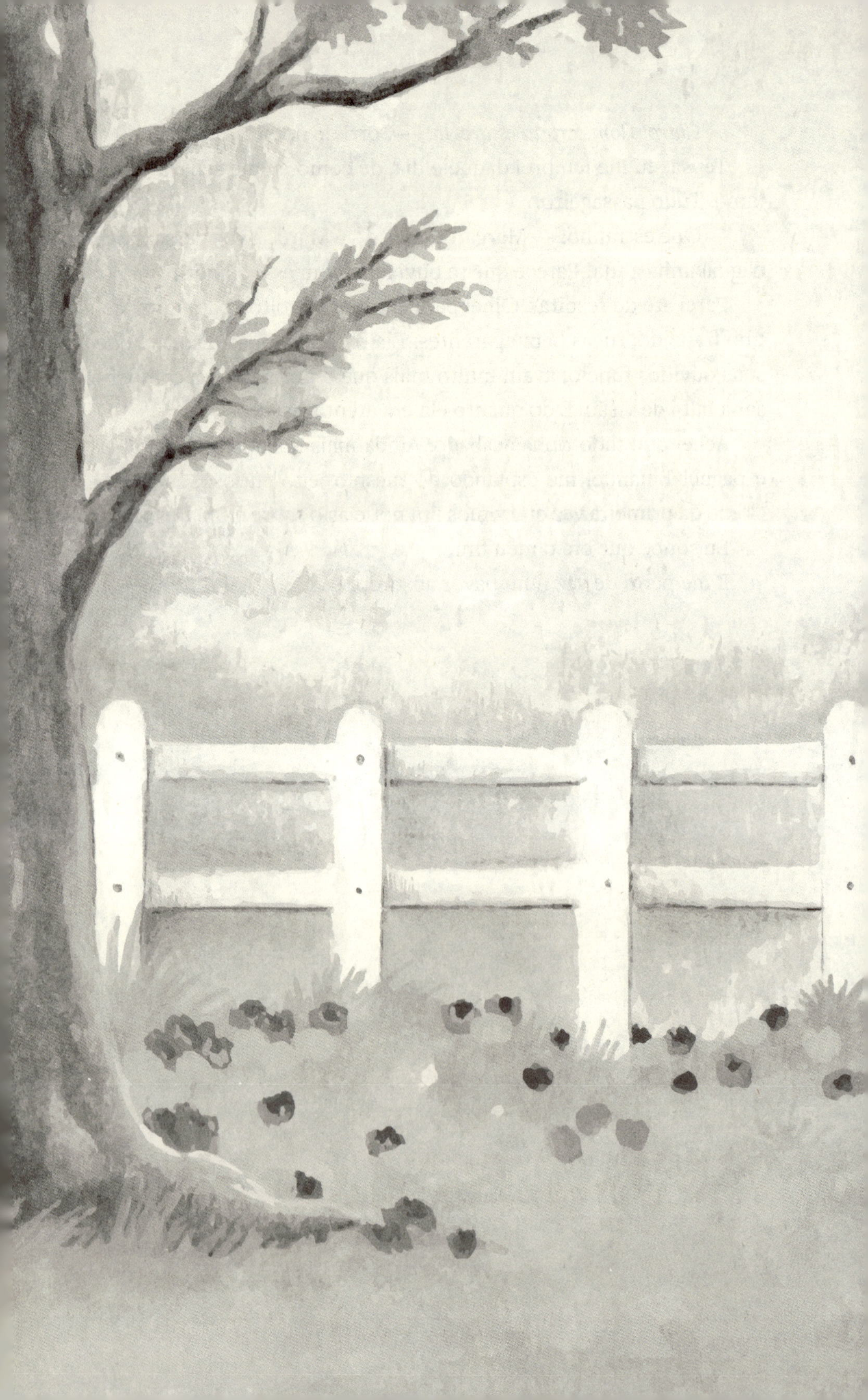

CAPÍTULO 22

Emanuel

Aquela história era tão louca que até parecia coisa de filme. Como uma pessoa podia forjar a própria morte? Com qual objetivo?

Observei a mulher belíssima na tela, uma sensação estranha no peito. Ela mexia comigo de algum jeito, como se tivesse algo familiar. Tentei perceber o que poderia ser, até que descobri. Da primeira vez que vi aquele caso na televisão, pensei que a tal modelo tinha covinhas lindas, assim como Maria. E aquilo se confirmava.

Quando minha avó fez o comentário sobre elas terem também vozes iguais, um alerta estranho soou e eu me virei um pouco, sondando seu rosto. Maria ergueu os olhos para mim, séria, uma expressão tensa. Pálida.

Ela não sorria. Mas eu já conhecia aquelas covinhas, tudo nela. Os dentes também eram parecidos, perfeitamente alinhados e muito brancos. Tentei me perguntar o significado daquilo, mas era loucura demais. Quase sacudi a cabeça pela ideia repentina que passou pela minha mente. *Claro que não!*

Maria era morena, cabelo curto, olhos escuros. A outra era loira de olhos verdes. Nem dava para ver direito suas feições, tão maquiada estava. Somente o sorriso, o jeito, a voz. Algo em sua essência, que começou a me incomodar. E por que ela estava tensa daquele jeito, como se esperasse algum ataque, alguma revelação?

Olhei de novo para a tela. A mulher aparecia sentada ao lado de um homem bem mais velho, seu marido. Brindavam numa mesa cheia de gente rica, num ambiente extremamente luxuoso. Os olhos verdes dela brilhavam como os diamantes no seu pescoço e o vestido dourado.

Encarei Maria. Ela continuava imóvel, estranha, sem tirar os olhos de mim. A sensação era a de que ela iria cair no choro a qualquer momento.

Meu coração se apertou cada vez mais. Eu ia rir daquele absurdo. Estava delirando só de cogitar que... *Não! Não mesmo!*

Minha mãe me chamava de burra, ela tinha dito uma vez. Na época, havia contado para nós que passara a vida em um orfanato. Aceitei quando explicou que a mãe a largou lá e que ela se lembrava disso. *Ela exigia perfeição*, complementou. A garotinha loira que ganhava concursos de beleza sempre aparecia com a mãe orgulhosa ao lado.

Tenso, puxei o ar, lutando com os pensamentos incômodos. Maria chegou a Barrinhas do nada, usando moletom pesado, óculos escuros, capuz. Como se estivesse se escondendo. Mais ou menos na mesma época em que Nicolly sumiu. Roupas e jeito parecidos com os da mulher disfarçada entrando na rodoviária. De moletom e capuz também.

— Maria... — Minha voz saiu carregada, num pedido mudo para que ela tirasse aqueles pensamentos incoerentes da minha cabeça. Eu devia rir das coincidências e parar por ali.

Seus olhos se encheram de lágrimas, o queixo tremeu. Medo evidente.

Senti como se tomasse uma porrada. Não consegui dizer mais nada. Da televisão vinha a voz do repórter, falando das investigações, mas eu não tinha condições de diferenciar as palavras. Sacudi a cabeça. *Negue. Negue, Maria.*

— *Quedelhe?* — minha avó indagou, farejando algo errado.

Não a encarei. Eu e Maria continuamos a nos fitar sem piscar, como se a conversa se desenrolasse ali, sem precisar de mais nada.

Maria de Deus. Nicolly. Não era possível.

— O seu sorriso... — murmurei. — As covinhas...

— Emanuel...

— Diga. Diga, Maria.

Era apenas uma confusão. Meu coração pedia, mas a razão gritava diante da sua expressão, das semelhanças pequenas, mas muito reais.

Esperei. Minha avó também, sabendo que algo errado, pesado, acontecia. O tempo parou naqueles segundos, como batidas de coração mais lentas, se arrastando, pesando no peito.

Ela não se mexeu. Até o repórter se calou. E então, do nada, veio a batida forte na porta de madeira.

— *Piá do céu!* — minha avó gritou, assustada, levando a mão ao peito.

Maria também reagiu pulando de pé, pânico no rosto, olhos arregalados. Fui pego de surpresa, pois dificilmente aparecia alguém ali. Ainda mais num frio daqueles.

Eu me levantei, a coberta escorregando para o chão. Os olhos dela já estavam cheios de lágrimas enquanto ela andava para trás e murmurava:

— São eles...

— Eles quem? Mas que danado tá sucedendo aqui? — Minha avó agarrou a bengala, se pondo de pé. — *Creeein!*

— Maria... — comecei, e veio nova batida. — Me diz que é mentira.

Ela sacudiu a cabeça, levando as mãos à boca, muito nervosa. A voz era quase inaudível:

— Eu não queria que fosse assim, Emanuel... Eu pensei...

— Você é ela?

— Ela quem? — a senhora chegou mais perto e gritou, quando esmurraram de novo a porta: — Quem tá aí, *piá de merda?*

— A polícia. Abra!

— O quê? — A bengala caiu no chão com um estrondo e Maria pulou como uma gata, despertando do desespero.

Senti como se um maremoto tivesse aparecido do nada ali na montanha e arrastado tudo. Desabei, chocado, finalmente a realidade vindo com tudo para cima de mim. A paz virou caos, e não tive reação imediata a não ser a certeza de que a mulher diante de mim, por quem eu estava completamente apaixonado, era a modelo Nicolly. Falsa suicida, fugitiva, rica, *casada*.

— Eu queria dizer, mas... — As lágrimas escorreram e, diante de novas batidas, ela se virou e correu para a cozinha.

Finalmente reagi, indo atrás dela. Chamei-a, mas ela rapidamente destrancou a porta dos fundos e o vento gelado invadiu a casa quente, até então em paz. Gelei também, parte de mim entendendo aquela realidade esmagadora, outra ainda querendo negar.

Maria correu para fora. Ali havia um caminho apertado entre as árvores, mais longo em direção às outras construções. Uma garoa fina caía como agulhadas, e, quando corri atrás, percebi que ela estava só de meia. A preocupação me engolfou e eu corri mais, pensando que ela pegaria um resfriado, machucaria os pés no terreno íngreme.

Ela estava tão determinada em escapar da polícia que parecia uma maratonista, pulando obstáculos, pouco ligando para o frio do qual reclamava o tempo todo.

Ao mesmo tempo que me preocupava, eu queria gritar, saber por que ela nos enganara daquele jeito. Como eu tinha sido burro! Acreditara num sonho, numa felicidade caída do céu! Devia saber que essas coisas não aconteciam comigo, o eterno azarado e atrapalhado Emanuel!

— Maria! — chamei e a alcancei quando o galinheiro surgiu diante de nós.

Ela se jogou lá dentro. As galinhas estavam quietas em seus poleiros, mas voaram e gritaram, batendo asas, pintinhos indo atrás, galos surgindo nervosos. Entrei também. O portão ficou aberto enquanto ela se espremia para um vão entre os poleiros, tentando se esconder ali como criança. Encolheu-se abaixada, rosto encaixado entre os joelhos. Parei em frente, arfando, sem poder compreender aquela loucura toda.

Ficamos assim. As galinhas corriam em direção ao comedouro, achando que receberiam mais ração, cacarejando. Um dos galos aproveitou para fugir, seguido por algumas galinhas curiosas. Nem liguei, tremendo, perguntando baixinho:

— Por que você não me disse? — Ela ergueu a cabeça, chorando. — Você me enganou esse tempo todo.

— Não. Emanuel, eu... — Ela se calou quando ouvimos passos se aproximando. Soluçou. — Me ajude a me esconder! Eles vão me pegar!

Continuei paralisado, arrasado. Seu olhar ficou no meu, suplicante, buscando refúgio no local que mais temera no sítio. E refúgio em mim. Como se eu pudesse mudar toda a realidade num passe de mágica. Sussurrei:

— Não tem como se esconder aqui. Por que você fez isso, Maria? — Doeu dizer o nome dela, trazendo tudo o que significava: — Nicolly?

Lágrimas pularam. Ela abriu a boca, mas não disse nada. Seus olhos seguiram para trás de mim quando passos pararam e uma voz de homem veio, autoritária:

— Fiquem onde estão! É a polícia!

Ela desabou, um peso por fim derrotando-a. Piscou e me encarou, os olhos escuros que eu aprendera a amar desmentindo tudo. Eu nem sabia o que era mais real.

— Minha filha! Cadê a minha filha? — Uma voz de mulher veio até nós, trêmula, alta. — Ah! *Nicolly? Nicolly*, é você?

O tom era de horror. Eu me virei devagar enquanto Maria se levantava. Três homens fardados e uma mulher de casaco de pele estavam ali. Rapidamente um homem elegante se juntou a ela, o último a chegar pelo caminho. Seu marido.

Meu mundo se acabou de vez.

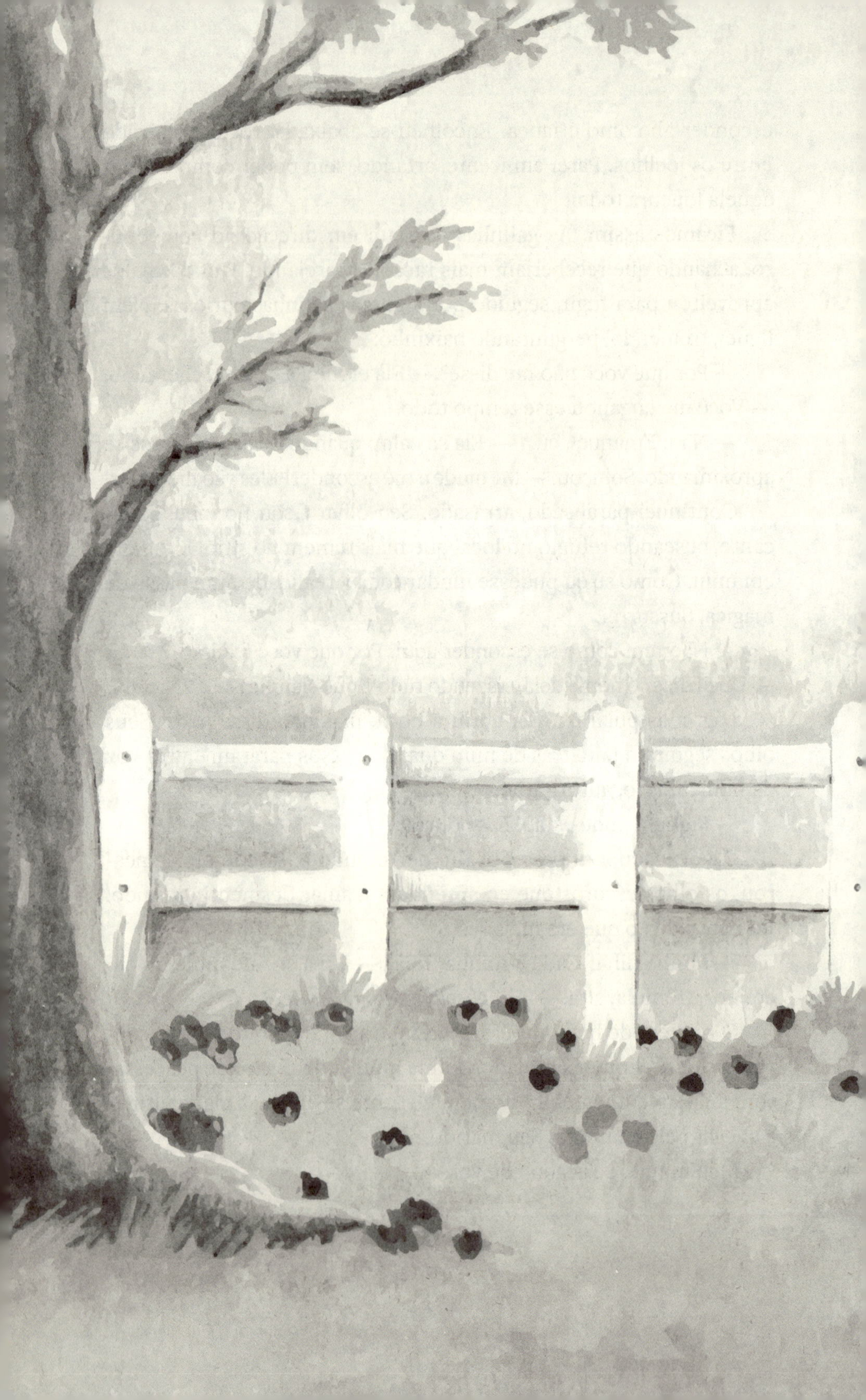

CAPÍTULO 23

Maria/Nicolly

O FRIO ERA TANTO QUE EU BATIA OS DENTES.
 Já estava dentro de casa, o calor da lareira e do fogão a lenha se espalhando pelo ambiente. Margareth me ajudou a tirar a roupa suja e as meias molhadas e colocar outras, quentes. Ela não disse nada, não fez perguntas. Continuava quieta enquanto voltávamos para a sala e eu me sentava no sofá, arrasada.
 Ela foi pegar café para todos. Meus olhos buscaram Emanuel, de pé ao lado da lareira, me encarando sem parar. Ele parecia ter saído do choque, mas estava tão sério, tão magoado, que doía por dentro. Como se me visse realmente pela primeira vez. Ou não me reconhecesse mais.
 Abri a boca para me desculpar, explicar, suplicar. Não tinha imaginado que seria assim, sem tempo para nada, tão de repente! Estava arrependida por ter permanecido no sítio achando que um milagre aconteceria, que seríamos felizes para sempre.
 Seus olhos escuros me pediam explicações. Meu coração apertou, pois tive um medo absurdo do futuro, da sua reação, do que seria de nós dali por diante. Eu precisava muito dele. Seria impossível abandonar tudo o que havíamos tido e que ainda tínhamos.

— Foi assim que nós chegamos até aqui. Uma colaboração entre a polícia do Rio de Janeiro e a de Santa Catarina — um dos homens terminou de explicar. — Dona Nicolly, a senhora vai prestar depoimento primeiro neste estado e depois vamos voltar ao Rio. Está pronta para ir embora?

Eu me recusava a olhar para eles. Minha mãe tentou se aproximar, mas eu me encolhi. Roger estava em um canto, aparentemente calmo, mas com certeza furioso. Esperando o momento certo de apertar meu pescoço. Vitória me encarava de uma poltrona, me enviando punhais de recriminações silenciosas.

— Como assim ir embora? A menina está presa? — Margareth largou o bule de café quente sobre a mesa e veio para a sala, de cara feia.

— Não, senhora. Ela é o motivo principal da investigação. Precisa esclarecer os fatos. Vamos? — o policial insistiu.

Olhei para minhas mãos geladas no colo, de cabeça baixa. Lutava para não chorar mais. Principalmente quando encarava Emanuel, praticamente suplicando sem palavras que não deixasse me tirarem dali.

— Vamos. Essa história já foi longe demais. Levante-se, Nicolly.

Estremeci diante da voz polida e segura de Roger, naquele tom que usava sempre comigo. Como se falasse com uma criança.

O medo me invadiu. Ele e minha mãe ali eram lembranças vivas do que eu tinha sido, de como sempre me calara e me submetera. Por isso eu não os encarava. Temendo obedecer, voltar a ser a mulher tola sem vontades, a que engolia sonhos e aceitava ordens.

O silêncio caiu na sala. Todos me espiavam, cada um tendo reações diferentes. Até mesmo Margareth esperava, tensa. Lentamente, respirei fundo e olhei em volta.

Deparei com meu marido. Rosto fino e comprido, olhos frios. Irritado. Doido para me sacudir, exigir, sufocar. Para me castigar até eu suplicar por um alívio, pelo seu perdão.

Dono do seu mundo. Egocêntrico, arrogante. Velho, insuportável, nojento. Pela primeira vez não me intimidei. O pavor que eu sentia foi substituído aos poucos por raiva, principalmente de mim mesma.

— Você não manda em mim — falei, mais alto do que pretendia. Ele não esperava e ficou imóvel. Apertou a mandíbula, ameaçador. Ergui mais o queixo.

— O que deu em você? Enlouqueceu? — Minha mãe se levantou, horrorizada. Foi mais difícil manter contato visual com ela. Diminuí, como se ainda fosse a garotinha de sempre. — Vamos logo! Você tem muito a explicar! Meu Deus, não dá para acreditar que você surtou desse jeito, Nicolly! Olha para você! Essa pele, esse cabelo! Gorda assim! Só pode mesmo estar em depressão! Por favor, nos tirem logo daqui!

— Nós temos que ir — outro policial anunciou. — A senhora precisa de ajuda médica?

Ele se dirigiu a mim e eu sacudi a cabeça, negando. Muito cansada.

Então me levantei devagar. Nunca me imaginara numa situação daquelas, nem quando criei aquele plano louco de fuga. Talvez tivesse que responder criminalmente. Ia sofrer pressões de todos os lados. Roger e Vitória fariam da minha vida um inferno, isso era certo.

O medo estava lá, mas nada era maior que a dor crescendo, ganhando forma. Por ter que sair dali. Deixar o sítio, Josefa, as galinhas, Margareth e... Emanuel. Aquilo acabava comigo.

Triste, olhei para a senhora, percebendo seu semblante confuso, magoado, preocupado. Então me virei para ele. Enorme, ocupando quase todo o espaço, quieto demais. O homem que eu sabia ser o mais importante da minha vida. O que me ensinara a amar. A ele e a mim mesma.

— Emanuel... — murmurei.

Ele não disse nada. Seus olhos escuros questionavam, se continham. Ele devia se sentir traído, todas as suas inseguranças de volta. Eu não era mais a desconhecida que surgira e se metera em sua vida. Era uma farsa, uma mulher de outra realidade, que tinha mentido e escondido o fato de ser casada.

Eu podia explicar tudo. Meus motivos, a loucura para escapar da prisão em que me deixara cair, o medo de ele me expulsar se soubesse.

Dizer o quanto tinha sido feliz em sua companhia, o quanto ele e Margareth se tornaram importantes. Que nada ali fora fingimento.

Só que eu tinha muito para resolver, para lutar. A vida antiga me chamava e as coisas seriam duras, difíceis. Mais do que eu poderia imaginar. Não era certo metê-lo naquele meio. Nem implorar pelo impossível. Eu teria que aprender a enfrentar meus problemas. Então conseguiria enfim contar tudo, se ele ainda quisesse ouvir.

Fitei seus olhos lindos, cheios de emoções. Eu os revi risonhos, quentes, alertas, felizes. Todas as expressões ali, vividas a dois, divididas, compartilhadas. A saudade apertou. A vergonha me fez desabar. Mas nada me impediu de dizer a maior verdade da minha vida:

— Eu te amo, Emanuel.

— Ah! — minha mãe exclamou, em choque. Todo o resto foi silêncio.

Ele não se mexeu. Eu me virei, querendo chorar, peito e olhos ardendo. Fui para os braços de Margareth e ela não me evitou. Me abraçou forte e eu murmurei:

— Amo você também.

— Minha menina... Volte pra gente — disse no meu ouvido. — Seu lugar é aqui.

— Eu sei.

— Preciso sair daqui! — Minha mãe avançou para a porta, dramática.

Eu me soltei da senhora, já sem conseguir enxergar nada através das lágrimas. Ela também não me via, mas me sentia, me segurava. No fundo, apesar de tudo, sabia quem eu era. E foi isso que me deu mais forças.

Não tive coragem de olhar de novo para Emanuel.

Segui em frente, saí dali.

CAPÍTULO 24

Emanuel

A dor era pesada demais para carregar.
Eu me arrastava pelo sítio. Cuidava dos animais, cumpria todas as obrigações. E me mantinha ocupado para tentar não pensar. Mesmo assim, era só o que eu fazia: pensar em Maria o tempo todo. Sem parar.

Não conseguia me referir a ela como Nicolly. A loira aparecia como uma imagem distante que eu tinha visto na televisão, linda, chique, rica, fora do meu mundo. Maria era a mulher risonha que chegara ali correndo das galinhas, aprendendo a cuidar de um sítio, invadindo e mudando minha vida.

Depois de uma semana sem a presença dela ali, tudo estava frio e feio, sem graça, sem luz. Eu acordava, comia, trabalhava, falava o mínimo possível. Ainda sem acreditar. Tentando me adaptar à falta que ela me fazia, ao buraco que aumentava cada dia mais dentro do meu peito.

— Emanuel, ela apareceu de novo hoje na televisão. Não se fala em outra coisa — minha avó anunciou durante o almoço, quando nos sentamos para comer. Fingi não ouvir. Mexi a comida no prato, dei uma garfada e mastiguei. Nem percebi o gosto. — A Dora me ligou e disse que na cidade todo mundo está surpreso!

Aquele bando de fofoqueiro! *Piás* de merda! Abutres indo de casa em casa pra fofocar!

Engoli. Mais uma garfada. De repente levei um susto quando ela deu uma pancada na mesa. Ergui o rosto na hora.

— Anda, reage, menino! Tu tá mais lerdo que lesma de patins! Esses dias todos se arrastando por aí como morto-vivo! Aposto que tá me dando um olhar de vesgueio! Sei que tu tá fingindo não me ver e não me ouvir, te conheço! Mas ora essa! Engoliu a língua? Perdeu o juízo?

— Não quero falar mais disso, vó.

— E quer o quê? Fingir que a Maria nunca esteve aqui? — Sua cara era de braveza.

— Nicolly.

— Maria! É assim pra mim! Sabe qual é o problema, *piá*? Tu te acostumou de novo a te esconder! Era assim antes! Medo de tudo! Se abancou aí no teu canto, conformado! *Quedelhe? Quedelhe* o homi que vi nascer aqui, que ria de tudo nos últimos tempos, que era feliz? Sumiu?

— Vó...

— Ela não queria ir embora! Tu não sabe o que acontece com a menina lá pras bandas daquele Rio de Janeiro, sozinha!

— Com o marido dela.

— De quem ela fugiu! Parou e se perguntou o porquê?

— Não quero saber.

— Ah, mas não vai se acovardar, não! Chega! Já me basta teu pai! Eu aceitei quando o povo todo colocava apelido em tu, fiz vista grossa pros teus medos! Agora para de ser criança! Tava feliz aqui com a Maria! Mudou! Ganhou respeito da cidade! — Ela se levantou, irritada, vindo para o meu lado.

— Ai, vó! — reclamei alto quando ela me pegou de surpresa, torcendo minha orelha, igual fazia quando eu era moleque. Ela me puxou para o alto e eu me levantei também, encurvado diante do meu tamanho.

— Vai ouvir tudinho, senão te *atocho*! No noticiário passou que a Maria deu com a língua nos dentes! Ela fugiu porque aquela gente a deixava infeliz! O marido bateu nela, ela teve medo dele! Tu imagina isso? A menina agora lá, sozinha, podendo sofrer violência de novo, cercada de repórter e de polícia? E tu aí, se lamentando, se arrastando pelos cantos como os porcos lerdos na lama? — Ela torceu forte minha orelha, sacudiu e depois me soltou, furiosa. — *Assassinhóra*!

Levei a mão à orelha quente, ardendo muito. Franzi o cenho, preocupado.

— Ele batia nela?

— É só ver as notícias! Maria nem respira, todo mundo em cima!

— Ela está na casa do marido?

— Como eu vou saber? Não falo com ela! Te pedi o número do celular e tu disse que não tinha!

Senti o rosto ficar vermelho. Eu tinha tentado excluir Maria das nossas vidas, arrasado que estava, dilacerado. Por isso havia mentido. Na verdade, nem sabia se conseguiria falar com ela, na certa nem usava mais o celular. Devia ser um celular falso, como todo o resto.

Imaginei que ela reataria com o marido, que tínhamos sido apenas uma aventura em um momento de loucura. Mas, pelo que minha avó dizia, não. Ela estava lutando para se livrar de vez.

— O que tu vai fazer, menino?

Encarei seus olhos sem vida, opacos. No rosto cheio de expressão e expectativa, ela se mostrava preocupada, nervosa. A insegurança veio com tudo.

— Não sou rico como ele. Maria levava uma vida de rainha.

— Mas ela não queria mais. Ou esqueceu o que ela disse na frente de todo mundo, antes de ir embora? Esqueceu, *homi* do céu?

Eu te amo.

As palavras tentavam surgir toda hora, mas eu as negava, empurrava, sufocava. Mentiras. Só podiam ser mentiras.

Paralisado, senti o peito apertar, a dor renascer. Revi Maria ali sentada, arrasada, olhando para mim em um pedido mudo de ajuda.

Eu não queria ver nem acreditar. Traído, enganado, achando que tudo era farsa dela.

— Emanuel, ela disse na frente da polícia, da mãe, do marido. Enquanto *tu ficava* calado e deixava aquela gente levar ela contra a vontade, ela se declarou.

Esfreguei a barba, agoniado. Lembrei de nós dois juntos, de como eu não dormia mais sem ela comigo, de tudo triste sem sua presença. Só de imaginar viver assim para sempre, dava desespero.

Toda a minha vida sendo escorraçado, ouvindo apelidos e deboches. Isso tinha acabado com minha autoestima. Era difícil aceitar que eu não tinha vivido um sonho, que ela havia sido real. Assim como o que nós tivemos. Foi mais fácil me esconder, aceitar. Como sempre.

— Eu a amo também, vó — murmurei, tudo doendo terrivelmente dentro de mim.

— E quem não sabe? Vai ficar só nisso ou vai fazer alguma coisa?

— Vou atrás dela.

— Valha-me Deus! *Creeein!* Precisava de um puxão de orelha pra acordar! Vai logo, menino! Já perdeu tempo demais!

Larguei a comida e corri para pegar as chaves do carro, os documentos, o que precisasse, como se minha vida dependesse disso!

Não consegui mais respirar. Ia ser assim até estar novamente com Maria.

CAPÍTULO 25

Maria/Nicolly

— Você destruiu a sua vida! Como pode uma coisa dessa? Preferir morar neste... neste pulgueiro! Podia estar na sua mansão, dando um jeito nesse cabelo, nessa pele! Já voltou a fazer dieta? Está enorme de gorda! Que horror!

A ladainha não parou, infernizando meu juízo, uma repetição constante e massacrante para derrubar minhas decisões. Continuei sentada, aparentemente insensível. Só olhando para minha mãe.

Ela estava de pé, me encarando do alto, como a manter sua superioridade. Tinha acabado de chegar ao apart-hotel, depois de muito insistir para que eu a recebesse. Ela me cercava o tempo todo, era cada vez mais difícil escapar.

— Foi ver o psiquiatra que eu te indiquei? Você está precisando de ajuda, Nicolly! Só isso explica esse surto psicótico! Escute bem o que eu vou dizer... — Ela abriu as mãos, como se eu fosse incapaz de entender sua fala. Foi formando sílabas devagar: — Você vai voltar na delegacia e desmentir tudo. Essa história de que o Roger te bateu, a opressão em que você vivia, o estado de medo constante. Nós sabemos bem que você não é fácil, não compreende as coisas! Eu mesma canso de repetir! Tudo bem, ele deu um soco no seu rosto, mas foi só uma vez! Para que tanto drama?

Eu a observei com certa curiosidade. Tentei entender como não escapara antes daquele domínio. Ela pouco ligava para mim ou os meus sentimentos, desde que eu continuasse sustentando seu estilo de vida luxuoso. Eu a via tão claramente que sentia raiva de mim mesma por ter sido fraca a vida toda.

— Nicolly, você errou em trazer isso a público! Nós estamos em uma época em que fazem uma verdadeira caça às bruxas quando um homem se descontrola e fica um pouco mais agressivo! Aquelas mulheres da internet estão pedindo a cabeça do Roger, como se ele fosse um monstro! Diga que se enganou, que vocês tiveram uma desavença, que você está depressiva e confusa. Nem sei se assim o Roger vai perdoar você! Eu soube que ele está acionando os advogados, quer o divórcio. O casamento foi com separação de bens, você vai ficar sem nada! É isso que você quer? — Ela respirou fundo e apertou as pálpebras, toda a sua expressão rígida, fria. — Ligue agora e peça para conversar pessoalmente. Se desculpe. Ainda dá tempo.

— Claro, mãe. Dá tempo de voltar e levar mais umas porradas na cara.

— Merecidas! — ela explodiu e veio até mim, lívida. — Se você deixar de ser tão burra, vai ver que a culpa é toda sua! Inútil! Idiota! Uma tonta, que nunca conseguiu pensar sozinha! Se não fosse por mim...

— Se não fosse você, eu nem teria me casado com esse desgraçado! Nem teria passado a vida infeliz, fingindo, me prostituindo para ele em troca de luxos! — Eu me ergui, furiosa. Vitória estacou com uma expressão de surpresa. — Se você veio aqui repetir esse discurso de sempre, pode sair. Não quero ouvir.

— Mas... você está mesmo louca! Sou sua mãe!

— Eu sei.

— Por isso toda vez que eu chego perto você foge de mim! Não vê que eu quero o seu bem?

— O meu, não. Se quisesse, teria me apoiado quando eu fui humilhada diversas vezes, quando eu apareci chorando de olho roxo! — Era extraordinário poder falar, sem medo, sem me encolher como uma boba. Eu parecia mesmo outra pessoa. — Entenda, mãe. Não volto mais para o Roger, não retiro minha acusação de agressão. Se vocês tivessem me deixado lá longe, eu não seria obrigada a contar. Ninguém vai me chamar de maluca, me acusar à toa! Eu tive os meus motivos.

— Você vai acabar presa, isso sim! E processada por calúnia! Acha que o Roger vai te deixar sair impune? Peça perdão. Faça o que for preciso. Se emagrecer, pintar o cabelo, colocar as lentes de volta, você pode melhorar essa aparência horrível! Ele vai amansar, sempre foi louco por você, pelo quanto você era linda!

Senti nojo de imaginar aquele homem me tocando de novo. E de ouvi-la sugerir que eu me vendesse mais uma vez.

Olhei-a bem no fundo dos olhos. Séria, decidida. Sua aura de poder e autoridade era uma farsa banhada em desespero. Se quebrava ali, em pedacinhos.

— Não sou mais sua galinha dos ovos de ouro, mãe. Se quer saber, o Roger não vai precisar entrar com o pedido de divórcio, eu já fiz isso. E não peço nada em troca, nem as calcinhas que ficaram lá na mansão. Fico feliz por me livrar dele quando todo esse carnaval acabar.

— Burra! Mas como é burra! — Uma nova explosão. — Está acabando com sua vida!

— Não, estou começando a viver. Como eu quero, como eu escolho. Cuide da sua vida, não da minha.

Ela abriu a boca, furiosa, sem saber mais o que dizer. Eu lhe dei as costas e fui até o frigobar, peguei uma garrafinha de água. Tomei do gargalo e seu horror aumentou.

Ela me mediu da cabeça aos pés. Descalça, de camiseta e short de pijama, sem maquiagem. Lágrimas invadiram seus olhos.

— Você está larga na cintura! E essas coxas grossas? Ganhou quantos quilos? Cinco? Dez? Parece um moleque de rua!

Sorri, dando de ombros, sem me importar. Na verdade eu me olhava no espelho com carinho. E gostava do que via. Seus exageros, sua obsessão por perfeição, não me diziam mais respeito.

— Foi culpa daquela gente, não é? Daquela velha cega e daquele homem enorme, gordo! Os dois miseráveis acabaram com a sua vida!

— Não fale assim da Margareth e do Emanuel. Ela é a mãe que eu sempre quis ter. E ele é o homem que eu amo.

Pálida, ela recuou, sacudindo a cabeça.

— Deus me livre ser como ela! Você enlouqueceu mesmo. Perder uma vida de rainha por... por nada. Cadê esses dois? Estão aqui agora? Acha que ligam para você? Você vai ficar sozinha e sem nada! Até eu vou embora! Lavo minhas mãos.

De tudo que ela poderia dizer, aquilo foi o que mais me magoou.

Eu estava morrendo de saudade deles. Fazia uma semana minha vida tinha virado de cabeça para baixo e eu não tivera um segundo de paz. Fui de uma delegacia a outra, peguei avião, prestei depoimentos, fui procurada pela mídia. Tudo se atropelara de tal maneira que a minha vontade era só de chorar. Não o fiz. Haveria tempo depois.

Em cada um daqueles dias e noites eu havia pegado meu celular, pensado em ligar para Emanuel. Pedir desculpas, me explicar, saber como ele e Margareth estavam. Faltara coragem. O medo de que ele nunca mais quisesse falar comigo era paralisante. Eu preferia passar aqueles dias na esperança, ao menos assim teria forças para lutar.

Eu não esquecia o modo como me olhou, calado, sem me impedir de sair da sua vida. Devia estar se sentindo traído, me odiar por ser casada. Nem uma vez tentara falar comigo.

Abri a boca para retrucar quando o celular no meu bolso começou a tocar. Meu coração disparou loucamente.

Não podia ser. Eu estava pensando nele. Aquele era o celular da Maria, e ninguém tinha o número. Ninguém exceto Emanuel. Eu o agarrei, afogueada, o coração disparando. Atendi num arquejo:

— Emanuel?

— Oi, Maria.

Derreti. O calor que me invadiu veio junto com uma fraqueza que bambeou minhas pernas. Voltei a me sentar, a cabeça girando, tudo explodindo diante da voz grossa, que eu guardava com amor dentro de mim e na lembrança.

— Oi.

O silêncio se estabeleceu. Mordi o lábio, com medo de que ele desligasse, mudasse de ideia. O desespero veio com tudo e eu falei atropeladamente:

— Me desculpe. Nunca quis enganar vocês. Eu fui me esconder em Barrinhas, mas...

— Quero falar com você pessoalmente. Estou no Rio.

— O quê? — Meu coração deu um salto. Quase gritei, os olhos se enchendo de lágrimas. — Onde? Você veio me ver? Está perto do hotel?

— Eu não sei onde você mora, não conheço nada aqui. Cheguei no aeroporto Santos Dumont. Vou pegar um táxi, mas...

Fechei os olhos, delirando de alegria, fora de mim. Ele estava ali! Por mim!

Ri como boba, lágrimas pulando dos olhos. Levantei de novo e só então me dei conta de que minha mãe continuava ali. Olhar de nojo e recriminação.

— Vou te passar o endereço, Emanuel. Estou esperando você. Jura que vem? Agora?

— Juro, Maria.

Como era bom ouvir meu nome de novo! O nome que eu escolhera, pelo qual ele me chamava. Rindo, passei o endereço.

Quando guardei o celular, Vitória ajeitou a alça da bolsa no ombro. Eu murmurei:

— Não vou ficar sozinha. O homem que eu amo está vindo para ficar comigo.

— Não venha atrás de mim quando estiver na merda. Eu avisei, Nicolly.

— Nicolly morreu. Eu sou Maria.

— Burra! Sua burra! — Cheia de fúria, ela se virou e caminhou para a porta.

Minha mãe não desistiria tão fácil. Nem eu. Mais do que nunca, lutaria com afinco por minha liberdade, minhas escolhas, minha vida.

Percebi que tremia sem parar. Ri, chorei, andei pelo espaço pequeno como tonta.

Emanuel estava vindo. Emanuel estava de volta! Por mim!

Dei um gritinho de felicidade e corri para me arrumar. Para ele.

CAPÍTULO 26

Emanuel

Era uma confusão de gente, buzina, carro, ônibus, pedinte. O táxi parou em um sinal e um homem do lado de fora pôs um banco sobre as faixas de pedestres, trepou nele e começou a jogar bolas para cima, como malabarista.

Fiquei olhando, sem saber ao certo se devia pagar ou quanto. Assim que o sinal abriu, o motorista foi embora e o homem ficou para trás. Imaginei o quanto seria incerto trabalhar daquele jeito. Mas logo meu pensamento se voltou para Maria, a ansiedade me corroendo por dentro.

Eu estava bem nervoso, pois o endereço de Maria já estava perto. Só de ter ouvido a voz dela, o coração continuava acelerado.

Tive medo de muita coisa. De não saber chegar ali, tendo dúvidas se a encontraria ou como seria recebido. E se ela tivesse mudado de ideia e voltado para o marido? Se eu fizesse papel de trouxa? Se eu me perdesse e fosse parar em alguma favela, levar tiro na cara? Era o que a gente via de vez em quando nas notícias.

Nada me fizera desistir. Ali o calor era abrasador e tudo era diferente, agitado, mais louco do que aparecia na televisão. Eu ficaria zureta morando num lugar desses.

Senti falta do sítio e da minha avó. Tinha ligado para ela assim que parei perto do aeroporto, e ela garantiu que estava bem. Mesmo assim eu me preocupava.

O táxi parou e eu paguei a fortuna cobrada. O hotel ficava numa rua estreita, era um prédio apertado com algumas bandeiras penduradas.

Percebi que minhas mãos tremiam, que tudo dentro de mim dava reviravoltas. A saudade disputava espaço com a confusão, o amor temia que a realidade fosse diferente do esperado. Que tudo entre nós tivesse mudado. Mas não parei para pensar muito; era tudo que eu fazia desde que ela saíra do sítio. Pulei logo fora, tenso, correndo os dedos pela barba.

— Emanuel! Emanuel! — os gritos dela me atingiram e eu me virei, todo agitado, buscando-a freneticamente. — Aqui em cima!

Ergui os olhos para o céu. Meu coração quase saiu pela boca quando a vi, vários andares acima. Maria acenava, gritando meu nome da varanda. Uma corrente de energia me atingiu e emoções diversas me apunhalaram, sacudindo todo o meu sistema. Era ela ali. Nem sei como sobrevivi àquele tempo longe. Só de vê-la, estremeci e foi como encontrar meu anjo no paraíso. Medo, mágoa, dúvida, tudo caiu por terra. Eu precisava loucamente dela e corri para dentro do prédio, fora de mim.

— Bom dia, senhor. Senhor! — a recepcionista chamou, aumentando o tom quando eu ia passar direto. — O que deseja?

— Eu vim ver a Maria! — falei rapidamente, tremendo, respiração entrecortada.

— Maria? Ela está hospedada aqui? Qual o número do quarto?

— Ela está me esperando.

— Senhor, precisa me dizer o número do quarto. Só pode subir com autorização.

— Bah! — Nervoso, peguei o celular, tentando ver o número que ela passara. O coração quase entalava na garganta. — Oitocentos e sete.

— Um momento, por favor.

Ela mexeu na tela em frente. Bufei, correndo os dedos pelo cabelo, agoniado. Mirei o corredor ao lado, pronto para correr se a moça demorasse demais. Não conseguia mais esperar. Parecia a ponto de morrer a cada segundo.

Ela pegou o telefone. Dei um passo para o corredor. Ela ergueu os olhos para mim, como águia, pronta para gritar por algum segurança. Dei mais um passo.

— Senhor, só mais um minuto. Estou tentando...

O elevador abriu. Comecei a andar em direção a ele, decidido, sem pensar em nada. A recepcionista me chamou. E então, do nada, Maria saiu correndo de dentro dele, afogueada, se iluminando toda ao me ver.

— Emanuel!

Meu sangue esquentou, tudo se avivou. Por um momento não reagi, imagens de nós dois enchendo minha mente, vindo como se raios disparassem sem parar.

Ela da primeira vez no bar do José Rêgo, toda escondida nas roupas volumosas, falando comigo, e eu só gaguejando. Sua risada. Fugindo das galinhas e gritando. Dançando, olhos brilhantes, vindo para o meu colo. Fazendo minha barba, beijando minha boca. Vindo, vindo, vindo para minha vida. Ficando. Dentro de mim.

A dor e a saudade caíram diante da sua visão e de tudo que senti nesse momento, invadidos pelos sentimentos e pelas lembranças, pelo borbulhar de vida que crescia e se expandia, me tomando por inteiro. Vibrei e então olhei para ela, aliviado, completamente apaixonado.

— Maria! — murmurei, rouco, finalmente dando um passo. Como se vivesse um sonho.

Ela se jogou nos meus braços e eu a peguei no ar. Puxei-a tão forte que ela bateu no meu peito, me inebriando com seu cheiro, sua visão, sua presença. O calor voltou, a vida se fez completa. Eu não queria saber mais de nada, quem ela tinha sido, quem era, como seria dali para a frente. Sabia apenas que estávamos juntos e que eu nunca mais a deixaria escapar.

Eu a apertei tão forte que quase a fundi em mim, emocionado, enlouquecido.

— Ah, Maria... — Segurei seu cabelo, buscando seus olhos escuros, vendo minha alegria refletida neles. Queria vê-la toda, sentir, tocar, nunca mais soltar. Ali eu soube que minha vida voltava a ser completa, que enfim eu sabia meu lugar, quem era, o que queria. Emocionado, sussurrei: — Eu te amo...

Ela riu, com lágrimas nos olhos. Seus lábios tremeram, ela quis dizer tudo. Senti sua alma e dei a minha. Palavras acabaram se tornando desnecessárias, pois percebi que aquele amor não era unilateral, era de nós dois. Nada mais importava. Todo o resto seria resolvido. Ali só valíamos eu e ela, juntos.

Beijei-a com amor, paixão, felicidade. E Maria me beijou, sôfrega, me contando da sua saudade.

Colei a boca e o coração. Me encontrei totalmente nela. Somente então voltei a respirar de verdade. A viver.

Maria

— Eu te amo tanto, Emanuel... tanto... — murmurei, afogueada, com ele ainda dentro de mim. Continuei com pernas e braços em volta do seu corpo, amansada pelo prazer satisfeito, mas ainda cheia de saudade.

— Amo você. Senti muito a sua falta, Maria.

Ficamos com olhos nos olhos, suados, agarrados, ofegantes. A cama era pequena para nós, para o que exalávamos e expandíamos. Ele tocou minha face, eu acariciei sua barba. Eu ri e as lágrimas voltaram. Ainda era inacreditável ele estar ali.

— Ei... Não vai chorar.

— É de saudade. Senti muito a sua falta. Tive medo de que você nunca mais quisesse me ver...

Me calei por um momento, emocionada demais. Emanuel beijou suavemente meus lábios e murmurou:

— Também tive medo que você se esquecesse de mim. De nós.

— Nunca! Impossível!

O polegar passou nos meus lábios, enquanto ele me engolia viva com o olhar. Então a língua veio e tomou minha boca, num beijo faminto, daqueles que me deixavam balançada por dentro. Eu o agarrei, uma mistura de peles e cheiros, gostos e sabores. Tudo de volta, mais intenso do que nunca.

Emanuel então foi para o lado, mas permanecemos agarrados, nos encarando. A cama tinha os lençóis desarrumados, estávamos nus, embaralhados. Ele acariciou meu rosto, meu cabelo.

Ficamos assim, nos olhando e tocando, conferindo que era tudo real.

— Achei que você tivesse voltado para o seu marido — ele confessou num tom sério, tenso. — Para a sua vida de antes.

— Nunca mais. Entrei com pedido de divórcio. Eu... preciso explicar tudo. Sei que foi loucura o que eu fiz, estava na cara que não daria certo! Eu devia ter me separado, mas na época não pensava direito. Ele e minha mãe me dominavam completamente!

Respirei fundo, pois falei rápido, quase sem respirar. Queria que ele me entendesse e cheguei mais perto, debruçada no seu peito.

— Tenho muito pra contar, Emanuel. Muito mesmo.

— Eu sei. Vou ouvir, mas uma coisa é certa: se você não tivesse feito essa loucura, não iria parar em Barrinhas. Eu não conheceria você.

— É verdade. — Ele parou com a mão grande no meu pescoço. Resvalei para mais perto, beijando sua barba, me esfregando nele. Cada toque era recheado de saudade, de necessidade. — E a Margareth?

— Preciso ligar, avisar que encontrei você. Pedi que a dona Dora fosse lá ficar com ela hoje. Não quero que passe a noite sozinha.

— Fez bem. Ela está chateada comigo?

— Não. — Ele abrandou o tom e segurou minha face, olhos escuros nos meus. — Minha avó é muito mais esperta do que eu. Enquanto eu me lamentei como um bobo, ela acreditou em você e até puxou e torceu minha orelha por sua causa.

— Como assim? — Sorri, afastando um pouco a cabeça para o ver melhor. — De verdade?

— De verdade, como ela fazia quando eu era garoto. Só faltou dar umas palmadas!

Dei uma risada e ele sorriu, meio sem graça. Era uma delícia ver aquela intimidade e leveza voltando entre nós. Eu não queria desgrudar nem um milímetro.

— Isso eu queria ver! Margareth, pequenininha, dando uma surra num homem do seu tamanho! Foi por isso que você veio? Medo de apanhar mais? — provoquei.

— Medo de te perder. Tudo ficou sem graça sem você, Maria. — Encostou o nariz no meu, sério de repente, profundo. — O que eu tenho a oferecer você já sabe. Trabalho duro no sítio na época da colheita das maçãs. Limpar cocô de bicho, enfrentar as galinhas.

— Agora elas gostam de mim e eu delas. — Meu peito se encheu de calor e eu provei seus lábios, apaixonada por tudo que vinha dele. — Eu adoro a comida e a companhia da sua avó. Amo dormir de conchinha com você, tomar umas cervejas no bar do José Rêgo. Beijar sua boca. Fazer amor. Só te olhar. Sinto falta de cada uma dessas coisas, Emanuel.

— Então fica comigo. Pra sempre.

— Claro que fico.

Trocamos um beijo apaixonado e nos agarramos. Ele murmurou:

— Antes eu preciso quebrar a cara daquele seu ex-marido. Minha avó viu na televisão que ele batia em você.

— Foi só uma vez, mas ele me humilhava, me diminuía. Não vale a pena, Emanuel. O Roger está no passado.

— E a Nicolly?

— Também.

— É o seu nome.

— Minha mãe escolheu, não eu. Eu me chamo Maria de Deus.

Ele sorriu devagar e voltou a me apreciar, acarinhando meu cabelo.

— Como fica isso, Maria? Você fez identidade falsa? É crime?

— Engraçado como as coisas são. Eu tive medo de ser presa por fingir minha própria morte. Nem sabia de todas as consequências. Só que, quando eu prestei depoimento e expliquei as razões da minha fuga, o fato de ter um casamento abusivo aliviou tudo. A mídia soube e eu fui procurada por várias revistas, apareci na internet. Foi bom, porque uma advogada me ofereceu ajuda e está cuidando do meu caso.

Expliquei o restante. Não havia um crime em si ali. Fingir o suicídio acarretaria outros crimes, como falsidade ideológica, se eu tirasse vantagem econômica disso seria estelionato, e assim por diante. A advogada me orientou a destruir as provas materiais, que eram a identidade e o CPF falsos que eu tinha comprado pela internet. Nunca os usei, então eles não podiam ser achados se eu me livrasse deles. Foi o que eu fiz, acabando assim com o que pudesse me incriminar.

Até mesmo o celular estava escondido comigo, e logo eu teria que me livrar dele. Talvez respondesse a algum processo, mas em liberdade, sem grandes danos, atenuado pelo meu desespero na hora da ação: fugir de um abuso.

Emanuel ouviu quieto, atento. Por fim, fez a pergunta que eu esperava:

— Você pode voltar para o sítio comigo? Ou a justiça impede?

— Eu posso. Só preciso avisar do meu paradeiro. E voltar aqui quando for chamada, e, depois, pra assinar o divórcio. — Passei a mão pelo seu peito, adorando os músculos grandes ali, chegando mais e mais perto. — Eu estava esperando meu príncipe vir me buscar.

— Sou seu príncipe, seu ogro...

— Meu ursão...

Ele me beijou apaixonadamente. Eu me joguei nos seus braços e na sua vida.

Sim, tinha muita coisa para resolver ali, eu teria que voltar, aprender a lidar com as exigências e insistências da minha mãe, com a mídia, todas as consequências. Mas valeria a pena.

Daquela vez eu não estava fugindo. Eu estava saindo de cabeça erguida, fazendo minha escolha para uma nova vida ao lado de Emanuel. Não tive dúvidas, não pensei em luxos, não senti saudade de Nicolly. Ela e Maria se fundiram em uma: eu.

CAPÍTULO 27

Maria

— Kikikiki... kikiki... Cheguei, meninas! — Entrei no galinheiro e fui cercada pelas esfomeadas, cacarejando, voando, na agitação de sempre. — Calma! Vou colocar a comida! Pra que esse desespero todo?

Andei meio ondulando até os baldes, enchendo um deles. Já ia pegar quando mãos enormes seguraram as minhas e me impediram. Surpresa, ergui os olhos e encontrei os de Emanuel.

— Quantas vezes preciso dizer que eu faço isso, Maria? É pesado pra você.

Revirei os olhos.

— Estou acostumada!

— Você pode tropeçar nas galinhas. Vem aqui.

— Não sou criança! Você não quer me deixar fazer nada!

— Por que será, hein, senhora Hoffmann? — Sem que eu esperasse, ele me pegou no colo e começou a me levar para fora. Acabei rindo.

— Desse jeito eu fico mal-acostumada! Pelo amor de Deus, Emanuel! Estou grávida, não doente!

Ele pouco ligou para os meus argumentos. Me carregou para fora do galinheiro, fechou a portinhola e me encarou daquele jeito que sempre me aquecia por dentro. Quando me pôs no chão, não se afastou. Acariciou a barriga redonda de oito meses.

— Você é a grávida mais linda e teimosa do mundo. Eu cuido do trabalho. Vá descansar.

— Eu só faço isso! Estou bem, amor. Não quero ficar de pernas para o ar enquanto você se atola de trabalho!

— Está tudo sob controle. E semana que vem o empregado novo chega pra ajudar. Vem, eu te acompanho até em casa.

Ele segurou minha mão e nós andamos assim pelo caminho de terra.

Suspirei, amando o contato, admirando a beleza em volta naquela primavera. Tudo era florido, com dias claros e frescos. A barriga pesava, os pés tinham inchado um pouco, mas eu amava o sítio, tinha prazer em ajudar. E, na verdade, queria ficar perto dele.

Olhei para Emanuel, admirando-o com amor. Parecia que, quanto mais ficávamos juntos, mais nos dávamos bem, precisávamos um do outro.

Fazia um ano que vivíamos no sítio, desde que eu voltara com ele do Rio. Felizmente as coisas não se complicaram por lá, tudo deu certo. Eu ainda lembrava quando os moradores de Barrinhas me viram na cidade, a confusão que foi. Correram de um lado para outro, apareceram nas janelas, vieram saber dos detalhes.

Naquele dia, Emanuel quis me levar direto ao sítio, mas fiz questão de parar no bar do José Rêgo, esclarecer toda a história. De quebra, garanti que havia me apaixonado pela cidade e por Emanuel, que nunca mais sairia dali. Respondi a mais perguntas do que da imprensa e a história rendeu por meses.

Assim como depois, quando não fui indiciada por nenhum crime. E quando me divorciei. A cidade se agitou quando repórteres apareceram algumas vezes para me entrevistar. De uma hora para outra, Barrinhas virou um lugar conhecido. E todos se orgulharam disso.

Então, novas coisas aconteceram. No exato dia do divórcio, Emanuel me pediu em casamento. Comemoramos com Margareth, e logo a notícia se espalhou também. Mais gente da imprensa apareceu para filmar o casamento simples, celebrado na igrejinha minúscula do centro. E aí veio a notícia de que eu estava grávida.

Aquele ano estava sendo o melhor da minha vida.

— Eu sou muito feliz — falei de repente, e ele me olhou. — As coisas se aquietaram, ninguém mais fica ligado no que nós fazemos. Podemos viver do nosso jeito, em paz. Como sempre desejamos. Você é feliz, Emanuel?

— Muito mais do que eu imaginei. E vou ser ainda mais quando a Maggie chegar.

Sorrimos um para o outro, como bobos. Quando subimos a varanda e entramos em casa, o cheiro bom da comida de Margareth me fez ficar com água na boca.

— Achou a fujona? Onde ela estava?

— Lá no galinheiro. Morria de medo das galinhas, agora só vive lá! — meu marido brincou, com carinho.

— Parem de implicância! Você precisa de ajuda?

— Só para comer. A nossa Maggie tem que ficar forte e saudável! Fiz caldinho de feijão pra ela, com legumes!

Ela acariciou minha barriga. A bisneta era sua maior paixão, e ela estava toda feliz por termos escolhido o nome dela para nossa filha. Ainda chorava ao falar disso.

— Vou comer por ela — brinquei. — Mas me deixem fazer alguma coisa, senão vou ficar louca!

— Descasque uns legumes pra mim. Vai cuidar da roça, *piá*! Aqui vamos ter papo de mulheres! — Margareth o despachou.

— Já vi que vou sofrer nesta casa! Precisamos encomendar logo um filho homem!

— Mas nem tivemos a primeira! — Caí na risada.

— Não vai ser sacrifício tentar. — Ele piscou, safado.

— Esse menino não era assim!

Emanuel beijou a cabeça da avó, minha boca, minha barriga. Me deu aquele olhar quente que eu amava e depois saiu. Suspirei, sorrindo ainda.

— Vocês pensam mesmo em ter mais filhos? Quantos? Tomara que não demorem. Quero ver todos os meus bisnetos!

— E vai ver. Você ainda é uma garotinha.

— Garotinha com oitenta e três anos, Maria? *Creeein!* Talvez Deus esqueça minha ficha lá pelo céu e me deixe aqui mais do que o normal! Só não demora muito com essas crianças!

Achei graça, pois não havíamos combinado nada, nem sabíamos do futuro. Eu queria sim mais um filho. Se fosse um menino parecido com Emanuel, melhor ainda. Mas não exigia nada. As coisas já eram maravilhosas daquela maneira.

Enquanto ia descascar os legumes, pensei na minha mãe. Não tinha aparecido em meu casamento, não respondera quando avisei que estava grávida. De certa forma, eu havia morrido para ela.

Tive pena. Quem vivia de aparências, se aproximava dos outros por interesse, não podia realmente entender o que era amor. Mas eu não podia fazer nada. Cada um com suas escolhas.

Ali, naquela casa, naquele sítio, com Margareth, Emanuel e minha filha a caminho, eu sabia estar na vida que escolhera. E não me arrependia.

Muitas surpresas boas ainda viriam. Eu tinha fé.

EPÍLOGO

Emanuel

— **Papai... Por que todo mundo chama a mamãe de Maria?** Na escola disseram que na certidão o nome dela é Nicolly — Alicia indagou, pondo as mãozinhas no meu ombro enquanto eu a tirava da caminhonete e a colocava na calçada.

— É uma história comprida, filha. Um dia desses eu conto. — Sorri para minha filha de cinco anos e deixei a porta de trás aberta para os outros descerem. — Vamos, senão chegaremos atrasados pra missa.

— Como vão ser as fotos? — Laurinha pulou, sempre agitada, falante. Com quase dez anos, queria saber de tudo. — Mamãe já está lá?

— Deve chegar logo.

— Eu ajudo a bisa, pai, pode deixar! — Maggie, com treze, saiu pelo outro lado e foi abrir a porta da frente para minha avó. — Cuidado que é alto, bisa!

— Por isso eu nem gosto de sair do sítio! Lá eu conheço tudo no caminho! — ela reclamou, segurando no braço de Maggie e na bengala. Suspirou ao pisar no chão. — Carro mais alto que um prédio! *Assassinhóra!*

Minha filha mais velha sorriu para mim enquanto eu trancava o carro. Margareth andava cada vez mais reclamona, mas a menina tinha toda a paciência do mundo e a convencia a fazer qualquer coisa.

Com noventa e seis anos, ela parecia ter uns dez a menos, porém estava mais encurvada, os ouvidos sem funcionar tão bem quanto antes.

— Cadê a Maria? — Ela aguçou a atenção.

— Olha ali! — Alicia se animou, pulando. — Mamãe chegou!

A outra caminhonete estacionou ao nosso lado. Deixei as crianças com minha avó e fui ajudar Maria.

— Tudo bem, amor? — Segurei sua mão e ela saiu detrás do volante, a barriga de seis meses pesada. — Eu podia ter feito duas viagens.

— Estou ótima! Chegamos bem. — Ela sorriu enquanto apontava para nosso filho de onze anos, que descia do banco do carona. — O Renato veio cantando e acalmou a confusão aí atrás.

— Vocês estavam brigando de novo? — Fiz cara feia para meus filhos que desceram lado a lado. Micaela, de oito anos, e Rafael, de seis. Ambos gostavam de se enfrentar e debater. — O que eu disse antes de sair?

— Não fiz nada. Essa aí que é uma chata!

— Pé no saco! — ela reclamou.

— Olhem a boca! — Maria suspirou e sacudiu a cabeça. — Todo mundo aqui?

Como sempre, contamos para ver se a família estava completa: minha avó, eu, ela, nossos seis filhos.

— Todo mundo. Logo vamos ter mais dois. — Sem resistir, acariciei sua barriga, onde nossos primeiros gêmeos cresciam. — E então paramos, não é, amor? Daqui a pouco duas caminhonetes não vão ser suficientes.

— Nem nossa saúde mental! — Linda, com o cabelo escuro longo, ela riu e segurou a minha mão. — Margareth, você vai com a Maggie?

— Tô mais agarrada nela que mosquito na tela!

Ela seguiu na frente pela calçada, de braço dado com a neta mais velha. Renato e Laurinha foram conversando, Micaela e Rafael achando outro motivo para discutir, Alicia com a mãozinha na minha e eu de mãos dadas com Maria.

— Nem acredito que vamos sair de novo na revista! — ela cochichou. — Será que é tão surpreendente assim ter seis filhos? E esperar gêmeos?

— Maria, ainda não descobri se nós somos loucos ou corajosos. Mas uma coisa eu posso dizer: viramos os heróis de Barrinhas. Povoamos sozinhos quase a cidade toda!

Nós rimos, mas havia um fundo de verdade nisso.

Depois que o caso de Maria apareceu na televisão, como a fugitiva, muitas pessoas passaram a visitar a cidade para a Festa da Maçã e por conta dos vinhos. Uma empresa de ecoturismo estava se estabelecendo no local, atraindo mais gente.

Viramos notícia de novo por movimentarmos tudo com as nossas crianças. O que antes era um lugar de onde os jovens se mandavam passou a ter mais vida, calor. Por isso iam nos entrevistar e tirar fotos da nossa família na igreja.

— Lá vem o garanhão de Barrinhas! — José Rêgo bateu nas minhas costas, todo feliz, quando cruzamos com ele na porta da igreja. — Nunca se viu macho maior por essas bandas! Emanuel, o dono das bolas de ouro!

Sacudi a cabeça, sem acreditar que os apelidos continuavam. Mas não era como antes.

Tudo na vida muda. Outras coisas somente trocam de nome.

Lembrei de como me escondera da vida e achava que seria solitário para sempre, o sacrifício que era aparecer na cidade todo tímido, sendo recebido com piadas e nomes bobos, o rosto sempre vermelho, o tique nervoso no olho. E lá estava eu naquele momento, sendo admirado, querido, tendo meu lugar no mundo.

O sítio prosperava, minha avó estava conosco, Maria era meu amor. E meus filhos completavam tudo. Se Deus me perguntasse, ali, se eu queria mudar alguma coisa, a resposta seria não. Tinha apenas a agradecer.

Entrei na igreja com minha família e sorri para minha esposa. Ela sorriu de volta.

A vida era um presente e eu estava aproveitando ao máximo.

Fim.